LASP

Der Autor

Lutz Ullrich, Jahrgang 1969, studierte Politik und Rechtswissenschaften, schrieb für verschiedene Zeitschriften, betätigte sich in der Politik und arbeitet heute als Rechtsanwalt. Er lebt mit seiner Familie in der Nähe von Frankfurt. Mehr Informationen gibt es unter www.lutzullrich.de.

In der Tom-Bohlan-Reihe sind bisher folgende Bücher erschienen:
Der Kandidat (2009)
Tod in der Sauna (2010)
Tödliche Verstrickung (2011)
Stadt ohne Seele (2012)
Mord am Niddaufer (2013)
Das Erbe des Apfelweinkönigs (2014)
Kristallstöffche (2015)
Klaa Pariser Blut (2017)

Außerdem der Kurzkrimi:
Bohlan und das geheimnisvolle Manuskript

Außerdem erhältlich
Wie aus Herbert Willy wurde (2016)

Alle Bücher sind auch als E-Book erhältlich

Citymord

Ein Kriminalroman von Lutz Ullrich

Lektorat: Stefanie Reimann
Korrektorat: Thomas Stichler
LASP-Verlag, Schwalbach am Taunus – Frankfurt am Main
Cover-Foto: Lutz Ullrich
Satz: Udo Lange
ISBN 978-3-946247-24-1
1. Auflage

www.lasp-verlag.de
www.lutzullrich.de

Printed in Germany

Prolog

Es roch nach Fisch und Wasser und Ebbelwei. Der Mann war alleine mit einem Glas gegorenen Apfelsaftes, der mit Sprudel verlängert war. Sauer gespritzt, wie man es hier nannte. Die einzige Alternative, ihn nicht pur zu trinken. Das Mischen mit Limonade war erst ein paar Meter weiter über den Main hinweg erlaubt. Dazu musste man die Stadtgrenze nach Offenbach überschreiten.

Der Mann war schicker gekleidet als gewöhnlich, hatte eine lange Leinenhose angezogen. Dazu trug er ein weißes kurzärmeliges Hemd, dessen beide oberen Knöpfe nicht zugeknöpft waren. Das lag im Trend. Schlips und Fliege waren out. Man gab sich offen, nicht zugeknöpft. Er hatte es des Öfteren im Fernsehen gesehen. Selbst die seriösen Journalisten und Politiker machten das jetzt so. Für ihn war es auf eine andere Art ungewohnt. Normalerweise trug er T-Shirts, ab und an ein Polohemd, lieber aber Sportklamotten. Und samstags ein Fußballtrikot. Wenn die Eintracht kickte, zog er es sich über. Dann floss seine Energie in die Spieler. Zumindest glaubte er das, und es war auch eine schöne Vorstellung. Vielleicht ein bisschen nostalgisch, vielleicht ein wenig verträumt. Spieler und Fans kämpften gemeinsam – das war es, woran er glaubte.

Deshalb trug er auch keine neuen Trikots, die völlig überteuert vor jeder Saison feilgeboten wurden und deren Marktwert sich im Laufe der Saison nahezu halbierte. Seine waren aus Baumwolle, mal in Rot und Schwarz gehalten, mal schlicht in Weiß, und das Design stammte aus den Siebziger- und Achtzigerjahren.

Im Moment war Sommerpause. Zeit zum Durchschnaufen. Zeit, die Seele baumeln zu lassen. Zeit, die Stadt zu spüren.

Es war ein milder Abend. Eine leichte Brise wehte über die Stadt hinweg, nahm die dicke, stickige Luft mit sich. Zumindest konnte man diesen Eindruck erlangen, wenn man direkt am

Wasser saß. Um ihn herum erklang ein leises Stimmengewirr. Das war einer der Vorteile von Freiluftlokalen. Die Geräuschkulisse dröhnte nicht, setzte sich nicht aufdringlich im Gehirn fest. Das Gelächter und die Stimmen waren frei, flogen durch die Luft, waren in keinem Raum gefangen.

Er saß am Ufer des Mains auf einem Holzsessel. Links führte eine Brücke über den Fluss. Die A 661 in Richtung Kaiserlei. Rechts schwammen ein paar Boote im Wasser. Sie gehörten zu einem Wassersportclub. Dahinter lag das Vereinshaus des angrenzenden Schwimmvereins. Bald würde die Sonne untergehen und die Skyline im künstlichen Licht erstrahlen. Ihm war das egal.

Noch hatte er Zeit, die Aussicht zu genießen. Er nippte an seinem Gerippten. Er musste aufpassen, durfte auf keinen Fall zu viel trinken. Der Abend konnte lang werden. Da galt es, einen kühlen Kopf zu bewahren. Ein kurzer Blick auf die Armbanduhr verriet ihm, dass er noch etwa eine Viertelstunde warten musste. Dann fand an einem der Tische etwas weiter oben ein Treffen statt, das er auf keinen Fall verpassen durfte. Dann sollte auch er sich die Treppen hinaufbegeben, einen Platz auf der Terrasse einnehmen und schauen, dass er möglichst viel von dem mitbekam, was besprochen wurde. Allerdings würde er sich auch so platzieren müssen, dass man ihn nicht bemerkte. Darin lag die besondere Schwierigkeit.

Sie trafen nacheinander ein. Erst der junge Mann. Groß, sportlich, gut aussehend. Er hatte dunkelblonde, kurz geschnittene Haare, einen dieser leichten Bärte, die die Männer trugen, die sich für besonders hip hielten. Seine athletische Gestalt war in einen hellen Anzug gehüllt. Er sah genauso aus wie auf dem Bild, das er im Internet gefunden hatte. Paul Wernecke. In natura wirkte er allerdings nicht so weichgespült wie auf dem Foto. Wer etwas auf sich hielt, ließ die Fotos, die verbreitet wurden, bearbeiten. Mäkel wurden kaschiert. Ecken und Kanten schadeten dem Erfolg. Wernecke sprach mit einem der Kellner. Dieser deutete auf einen Tisch direkt an der Brüstung. Wernecke nickte zufrieden, nahm dann aber an der Bar Platz.

Sie traf fünf Minuten später ein. Wie es sich gehört. Die Frau ließ den Mann immer ein wenig warten. Das war ein Naturgesetz.

Sie sah umwerfend aus. Auch ohne Photoshop. Heute Abend noch etwas besser als gewöhnlich. Sollte ihm das zu denken geben? Sie waren doch nicht zu einem Date verabredet. Es war ein Arbeitsessen. Wollte sie Wernecke beeindrucken? Gehörte es zur Strategie, um das Gespräch erfolgreicher zu gestalten? Sie trug ein kurzes Sommerkleid. Ganz in Schwarz und sehr figurbetont. Die schwarzen Haare hatte sie zu einem Pferdeschwanz zusammengebunden. Auf ihren Lippen lag ein dunkler Rotton. Ihre Augen strahlten in Grün.

Er war hin und weg.

Und Wernecke schien überrascht. Er musterte sie, und sein Blick verriet, dass er Witterung aufgenommen hatte. Jedenfalls erhob er sich und begrüßte sie mit einem charmanten Lächeln. Vielleicht hatte er nicht mit einer jungen, gut aussehenden Gesprächspartnerin gerechnet.

Er kniff die Augen zusammen, wollte jede Reaktion, jede Emotion registrieren. Es war ein Unterfangen, das auf die Entfernung nicht so einfach war, zumal immer wieder andere Gäste durch sein Blickfeld liefen.

Wernecke deutete auf den Tisch, den ihm der Kellner kurz zuvor gezeigt hatte. Ein leichtes Nicken ihrerseits signalisierte Einverständnis. Sie schlängelten sich durch die Tischreihen und nahmen Platz.

Er ließ den Blick suchend über das Gelände gleiten. Er brauchte einen Tisch, der näher am Geschehen lag. Doch das war leichter gesagt als getan. Das »Blaue Wasser« war in zwei Bereiche aufgeteilt: Im oberen standen Tische und Stühle unter einer Art Pergola, dort wurde Essen serviert. In den unteren Bereichen standen Loungemöbel in lockerer Reihung. Die mittlere Ebene beherbergte ebenfalls Tische und Stühle, einen größeren freien Platz zum Tanzen und dahinter eine illuminierte Bar, die aber um diese Zeit noch nicht besetzt war.

Er überlegte. Wernecke war nicht das Problem. Er kannte ihn nicht. Für ihn musste er nicht unsichtbar sein. Aber sie dürfte ihn auf keinen Fall entdecken. Der Restaurantbereich schied aus. Dort konnte er sich nicht unbemerkt niederlassen. Zwar könnte er sich hinter ihrem Rücken platzieren, aber es war nicht unwahrscheinlich, dass sie mal aufstand. Und dann würde sie ihn mit Sicherheit bemerken. Er überlegte. Die Toiletten befanden sich im Haus. Der Weg dorthin führte also nicht durch den Außenbereich. Demnach gab es zwei Möglichkeiten: Entweder blieb er hier unten am Wasser sitzen, oder er begab sich an einen der Tische in der mittleren Ebene. Dort könnte er auch etwas zu essen bestellen - ein weiterer Vorteil. Er ließ den Blick über die Tische wandern. Tatsächlich war ein kleiner runder mit zwei Plätzen unbesetzt. Jetzt aber schnell. Er griff nach dem halb vollen Glas und marschierte mit zügigem Schritt die Treppe hinauf. Keine Minute später saß er an dem Tisch und stellte zufrieden fest, dass er einen wundervollen Ausblick sowohl auf den Main als auch auf Wernecke hatte. Er bestellte einen Hamburger mit Kartoffelspalten und einen weiteren Ebbelwei, kniff die Augen zusammen, um schärfer sehen zu können. Wernecke ließ die große Nummer auffahren. Bestellte Austern und Sekt, danach teuren Fisch. Die beiden saßen direkt an der Brüstung zum Ufer. Hinter ihnen verschwand die Sonne am Horizont und tauchte dabei gekonnt den Himmel in ein romantisches Rot.

Die beiden unterhielten sich angeregt.

Anfangs hatte sie noch Notizen auf einen Block gekritzelt, wie es sich für eine anständige Journalistin gehörte. Doch irgendwann ließ sie es bleiben. Sie war ganz auf Wernecke fokussiert, klebte an seinen Lippen.

In seiner Magengrube brodelte es. Es war ein unwürdiges Schauspiel, das sich nur wenige Meter von ihm entfernt abspielte. Obwohl er sich sehr bemühte, konnte er nichts von den Lippen ablesen. Darin war er nicht geübt.

Der Kellner balancierte die Teller weg. Wernecke fischte die Sektflasche aus dem Kühler und verteilte die letzten Tropfen in die Gläser. Sie lächelte, strich sich dabei auffallend langsam durchs Haar. Das Haargummi, das den Pferdeschwanz zusammengehalten hatte, hatte sie längst abgestreift. Wernecke Blick blieb an ihrer Hand hängen.

Er sagte etwas. Sie kicherte und streckte ihm die Hand entgegen. Sie sagte etwas. In ihren Augen lag etwas Verwegenes. Sie drehte an einem ihrer Ringe herum, als ob dadurch irgendwelche Wunder passieren könnten.

Was zum Teufel ging dort vor? Er wurde daraus nicht schlau. Offensichtlich verstanden sich die beiden ziemlich gut. Viel besser als für ein Interview notwendig, bei dem es um Hintergrundinformationen gehen sollte. Er spürte, wie die Eifersucht in ihm aufstieg. Wernecke war ihm spontan unsympathisch. Er war einer von diesen Typen, die glaubten, die Welt gehöre ihnen. Und die Frauen sowieso. So einer, der sie benutzte, solange er wollte, um sie anschließend wegzuwerfen wie einen dreckigen Putzlumpen.

Jetzt machte er ihr schöne Augen. Bezirzte sie. Spielte an ihrer Hand herum. Und sie ließ es geschehen! Warum? Nie im Leben hätte er gedacht, dass sie sich so leicht um den Finger wickeln ließe. Sie wirkte so stark, so selbstbewusst.

Er musste an den Morgen denken, als sie ihm von dem Plan für das Treffen mit Wernecke berichtet hatte. Sie wollte freundlich zu ihm sein, vielleicht auch ein wenig flirten. Aber nur, um ihn gesprächiger zu machen. Dass sie sich mit Sekt abfüllen und begrapschen lassen wollte, davon war nie die Rede gewesen. Er hätte versucht, ihr das auszureden.

Und es sollte noch schlimmer kommen. Wernecke schnippte mit den Fingern. Der Kellner tauchte wieder am Tisch auf. Überreichte die Rechnung. Wernecke zahlte mit Karte und besprach irgendwas mit ihm. Der Kellner verließ den Tisch, verschwand hinter die Theke und griff zum Telefon.

Ein Taxi!, schoss es ihm durch den Kopf. Der Kellner orderte für Wernecke ein Taxi. So musste es sein! Die beiden hatten eindeutig zu viel getrunken, um selbst ein Auto steuern zu können.

Für einen Moment dachte er daran, die Beschattungsaktion abzubrechen. Was sollte es noch bringen? Entweder ließ Wernecke erst sie und dann sich nach Hause fahren, oder … Er weigerte sich, den Gedanken zu Ende zu denken.

Als die beiden aufstanden und durch die Stuhlreihen scharwenzelten, erhob auch er sich und steuerte gezielt in Richtung Ausgang. Als er die Tür zum schummrigen Innenraum passierte, erklang hinter ihm eine Stimme.

»Haben Sie schon bezahlt?«

Er drehte sich um und blickte in das mürrische Gesicht des Kellners, der ihn bedient hatte.

»Ich wollte eigentlich nur aufs Klo.«

Der Kellner sah ihn misstrauisch an. Natürlich glaubte er ihm kein Wort und blickte vielsagend auf die Tasche, die über seiner Schulter hing.

»Da sind einige Wertsachen drin, die ich nicht am Tisch zurücklassen wollte. Aber, wo Sie gerade da sind, kann ich auch zahlen. Es dauert ja ganz schön lange, bis Sie an den Tischen vorbeikommen.«

Der Kellner schnaubte innerlich, wahrte aber die Contenance: »Selbstverständlich.«

Ohne die Rechnung abzuwarten, drückte er ihm einen Fünfzig-Euro-Schein in die Hand und drehte sich um.

»Moment mal!«, protestierte der Kellner.

»Stimmt schon, und es ist reichlich Trinkgeld dabei«, konterte er, ohne sich noch einmal umzudrehen.

Als er den Türsteher passierte und ins Freie trat, sah er sie auf der Rückbank eines Mercedes-Taxis verschwinden. Wernecke, ganz Gentleman, schloss die Tür, um auf der anderen Seite einzusteigen.

Er huschte in die andere Richtung und hoffte, dass sie ihn nicht sah. Aber vermutlich hatte sie nur Augen für Wernecke.

Er wusste nicht, auf wen er mehr sauer war. Hastigen Schrittes eilte er zu seinem Auto und klemmte sich hinters Steuer. Zum Glück hatte er nicht allzu weit entfernt geparkt. Als der Motor ansprang, bog das Taxi um die Kurve.

Sein Herz klopfte, sein Magen rumorte. Seine Seele war ein Sammelsurium an Gefühlen. Dort braute sich einiges zusammen. Ein gefährlicher Gefühlscocktail. Und wie es so ist beim Mixen: Man weiß nie, was am Ende dabei herauskommt. Putscht der Cocktail auf, oder verursacht er einen Kater? Haut er lediglich den Konsumenten um, oder setzt er Energien frei, die imstande sind, ein Inferno auszulösen?

1.

Obwohl die Sonne noch tief über den Dächern der Mainmetropole stand, entwickelte sie bereits eine beträchtliche Intensität. Ein weiterer heißer Tag stand denen bevor, die diesen Sommer in der Stadt geblieben waren. Wer frei hatte, würde sich früh auf den Weg in eines der Schwimmbäder oder zu einem der Badeseen im Umland machen. Wer arbeiten musste, dem blieb nur die Hoffnung auf eine funktionierende Klimaanlage. Kommissarin Julia Will parkte den Wagen in der obersten Ebene des Parkhauses in der Töngesgasse und stieg die Metalltreppe, die zum »Citybeach« führte, empor. Sie hatte die dunkelbraunen Haare zu einem Pferdeschwanz zusammengebunden und trug ein buntes Sommerkleid. Vor nicht einmal einer Dreiviertelstunde hatte das Präsidium sie darüber verständigt, dass hier oben eine Leiche gefunden worden war. Auf dem Weg von Niederursel in Richtung Innenstadt hatte sie Steinbrecher eingesammelt. Kollege Steininger wollte direkt zum Tatort kommen. Die Sonne blendete sie, als sie die letzte Stufe erklomm. Reflexartig schob sie die große braune Designersonnenbrille von der Stirn vor die Augen und versuchte, das Areal abzuchecken. Der Kontrast zur Parkebene hätte nicht größer sein können. Unten nackter Beton, der einen Geruch nach Benzin und Urin ausstrahlte, hier oben dunkle Holzplanken, Palmen, Sand und Liegestühle, durchzogen von einem leichten Chlorgeruch.

Irgendwie surreal.

»Schau dir dieses Panorama an.« Die tiefe Stimme gehörte Walter Steinbrecher, der ihr bislang schweigend gefolgt war und nun breitbeinig vor der Brüstung des Parkhausdaches stand. Sein klobiger Körper hinterließ einen unförmigen Schatten auf den Holzpaneelen.

Zusammen mit Jan Steininger hielten sie seit einer Woche die Stellung in der Frankfurter Mordkommission, während Tom Bohlan Urlaub am Wannsee machte. Will verharrte einen Moment hinter ihrem Kollegen und ließ den Blick über Dom und Römer gleiten. Das Ende einer selbstgedrehten Zigarette verschwand in Steinbrechers Mundwinkel. Kurz darauf flackerte die Flamme eines Streichholzes auf. »Und da sag' noch einer, man könne den Sommer nicht in der Stadt genießen. Wie wär's mit einem Morgenkaffee unter einem der Schirme?«

Für einen kurzen Augenblick ließ sich Julia Will zu dem Gedanken hinreißen, was alles hier oben über den Dächern der Stadt möglich wäre. Chillen auf einer der Liegen, eine Runde Beachvolleyball im anderen Eck oder tatsächlich ein Cappuccino und das Gefühl, irgendwo in Italien zu sein. Als krönender Abschluss bliebe noch die Abkühlung im Pool.

Doch dieser Gedanke riss sie jäh in die Realität zurück, erinnerte sie daran, warum sie hier waren und nicht vor einem der Ventilatoren im Präsidium saßen. Will drehte der Skyline den Rücken zu und machte ein paar Schritte in Richtung Pool.

»Wo wollen Sie hin?«

Will wusste nicht, wo der dunkelhäutige Mann plötzlich herkam, der sich wie ein Schrank vor ihr aufbaute. Er trug ein weißes kurzärmliges Hemd, das die Ansätze wohlgeformter Brustmuskeln deutlich erkennen ließ. Seine Haare waren kurz geschoren, und eine Sonnenbrille verhinderte den Blick in die Augen. Security oder Servicepersonal, dachte Will und zückte den Polizeiausweis.

»Kripo Frankfurt. Guten Morgen.«

Der Mann musterte erst den Ausweis, dann Will und schließlich Steinbrecher.

»Hier oben ist Rauchverbot.«

Steinbrecher verzog das Gesicht und ließ den Glimmstängel auf den Boden fallen, wo er die Glut zertrat – ein Vorgang, den der Mann missmutig beäugte.

»Dennis Schulz«, sagte er. »Geschäftsführer. Gut, dass Sie so schnell gekommen sind. Folgen Sie mir.«

Der Name passte so gar nicht zu Schulz' Äußerem, dachte Will. Allerdings blieb ihr keine Zeit, weiter über diese Frage zu philosophieren.

»Das ist der Grund meines Anrufs«, sagte Schulz, als sie unmittelbar vor dem Pool standen. Seine Stimme klang distanziert. Will starrte auf das Wasser.

Das Becken war nicht besonders groß. Vielleicht fünfzehn

mal zehn Meter. Allenfalls. Und tief konnte es auch nicht sein, sonst stünden nicht überall diese Warnschilder herum: »In den Pool springen verboten!«

Der Grund des morgendlichen Einsatzes schwamm mitten im Wasser, als wollte er die ersten Sonnenstrahlen genießen. Ein regloser, nackter männlicher Körper. Beinahe ein friedliches Bild. Inspiration für ein sommerliches Stillleben. Will ging bis zum Beckenrand. Steinbrecher blieb ihr auf den Fersen, positionierte sich neben ihr. Die Kommissarin kniff die Augen zusammen, versuchte erste Hinweise zu erfassen.

»Für 'ne Wasserleiche recht appetitlich«, stellte Steinbrecher kühl fest. »Sie kann also noch nicht allzu lange hier liegen.«

»Ich schätze mal, maximal sechs Stunden oder so«, ergänzte Will und wandte sich an Schulz: »Wann haben Sie Betriebsschluss?«

»Um Mitternacht. Bis alle weg sind und abgeschlossen ist, wird es aber meistens eins, halb zwei.« Dennis Schulz starrte wie elektrisiert auf den Leichnam, während er sprach.

»Kennen Sie den Mann?«, fragte Will.

»Ich glaube, ja.«

»Glauben?«

»Sein Gesicht sieht verändert aus. Nicht mehr so lebensfroh wie sonst. Aber ja, ich bin mir ziemlich sicher, dass es Paul ist.«

»Paul?«

»Sein Nachname fällt mir gerade nicht ein. Er ist der Freund einer unserer Angestellten. Lara Guth. Sie müsste jeden Moment auftauchen.«

Will notierte die Namen. Zu mehr kam sie nicht mehr, weil eine Stimme über die Dachterrasse hallte:

»Ich glaube, hier ist etwas!«

Der Mann steckte in einem weißen Overall und gehörte unverkennbar zum Team der Spurensicherung. Erst jetzt registrierte Will, dass die Kollegen bereits vor Ort waren. Der Mann beugte sich über eine Liege in der dritten oder vierten Reihe hinterm Pool. Kurz darauf präsentierte er eine kleine Sporttasche.

Als Will und Steinbrecher neben ihm standen, surrte der

Reißverschluss. Kleidungsstücke kamen zum Vorschein. Eine Jeans, ein knalliges Poloshirt der Marke »Ralph Lauren«, dunkellila mit grünem Reiter, sowie ein Lederportemonnaie, das alles andere als billig aussah. Der Mann von der Spurensicherung klappte es auseinander und zauberte nach kurzer Suche den Personalausweis hervor.

»Paul Wernecke, geboren 1986, wohnhaft Musikantenweg. Das ist in Bornheim.«

»Ich weiß«, pflichtete Steinbrecher bei. »Ich wohne ein paar Straßen weiter.«

»Kennst du ihn?«, wollte Will wissen.

»Nein, nicht, dass ich wüsste.«

Will notierte die Daten. Das Portemonnaie verschwand in einem Plastikbeutel.

»Sind zufällig auch die Wohnungsschlüssel in der Tasche?«, wollte Steinbrecher wissen.

»Moment.« Der Mann legte den Plastikbeutel zur Seite und ließ seine Hände in einer Seitentasche verschwinden. Ein leises Klimpern war zu vernehmen. »Ja, hier.«

Das Metall der Schlüssel blinkte in der Sonne, ungefähr zeitgleich war ein Klirren zu hören. Irgendetwas musste auf den Boden gefallen sein.

»Mist!«, schimpfte der Mann.

»Was war das?«, fragte Will.

»Vermutlich ein Ring oder ein Geldstück«, murmelte der Mann und verschwand unter der Liege. »Ah, hier. Hab' ihn.«

Kurz darauf lag auf der Plastiktüte, die das Portemonnaie enthielt, ein silberfarbener Ring.

»Der Ring der O«, bemerkte Steinbrecher.

Will sah ihren Kollegen verständnislos an.

»Kennst du nicht?«

»Nein«, grummelte Will und musterte den Ring. Er hatte die Form eines Siegelrings, auf seiner Oberseite waren drei kreisähnliche Verzierungen. »Sollte ich?«

»Das kommt auf deine sexuellen Vorlieben an. Nur, wenn du auf BDSM stehst.«

»Du etwa?«

»Nein, aber ich hatte mal vor Jahren einen Fall, bei dem das eine Rolle spielte.«

Will musterte Steinbrecher. Während sie darüber sinnierte, ob er geflunkert hatte, setzte dieser zu weiteren Erklärungen an:

»Literarische Vorlage ist der Roman ›Geschichte der O‹. Dort wird den Sklavinnen nach erfolgter Ausbildung ein solcher Ring verliehen. Sie sind dann verpflichtet, sich jedem Mann, der die Bedeutung des Rings kennt, zu unterwerfen. Angeblich tragen dominante Personen den Ring an der linken Hand, die anderen an der rechten. So kann man gleich erkennen, ob man an den richtigen Partner geraten ist.«

»Interessant«, murmelte Will. »Und was ist mit Personen, die den Ring in ihrer Sporttasche tragen?«

»Spannende Frage«, entgegnete Steinbrecher.

***

Obwohl Hannah Wollenberg spät in der Nacht nach Hause gekommen war, brauchte sie nicht viel Schlaf, um wieder munter zu werden. Nach einer ausgiebigen Dusche stellte sie das Wasser ab und hüllte ihren schlanken Körper in ein großes Badehandtuch. Ihre Lippen pfiffen die Melodie von Max Giesingers Song ›Roulette‹, der gerade im Radio lief. Das Lied passte zu diesem Morgen wie der Bembel zum Ebbelwei.

Sie hatte den Abend mit einem äußerst attraktiven Mann verbracht. Doch es war nur ein Spiel, dessen Ausgang völlig offen war. Und sie war sich nicht sicher, ob sie strategisch wie beim Schach agieren oder auf das Glück einer Kugel vertrauen sollte, wie beim Roulette.

Noch vor wenigen Monaten hätte sie sich nicht vorstellen können, die Nacht mit einem Mann zu verbringen, nur um an Informationen zu gelangen. Damals war sie euphorisch in den neuen Job als Lokalreporterin bei der Frankfurter Zeitung gestartet. Mit Mitte zwanzig und einem Master in Publizistik glaubte sie sich auf der Überholspur. Doch relativ schnell hatte sie einsehen müssen, dass sich der Alltag einer Lokalreporterin irgendwo zwischen Kleintierzucht und Sportverein abspielte. Und wenn es tatsächlich um die Aufdeckung eines Skandälchens ging, dann war das Chefsache und nicht Aufgabe der Neuen.

Hätte Barbara sich nicht bei ihr gemeldet, wäre es vermutlich so weitergegangen. Die erfahrene Journalistin arbeitete beim Fernsehen, und Hannah hatte dort ein Praktikum gemacht. Das war fast ein Jahr her. Seitdem hatte sie nichts von ihr gehört. Bis zu jenem Anruf, der es in sich hatte.

Jemand hatte an die Fernsehredaktion vertrauliches Material geschickt und um Kontaktaufnahme gebeten. Der Informant hatte ein paar Verträge aus dem internationalen Fußballgeschäft als »Appetithappen« angeboten und angekündigt, dass er noch viel mehr in petto hätte. Barbara war die Sache zu heiß. Sie moderierte Sportsendungen. Recherche war nicht so ihr Ding.

Zwei Tage später hatte Hannah Kontakt zu diesem Informanten, der sich Marcel nannte, hergestellt. Er schickte weitere Dateien. Hannah verstand nicht viel vom Fußballgeschäft und von Lizenzverträgen noch viel weniger. Sie ging ab und an mit ihrem Großvater ins Stadion und freute sich mit ihm, wenn die Eintracht gewann. Für die Hintergründe des Profigeschäftes hatte sie sich bislang nicht besonders interessiert. Marcels Stoff indes schien brisant genug, um ihr Interesse zu wecken. Je mehr sie sich einlas, umso stärker juckte es in ihren Fingern. Das war etwas anderes als die Berichte über Kleingartenfeste und die Besuche bei Ortsbeiräten, wo Möchtegernpolitiker über Straßenschilder und Ampelschaltungen stritten. Einer der Verträge betraf ein Transfergeschäft, bei dem auch ein Frankfurter Spieler eine gewisse Rolle spielte. Ein möglicher Ansatzpunkt, die Story ihrem Chef schmackhaft zu machen.

Hannah stand jetzt vor dem Spiegel im Bad. Die Bürste strich langsam durch die schwarzen Haare. Sie konnte sich noch genau an jenen Morgen erinnern, an dem sie Marcel zum ersten Mal getroffen hatte. Sie hatte schlecht geschlafen, was vermutlich an der brüllenden Hitze gelegen hatte, die schon damals die Stadt terrorisierte. Eigentlich wäre die einzig sinnvolle Beschäftigung der Besuch an einem der Badeseen im Umland gewesen. Und wenn das schon nicht möglich war, dann zumindest in einem städtischen Schwimmbad.

Vielleicht im »Brentanobad«, alternativ im »Stadionbad«. Doch der Beruf ging vor. Marcel war schnell, was das Senden von Dateien betraf. Doch sie wollte ihn persönlich treffen, und er zierte sich. Erst nach gefühlt tausend Mails hatte er sich zu einem Treffen bereit erklärt.

Hoffentlich hielt der Kontakt, was er versprach. Sie wusste nicht viel über den Mann. Nur, dass er Marcel hieß und dass er es geschafft hatte, an geheime Informationen aus der Fußballszene zu gelangen. Wie er das angestellt hatte, war sein Geheimnis. Vermutlich handelte es sich um einen Nerd, der die Tage damit verbringt, sich durchs weltweite Netz zu hacken. Aber wie sah der Mann aus? War er groß oder klein, dick oder dünn? Hannah fühlte sich wie bei einem Blind Date. Und in etwa so nervös war sie auch. Allerdings hatte sie mit Blind Dates mehr Erfahrung als mit dubiosen Informanten. Normalerweise sollte es bei Journalisten eher umgekehrt sein. Doch dafür war sie noch nicht lange genug im Geschäft.

Als Treffpunkt war der Kurfürstenplatz ausgemacht. Hannah war gut eine halbe Stunde zu früh. Sie hatte in einem Backshop auf der Leipziger einen Coffee to go und die aktuelle Ausgabe der Tageszeitung erstanden. Nun saß sie auf einer schattigen Bank, hielt den Pappbecher in der Hand und starrte auf den rötlichen Brunnen aus Mainsandstein, in dessen Mitte Wasser aus einem Obelisken plätscherte.

Sie versuchte, einen Bericht auf der Titelseite zu lesen, konnte sich aber nicht konzentrieren. Immer wieder schaute sie nervös auf die Uhr. Noch fünf Minuten bis zum verabredeten Zeitpunkt. Sie ließ den Blick durch die Grünanlage wandern und musterte die Menschen, die sie durchquerten. Vielleicht war Marcel schon da? Vielleicht war er genauso nervös wie sie. Vielleicht verbarg er sich hinter einem Baum oder an einer der Häuserwände in den umliegenden Straßen? Beobachtete er sie? Auf einer Bank gegenüber fütterte ein älterer Mann Tauben. Ein Obdachloser wühlte in den Papierkörben nach weggeworfenen Pfandflaschen. Eine Frau schob einen Kinderwagen in Richtung Spielplatz. Alles machte einen ganz alltäglichen Eindruck.

Nach einem weiteren Schluck aus dem Pappbecher schaute Hannah erneut auf die Uhr. Zwanzig Minuten waren mittlerweile vergangen, ohne dass sich etwas getan hatte. Sie scannte nochmals die Umgebung ab. Die Feuerwache, die St.-Elisabeth-Kirche, eine Trinkhalle an der Ecke zur Schloßstraße. Nirgendwo eine Spur von Marcel. Sie beschloss, allenfalls noch eine halbe Stunde zu warten. Sollte der Kerl dann nicht aufgetaucht sein, würde sie unverrichteter Dinge nach Hause gehen müssen. Der Sack mit den Badesachen stand gepackt in der Ecke.

Sie setzte erneut den Pappbecher an. Die Temperatur des Kaffees war mittlerweile sehr angenehm.

»Hast du 'nen Euro für mich?«, fragte eine raue Stimme. Hannah schreckte auf. Direkt vor ihr stand der Obdachlose, der vorhin im Mülleimer gewühlt hatte. In der einen Hand hielt er eine fast leere Plastiktüte, die andere streckte er ihr entgegen.

»Wenig Ausbeute heute?«, erwiderte Hannah.

»Stimmt, nur zwei Flaschen bisher.«

Hannah kramte aus der Hosentasche eine Münze hervor und legte sie in die ausgestreckte Hand.

»Vielen lieben Dank«, sagte ihr Gegenüber. »Ich will ja nicht unverschämt sein, aber kann ich auch die Zeitung haben?«

Für einen Moment verstand Hannah nicht, doch dann fiel ihr die Tageszeitung ein, die achtlos neben ihr auf der Bank lag.

»Klar, die können Sie auch haben.« Hannah reichte ihm die Zeitung.

»Tausend Dank«, sagte der Mann und trottete weiter.

Hannah trank den Kaffee aus und wollte gerade aufstehen, als sie eine Bewegung neben dem Toilettenhäuschen wahrnahm, das etwas versteckt hinter einer Hecke lag.

Ihr Instinkt befahl ihr, noch einen Moment zu warten. Tatsächlich schälte sich eine Gestalt aus dem Schutz der Hecke und schlenderte in ihre Richtung. Ein junger Typ mit Baseballkappe. Dunkle Locken lugten unter ihr hervor. Er trug eine ausgeleierte Jeans und ein schwarzes T-Shirt. Eine schwarz umrandete Brille und Bartstoppel charakterisierten das Gesicht. Vom Äußeren her könnte er genauso gut ein Penner wie einer dieser neuen Pop-Poeten sein, die zurzeit die Charts dominierten.

Es war tatsächlich Marcel. Und er schlug nach einer kurzen Begrüßung vor, irgendwo zu frühstücken. Wenig später betraten sie das »Stattcafé«. Die Tische waren nur zur Hälfte besetzt. Die meisten Gäste saßen draußen. Hannah begrüßte die Bedienung und marschierte zielstrebig in den hinteren Bereich, wo alle Tische frei waren und man sich diskret unterhalten konnte. Marcel folgte ihr, wobei seine Augen jeden Winkel der Räumlichkeiten absuchten. Er bestand darauf, mit dem Rücken zur Wand zu sitzen, um das ganze Café im Blick zu haben. Kaum hatten sie Platz genommen, drückte die Bedienung ihnen die Karte in die Hand. Hannah bestellte Müsli mit Obst und einen Milchkaffee. Marcel orderte einen dreifachen Espresso, dazu Rührei mit Speck.

»Ich habe die letzte Nacht kaum geschlafen. Deshalb das viele Koffein.«

»Hast du das Frankfurter Nachtleben ausprobiert?«, lachte Hannah.

»Wo denkst du hin! Ich saß vorm Rechner. Daten sichten.«

Hannah musterte Marcel, versuchte, in seinem Gesicht zu lesen. Es sah ziemlich hinüber aus. Aschgraue Haut und dunkle Ränder unter den Augen. Wahrscheinlich war es nicht die erste durchgemachte Nacht gewesen.

»Wo kommst du her?«

»Das tut nichts zur Sache. Ich lebe mal hier und mal dort. Mehr braucht dich nicht zu interessieren.«

Die Bedienung brachte die Getränke. Marcel schüttete den Espresso in sich hinein und orderte gleich Nachschub.

»Ich verstehe, dass du anonym bleiben willst. Aber ich muss schon die Vertrauenswürdigkeit meiner Informanten checken«, sagte Hannah, nachdem die Bedienung außer Hörweite war.

Marcel lehnte sich breitbeinig zurück und streckte beide Arme zur Seite.

»Sehe ich unglaubwürdig aus?«

Hannah kniff die Augen zusammen. In dem Zustand, in dem er sich präsentierte, war nichts auszuschließen. Er konnte ein Scharlatan sein oder ein Gangster, ein Hochstapler oder der Messias. Alles war möglich.

»Entweder vertraust du mir oder du lässt es bleiben. Kein

Problem«, forderte Marcel mit ernster Miene.

»Ich vertraue dir«, sagte Hannah eilig. Sie wollte auf keinen Fall, dass Marcel Zweifel an ihren Absichten hegte.

»Also«, brummte er und stützte die Ellenbogen auf den Tisch auf. Sein Gesicht näherte sich dem ihren.

»Hast du meine Infos gelesen?« Sein Atem streifte ihre Nase. Er roch erstaunlich frisch. Trotz der durchgemachten Nacht hatte er sich vor dem Treffen die Zähne geputzt. Immerhin.

»Ja. Natürlich. Sonst wäre ich nicht hier.«

»Ich will ehrlich sein«, sagte Marcel und rückte seine Nase noch näher zu Hannah. »Du lässt dich auf ein gefährliches Spiel ein. Bist du dir sicher, dass du das willst?«

»Ja«, sagte Hannah mit fester Stimme.

»Ich habe etwas über dich recherchiert. Als Journalistin bist du ein eher unbeschriebenes Blatt.«

»Jeder fängt mal klein an, oder?«

Marcel nickte.

»Also gut. Barbara hat sich für dich ins Zeug gelegt. Wenn sie das macht, vertraue ich ihr. So bin ich eben.«

Hannah wusste nicht, was sie darauf sagen sollte. Also schwieg sie und sah Marcel fest in die Augen. Insgeheim wunderte sie sich allerdings, dass er Barbara näher kannte.

»Es gibt ein paar Regeln, die du einhalten musst. Sonst ist unsere Zusammenarbeit sofort beendet.«

»Welche sind das?«

»Erstens: Ich bleibe anonym. Du schreibst nichts über mich, nicht wo ich herkomme, wie ich aussehe, was ich mache. Absolut nichts. Ist das klar?«

»Klar«, sagte Hannah. »Was soll ich auch schreiben? Ich weiß ja nichts.«

Marcel ging nicht auf die kleine Spitzfindigkeit ein.

»Von mir aus kannst du irgendeinen fiktiven Informanten erfinden, wenn das für deine Story wichtig ist. Aber diese Erfindung darf nichts mit mir zu tun haben.«

»Von mir aus kannst du den Artikel gegenlesen, bevor ich ihn abgebe«, retournierte Hannah.

Marcel musterte Hannah mit einem durchbohrenden Blick.

»Warum nicht!«

Die Bedienung näherte sich mit dem Frühstück. Marcel lehnte sich wieder zurück. »Dann wollen wir uns erst mal ein wenig stärken, was?«

Hannah legte die Bürste zur Seite und griff zum Föhn. Zielsicher steckte sie den Stecker in die Steckdose. Die warme Luft wehte durch ihre langen schwarzen Haare. Ihre Gedanken kehrten zum ersten Treffen mit Marcel zurück.

Als sie an jenem Abend nach Hause kam, war es draußen bereits dunkel. Sie hatte viel mehr Zeit mit Marcel verbracht als geplant. Von wegen ein Treffen am Morgen, ein paar Hintergrundinformationen und fertig. So war Marcel nicht gestrickt. Es hatte schon viel Aufwand gebraucht, um ihn zu einem persönlichen Gespräch zu überreden. Er war ein scheues Reh, das den ganzen Tag hinter einem Bildschirm zubrachte und fremde Datenbanken knackte. Vermutlich schlief er sogar tagsüber und war vor allem nachts aktiv. Was sollte man mit so einem Menschen anfangen?

Also kein großes Palaver. Daten wurden bei einem kurzen Treffen über den Tisch geschoben. Fertig. Wenn es ganz mysteriös lief, wurde allenfalls noch ein Übergabeort verabredet, wo man ein deponiertes Päckchen fand. So oder so ähnlich hatte Hannah die Story im Vorfeld durchgespielt.

Doch Marcel war anders. Vorsichtig war er durchaus. Er hatte sie beobachtet und abgecheckt. Sie wusste nicht, wie lange er am Morgen hinter dem Toilettenhäuschen gestanden hatte. Vermutlich einige Zeit. Als sie zum »Stattcafé« gelaufen waren, hatte er sich permanent umgesehen. Im Café selbst wollte er so sitzen, dass er die Eingangstür im Blickfeld hatte. Den ganzen restlichen Tag hatte Hannah immer wieder beobachtet, wie aufmerksam er war, wenn er sich in der Öffentlichkeit bewegte. Seine Augen suchten die Umgebung ab wie ein Adler auf der Jagd nach einem guten Fang. Nur suchte Marcel keine Beute, sondern wollte verhindern, eine zu werden.

Trotzdem war er alles andere als ein Stubenhocker. Er war

gesprächig und bestens informiert. Er konnte über viele Themen reden, und was er sagte, war durchdacht und fundiert. Kein dummes Geschwätz wie bei so vielen, die glaubten, die Welt durchschaut zu haben. Nur über eines sprach er wenig: sich selbst. Dabei war Hannah vor allem genau daran interessiert. Sie wollte etwas über den Menschen erfahren, der sie mit Informationen versorgte.

Der Tag mit Marcel war eine Herausforderung gewesen. Marcel war fordernd, verlangte absolute Aufmerksamkeit. Und dazu ständige Ortswechsel.

Zuerst hielt Hannah ihn für sprunghaft. Doch im Laufe des Tages gelangte sie zu der Überzeugung, dass die permanenten Ortswechsel im Grunde nichts anderes als Vorsicht waren. Marcel verhielt sich wie Dr. Kimble auf der Flucht.

Vom »Stattcafé« fuhren sie mit der U-Bahn in die Innenstadt. Marcel wollte die neue Altstadt besichtigen. Sie war vor wenigen Wochen fertiggestellt worden. Beim Gang über das Kopfsteinpflaster konnte man ein Gefühl davon bekommen, wie Frankfurt getickt hatte, bevor alles im Krieg zerstört wurde. Enge schattige Gassen. Fachwerk und ein wenig Glanz am Krönungsweg. Klar, alles war jetzt eine Filmkulisse. Verkleideter Beton, auf alt getrimmt, aber durchaus gut gemacht.

Danach zog es Marcel in den Stadtwald. Zu den Kiebitzen am Stadion. Gucken, was die Mannschaft macht. Also fuhren sie mit der S-Bahn zum Sportfeld, gingen zum Trainingsplatz und beobachteten, wie Fitnesstrainer die Spieler scheuchten. Marcel und Hannah waren bei Weitem nicht die einzigen Gäste. Allerlei Volk lungerte herum, kommentierte fachmännisch alles, was sich auf dem Platz tat. Und es war ein buntes Völkchen: Rentner und Kinder, dazwischen der eine oder andere Anzugträger. Irgendwann stupste Marcel Hannah vorsichtig in die Hüfte. Es war der erste wirkliche Körperkontakt zwischen ihnen. Hannah war ein wenig erstaunt, doch sie ließ ihn unkommentiert.

Marcel flüsterte ihr ins Ohr: »Der Typ da drüben. Siehst du den?«

Im ersten Moment wusste Hannah nicht so recht, wen Marcel meinte. Sie blickte zur anderen Spielfeldseite.

»Weißes Hemd, dunkelblaue Hose«, raunte Marcel.

Jetzt hatte Hannah ihn erblickt. Eine durchaus stattliche Erscheinung. Und irgendwie kam ihr der Mann bekannt vor. Hatte sie nicht vor ein paar Wochen schon einmal jemand auf ihn aufmerksam gemacht?

»Was ist mit dem?«

»Den solltest du dir einmal genauer ansehen. Ist einer von diesen dubiosen Typen.«

Hannah knipste mit dem Handy ein Foto. Und damit nahm die Recherche an Fahrt auf.

Sie schaltete den Föhn aus, zog den Stecker aus der Dose und wickelte das Kabel zusammen. Danach verweilte sie einige Zeit vor dem Spiegel und betrachtete ihr Gesicht. Glatte Haut. Grüne, klare Augen. Wohlgeformte Lippen. Sie war zufrieden mit sich und der Welt.

***

Die Kommissare standen mit Dennis Schulz an der Bar. Ein Mitarbeiter war damit beschäftigt, die Kaffeemaschine zu säubern. Aus der Küche drang das Scheppern von Töpfen und das Klirren von Gläsern.

»Können Sie sich erklären, wie der Tote in den Pool gekommen ist?«, wollte Will wissen.

Schulz zuckte mit den Schultern. »Nicht wirklich. Gestern Abend war er noch nicht da. Und heute Morgen war eigentlich alles ganz normal. Jedenfalls haben wir keinerlei Spuren für ein gewaltsames Eindringen entdeckt.«

»Welche Zugänge gibt es?«

»Zum einen den, den Sie genommen haben. Also die Treppe aus der Parkebene. Das ist der Kundeneingang. Dann gibt es noch den Fahrstuhl für uns und die Anlieferung. Der ist da hinten.« Schulz deutete in Richtung Küche.

»Ich nehme mal an, dass beide über Nacht verschlossen sind?«, hakte Will nach.

»Natürlich. Und das waren sie auch heute Morgen. Ich habe

beide aufgeschlossen«, stellte Schulz unmissverständlich fest.

Steinbrecher ließ den Blick über das Gelände schweifen. In Richtung Dom gab es eine Brüstung. Der Bereich um den Eingang war mit Zäunen abgegrenzt, die hinter dem Beachvolleyballfeld meterhoch waren.

»Kann man da irgendwo drüberklettern?«

Schulz folgte Steinbrechers Blick.

»Eigentlich nicht. Aber ausschließen will ich es natürlich nicht. Wenn einer unbedingt einbrechen will, schafft er das auch, oder?«

»Dann lassen wir die Spurensicherung alles absuchen«, entschied Steinbrecher.

»Wer hat Schlüssel für die Zugänge?«, wollte Will wissen.

»Für unsere Mitarbeiter kann ich eine Liste ausdrucken. Soweit ich weiß, hat auch die Hausverwaltung welche.«

»Okay, das klären wir ab. Videoüberwachung?«

»Hier oben nicht, aber im Parkhaus. Da müssen Sie sich an den Betreiber wenden.«

***

Als Hannah Wollenberg einen Tag nach dem Treffen mit Marcel die Redaktionsräume betrat, saß Markus-Maria Kimpel, seines Zeichens Chefredakteur der Lokalausgabe der Frankfurter Zeitung, hinter seinem Schreibtisch. Der Hut, den er außerhalb der Redaktion immer trug, thronte auf einem Stapel Papier am äußersten Rand der Tischplatte. Seit sein Haupthaar schütter geworden war, kannten ihn nur die Mitarbeiter der Redaktion ohne Kopfbedeckung. Hannah hatte gleich bei ihrer ersten Begegnung Haarausfall als Auslöser für das Huttragen ausgemacht. Alternativ wäre noch Stilberatung infrage gekommen. Aber wozu brauchte der allseits geachtete Chefredakteur der Lokalausgabe ein Markenzeichen?

Kimpels Augen funkelten vergnügt, als er Hannah erblickte.

»Ah, mein junges Talent. Was macht die Kunst?«

Hannah lehnte sich gegen die Tischplatte und verschränkte die Arme.

»Alles fertig«, sagte sie und fuchtelte plötzlich mit einem Stick vor Kimpels Nase herum.

»Wunderbar. Ich werde es gleich durchgehen.« Kimpel versuchte, nach dem Stick zu greifen, doch Hannah zog ihn flink zurück, sodass seine Hand ins Leere griff.

»Verflixt noch mal, was sollen diese Spielchen?!«, schimpfte er. Hannah ließ den Stick in der Hand verschwinden.

»Ich habe einen Vorschlag«, sagte sie.

Kimpel lehnte sich zurück und tat entspannt, obwohl er es nicht war.

»Ich bin ganz Ohr!«

Hannah begann zu erzählen. Von Barbaras Anruf, von ihrem Kontakt zu Marcel und vom gestrigen Treffen.

»Was halten Sie davon? Das ist doch eine Topstory, oder?«, beendete sie ihr Plädoyer.

»Klingt nicht uninteressant«, sagte Kimpel betont beiläufig. Eigentlich ein sicheres Indiz dafür, dass er Witterung aufgenommen hatte.

»Das heißt, ich darf die Story machen?« Hannah fühlte sich auf der Zielgeraden.

»Sie machen hier ein Volontariat«, entgegnete Kimpel.

»Ja und? Hatten Sie an meinen Artikeln bislang etwas auszusetzen?«

Kimpel überlegte kurz. »Nein. Sie sind gut lesbar, haben einen gewissen Witz. Und über eine gute Schreibe verfügen Sie ohnehin.«

»Na also!«, sagte Hannah und spielte provozierend mit dem Stick.

»Aber im Vergleich zu dem, was Sie da vorhaben, war bisher alles Kindergarten.«

»Eben. Ich will doch nicht mein Leben lang über Vorstadtvereine berichten.«

»Sie sind seit zwei Monaten hier.«

»Lang genug.«

Kimpel stöhnte innerlich auf. Diese Frau gab nicht so schnell auf und hatte dabei einen gewissen Nervfaktor. Aber er mochte ihre forsche Art. Und ihr journalistisches Talent hatte er längst erkannt. Nachdenklich knipste er auf dem Kugelschreiber herum.

Hannah ließ ihn nicht aus den Augen, starrte ihn unumwunden an. Nur mit Mühe schaffte sie es, die Füße stillzuhalten.

»Also gut«, sagte Kimpel schließlich, wobei er versuchte, seiner Stimme einen gequälten Ton zu verleihen. »Recherchieren Sie. Aber das heißt nicht, dass Sie die anderen Berichte liegen lassen! Das Brotgeschäft muss zuerst erledigt werden.«

»Ehrlich?!«, stieß Hannah ungläubig aus.

»Ja, ehrlich«, bestätigte Kimpel. »Legen Sie los und berichten Sie regelmäßig. Keine Alleingänge, bitte.«

»Echt? Wirklich?«

»Noch eine Nachfrage, und ich ziehe meine Zusage zurück.«

»Ich könnte Sie knutschen.«

»Bitte nicht!«, entfuhr es Kimpel. »Und wo wir schon dabei sind: Ich muss mich absolut darauf verlassen können, dass Sie vorsichtig sind. Und Sie willigen ein, dass ich Ihnen jederzeit einen erfahrenen Kollegen zur Seite stelle, wenn es knifflig wird.«

»Okay, von mir aus …«, stöhnte Hannah.

»Journalismus ist auch Teamarbeit. Das müssen Sie lernen! Und jetzt her mit dem Stick.«

***

»Bei Wasserleichen kommen grundsätzlich mehrere Todesursachen in Betracht«, begann Dr. Spichal zu referieren.

Der Rechtsmediziner saß mit Will, Steinbrecher und Steininger an einem der Tische im »Citybeach«. Vor ihm stand ein Glas mit Früchtetee. Im Hintergrund wuselten die Männer von der Spurensicherung immer noch in ihren weißen Schutzanzügen herum. Jan Steininger war vor ein paar Minuten abgehetzt auf dem Parkhausdeck aufgetaucht – gerade in dem Moment, als der Tote aus dem Wasser gezogen und in einen Transportsarg verfrachtet worden war.

»Ertrinken, ertränken, plötzlicher natürlicher Tod oder Leichendumping. Das Tückische ist, dass es kaum äußere Merkmale fürs Ertrinken gibt. Genau genommen gibt es nur ein sicheres Indiz: Schaumpilzbildung vor Mund und Nase. Das konnte ich nicht entdecken. Heißt aber erst mal nichts.« Dr. Spichal verfiel in seinen gewohnten Plauderton. »Obduktion, chemisch-toxikologische Untersuchung und Bestimmung der Blutalkoholkonzentration sollten Klarheit schaffen. Ist ja nicht ganz auszuschließen, dass der Herr bei einer nächtlichen Party unglücklich in den Pool gestürzt ist.«

Der Rechtsmediziner ließ den Löffel im Teeglas kreisen. Will nickte.

»Wie lange hat die Leiche im Wasser gelegen?«

»Nicht lange. Wir haben kaum Waschhautbildung, weder an Händen noch Füßen. Auch sonst gibt es keine der typischen Merkmale für ein langes Verweilen im Wasser. Aber das wird euch nicht verwundern«, erläuterte Dr. Spichal mit Blick auf die Umgebung.

»Ja, das ist uns klar«, sagte Steinbrecher. »Was meintest du eigentlich mit ›Leichendumping‹?«

»Davon sprechen wir, wenn die Tötung außerhalb erfolgt ist und die Leiche dann zur Vortäuschung eines Ertrinkens ins Wasser verbracht wird.«

»Mit anderen Worten: Du kannst uns zurzeit noch nicht viel sagen, außer dass der Tod irgendwann zwischen zwei Uhr und heute Morgen eingetreten ist?«, blaffte Steinbrecher.

»Noch nicht einmal das. Ich melde mich, wenn ich Neuigkeiten habe«, erwiderte Dr. Spichal.

»Aber du sagtest doch, die Leiche kann maximal sechs Stunden im Wasser gelegen haben.«

»Ja, das schon. Aber der Todeszeitpunkt könnte natürlich früher gewesen sein. Leichendumping eben.«

Steinbrecher zog ernüchtert an der Zigarette. Das Rauchverbot störte ihn genauso wenig wie Wills missmutige Blicke.

Dennis Schulz beäugte das Geschehen im Club vom Tresen aus – mal mit dem Rücken gegen die Wand gelehnt, mal einen Schritt weiter vorn, aber immer die Arme vor dem Körper verschränkt. Sein Gesicht verriet nichts von seiner inneren Anspannung. Er war schon seit vielen Jahren in der Gastroszene tätig. Angefangen hatte er als Türsteher in einem Bordell ganz in der Nähe. Es folgten Jahre in der Clubszene. Langsam hatte er sich hochgearbeitet. Vom Laufjungen zum Geschäftsführer eines Beachclubs, wie er oft flachste, denn das stimmte nicht wirklich. Obwohl er diesen Titel trug, war er in Wirklichkeit der Handlanger des Eigentümers. Aber was spielte das für eine Rolle?

Er hatte viel erlebt in all den Jahren, manche Razzia und einige Verhaftungen. Wer sein Gesicht aufmerksam studierte, konnte all das in den Falten und Narben erahnen, die Wange und Stirn zierten. Und auch rund um die Augen hatte das Leben zahlreiche Spuren eingegraben. Das Erste, was er gelernt hatte, war, immer ein Pokerface zu wahren. Egal, was passiert: cool bleiben. Wer das schafft, kommt aus den kniffligsten Situationen ohne große Schrammen heraus. Und so hielt er es auch an diesem verdammten Morgen.

Ein Toter im Pool war das Letzte, was er gebrauchen konnte. Aber er war nun mal da, das war nicht zu ändern. Nun war Krisenmanagement gefragt. Und die erste Aufgabe dabei war, alles genau zu registrieren. Dennis Schulz beschloss, einen Rundgang über das Gelände in Angriff zu nehmen. Gemächlichen Schrittes ging er in Richtung Pool, bog am Sarg rechts ab und erreichte das Beachvolleyballfeld. Dort schaute er die Absperrung entlang nach oben. Alles war intakt. Nirgendwo ein Loch oder etwas Verdächtiges. Schulz drehte sich langsam um. Sein Blick strich über die leeren Liegestühle und blieb am Tresen hängen, wo Jano aus der Küche mit Lara sprach. Er hielt sie mit beiden Händen fest. Offenbar war sie drauf und dran, zum Sarg zu stürmen, und Jano konnte es nur mit Mühe verhindern.

Lara!, schoss es Schulz durch den Kopf. Was musste Pauls Freundin ausgerechnet jetzt hier auftauchen! Und warum war er gerade in diesem Moment nicht hinterm Tresen? Lara riss sich von Jano los, blieb aber hinter der Theke.

Schulz sah zum Tisch, an dem die Kommissare saßen. Auch dort schien man die Szene registriert zu haben.

»Wer ist das dort hinten?«, fragte Will.

»Wo?«, wollte Steinbrecher wissen.

Will machte eine Kopfbewegung zur Theke hin.

»Die Frau dort. Blonde Haare, zierliche Figur.«

Steinbrecher drehte den Kopf. Lara lehnte an der Theke. Ihr Körper schien zu zittern.

Das konnte nur Werneckes Freundin sein, kombinierte Will.

»Mein Gott, warum kümmert sich denn niemand um sie?!«, entfuhr es der Kommissarin. Gleichzeitig sprang sie so ruckartig auf, dass der Stuhl, auf dem sie gesessen hatte, umfiel. Mit schnellen Schritten eilte sie zur Theke.

»Lara Guth?«, stieß Will mit brüchiger Stimme hervor. Die Angesprochene nickte stumm. Ihr Gesicht war verheult, ihre Schminke verwischt. In ihren Händen hielt sie ein Papiertaschentuch.

»Ja«, sagte eine männliche Stimme.

Will sah sich suchend um. Dann erblickte sie einen schmächtigen Jüngling, der hilflos im Türrahmen zur Küche stand. Offenbar war er mit der Situation komplett überfordert.

»Sie haben es eben erst erfahren?«, fragte Julia Will. Ihre Stimme kratzte im Hals.

Lara nickte stumm und starrte in Richtung Pool. Die Nachricht schien ihr alle Kraft zu rauben. Die Beine knickten ihr weg. Sie rutschte mit dem Rücken die Wand entlang auf den Boden und blieb auf den Holzpaneelen sitzen, die über das Parkhausdach gelegt worden waren.

»Wie kann das sein?« Fassungslos stammelte sie eine Weile vor sich hin. Irgendwann schlug sie mit der Faust auf den Boden. Es dröhnte in Wills Ohren. Es folgte Schlag auf Schlag. Dann war Ruhe. Lara Guth weinte. Ganz leise, fast stumm. Julia war drauf und dran, sie in den Arm zu nehmen. Sie zu trösten. Sie wirkte so zerbrechlich. Da spürte sie die Wärme eines menschlichen Körpers hinter sich. Wahrscheinlich einer von den Stones, wie sie die Kollegen Steininger und Steinbrecher der Einfachheit halber nannte, oder Dr. Spichal. Als sie sich umdrehte, erschrak sie fast. Es war dieser klobige Geschäftsführer. Sie hätte beinahe seine Hand ergriffen.

»Haben Sie jemanden, der sich um sie kümmern kann?«, fragte Will ihn mit belegter Stimme.

»Selbstverständlich«, versicherte der Klotz und hob Lara vom Boden auf, die sich an ihm festklammerte wie ein Kind. »Sie kann erst mal zu uns. Wir sind eine große Familie.«

»Okay«, sagte die Kommissarin, froh darüber, dieses Problem gelöst zu haben. Laras Aussage hatte Zeit bis morgen.

Schulz blieb bei Lara und beobachtete, wie die Kommissare sich auf den Weg in Richtung Ausgang machten.

Lara war für heute aus dem Spiel. Bis morgen war genug Zeit, um sie für die weiteren Vernehmungen vorzubereiten.

Dennis Schulz übergab Lara einer Kollegin, die versprach, sich ihrer anzunehmen. Am Pool waren immer noch die Jungs von der Spurensicherung am Werk, aber die waren ihm egal. Er verzog sich ins Büro, einem kleinen Kabuff neben der Küche, schloss die Tür und wählte die Nummer seines Chefs.

2.

Klaus Gerding versank beinahe hinter dem vollgeladenen Schreibtisch. Der Chef der Frankfurter Mordkommission hatte mehrere Stapel Aktenordner – Steinblöcken gleich – vor sich aufgebaut. Verschanzte er sich hinter einer Mauer aus Papier und alten Fällen? Wollte er sich bereits wenige Wochen vor seiner Pensionierung unsichtbar machen? Will kam spontan ein anderer Gedanke: Gerding war beim Aufräumen. Großreinemachen nannte man das gemeinhin.

»Kommt rein und lasst euch nieder!« Zwischen den Aktendeckeln lugte Gerdings gelockte Haarpracht hervor. »Am besten in der Sofaecke!«

Die Kommissare kamen der Aufforderung nach und nahmen Platz. Will in einem Sessel, die Stones auf der Couch.

Gerding wuchtete seinen kompakten Körper mit leisem Stöhnen hoch und scharwenzelte, den dicken Bauch wie eine Trophäe vor sich herschiebend, um den Schreibtisch. Auch stehend überragte er die Aktenstapel nur gerade so.

»Nasse Fische?«, fragte Steinbrecher.

»Der rechte Stapel. Links liegen die gelösten Fälle fürs Archiv.«

»Was sollen ›Nasse Fische‹ sein?«, fragte Steininger.

»Ein Synonym für ungelöste Fälle«, erklärte Gerding und ließ sich in den noch freien Sessel fallen. »Wenn ihr Kaffee wollt, bedient euch.« Seine Hand machte eine einladende Geste in Richtung Tassen und Thermoskanne, die auf dem Beistelltisch standen. Steinbrecher ließ sich das nicht zweimal sagen und füllte drei Tassen mit Kaffee. »Du auch?«, fragte er in Richtung Gerding, der das Geschehen aufmerksam beobachtete.

»Nein, danke. Ich hatte schon zwei. Ich muss auf mein Herz aufpassen. Immerhin möchte ich das Rentnerdasein lange genießen.«

Gerding schied in wenigen Wochen aus dem Dienst. Er hatte Tom Bohlan als Nachfolger auserkoren, und dieser hatte nach langem Hin und Her zugesagt. Alles Weitere war, wenn man Gerding Glauben schenkte, reine Formsache.

»Zucker?«, fragte Steinbrecher in Wills Richtung.

»Selbstverständlich, und nicht zu knapp!«, erwiderte Will mit einem zuckersüßen Lächeln.

Gerding beugte sich nach vorn und kam Steinbrecher zuvor. Beherzt schaufelte er ein paar Löffel in die erste Tasse und schob sie Will zu.

»Die Bewährungsprobe kommt schneller als gedacht«, sagte Gerding nach einem Räusperer. »Es scheint fast so, als hätte das Verbrechen beschlossen, euch vorzeitig auf die Probe zu stellen.

»Du meinst also, die Kriminellen dieser Welt sprechen sich ab, bevor sie zuschlagen«, bemerkte Will spitz. Sie hasste Vereinfachungen genauso wie Allgemeinplätze.

»Natürlich. Sie hausen in einem Höhlensystem unter der Erde, treffen sich zu geheimen Verschwörungen und überlegen, wie sie die Polizei überlisten können«, erwiderte Gerding mit todernster Miene. »Nein, nur Spaß«, fügte er nach einer kurzen Pause hinzu. »Aber im Ernst: Der Wasserleichenfall sollte konsequent angegangen werden.«

»Selbstverständlich, wie immer«, schaltete sich Steinbrecher ein. »Wir waren den ganzen Morgen im ›Citybeach‹ unterwegs. Die Rechtsmedizin ist eingeschaltet, und für den Nachmittag haben wir uns jede Menge vorgenommen.«

»Schön, schön«, murmelte Gerding. »Ich habe nichts anderes erwartet.«

Warum hast du uns dann zum allgemeinen Palaver einbestellt? Wir könnten die Zeit auch sinnvoller nutzen, dachte Will, schwieg aber.

»Ich will eure wertvolle Zeit nicht übermäßig strapazieren«, sagte Gerding, als hätte er Wills Gedanken gelesen. »Ich wollte lediglich kurz die Kompetenzen klären.«

Will horchte auf. Steinbrecher blieb lässig auf dem Sofa sitzen, während Steininger plötzlich kerzengerade neben ihm saß. Eine Reaktion, die Will nicht entging. Erwartete er etwa, zum Chefermittler befördert zu werden?, schoss es Will durch den Kopf. Diese Rolle stand eigentlich Steinbrecher als Dienstältestem im Team zu. Doch dieser hatte bislang keinerlei Ambitionen gezeigt.

Steininger war nur wenig jünger als Will und fast genauso lange in Bohlans Team. So gesehen waren die beiden auf Augenhöhe, sollte es zu einer Auswahl zwischen ihnen kommen.

»Ich denke, der Fall ist eine gute Gelegenheit, sich für höhere Aufgaben zu profilieren«, begann Gerding. »Ich habe lange mit Tom telefoniert und mir die Entscheidung nicht leicht gemacht.« Der Chef der Mordkommission brach ab und ließ seinen Blick von einem zum anderen wandern, als wollte er dabei das Ergebnis seiner Überlegungen überprüfen. »Ich denke, dass Julia diesmal die Ermittlungen leiten soll – wenigstens so lange, bis Tom zurück ist.«

Während Will ihr Glück kaum fassen konnte, rutschte Steininger neben Steinbrecher tief in die Sofakissen. Die Enttäuschung stand ihm ins Gesicht geschrieben.

»Das ist jetzt keine Entscheidung gegen dich, Jan, sondern eine für Julia«, schob Gerding nach.

»Und warum nicht Walter?«, fragte Steininger sichtlich getroffen.

»Weil es Zeit für Jüngere ist«, antwortete Steinbrecher. »Ich bin ein guter Teamplayer, und das will ich auch bleiben. Außerdem habe ich auch nicht mehr so viele Dienstjahre vor mir.«

Will legte die Stirn in Falten. Steinbrechers Antwort kam wie aus der Pistole geschossen. Zu schnell, als dass er erst jetzt von der Entscheidung erfahren haben konnte. Er hat es gewusst, dachte Will. Gerding, Steinbrecher und Bohlan hatten das abgesprochen. Das war mehr als deutlich. Die Kommissarin fühlte sich geehrt. Doch war sie der neuen Verantwortung gewachsen? Noch dazu, wo einer im Team sichtlich unzufrieden war. Querschüsse waren das Letzte, was sie gebrauchen konnte.

Am Nachmittag fuhren Will und Steinbrecher zum Musikantenweg. Eine Mischung aus Zitrus- und Essigduft schlug ihnen beim Öffnen der Wohnungstür entgegen. Das Duftgemisch zeugte davon, dass die hohen Räume der Altbauwohnung vor nicht allzu langer Zeit gründlich gereinigt worden waren. Will ließ die Holztür zurück ins Schloss fallen und sah sich suchend um. Mehrere Schuhpaare standen ordentlich aufgereiht auf einem kniehohen Regal, zwei Jacken hingen an der Garderobe. Daneben prangte ein Spiegel mit breitem Holzrahmen. Der Dielenboden darunter blitzte.

Steinbrecher marschierte los, inspizierte jeden Raum. Will musterte Fotos, die mit kleinen Magneten auf einer Metallplatte befestigt waren. Wernecke in Paris, Wernecke in London, Wernecke am Strand, entweder mit Lara oder ein paar Freunden an der Seite. Alle grinsten unentwegt in die Kamera.

»Hier ist nichts Auffälliges«, raunzte Steinbrecher aus einem der Räume.

»Doch«, erwiderte Will. »Mir ist die Wohnung für einen jungen Mann zu gediegen. Schau dir mal die Möbel an. Lauter Designerzeug. Teuer und hochwertig.«

»Vielleicht war er Banker?«, sagte Steinbrecher. »Das würde den Luxus erklären. Die spielen an der Börse ein wenig Casino, ruinieren die Wirtschaft, und wenn sie sich verzocken, muss die öffentliche Hand ran.«

Will ließ Steinbrechers Bemerkung unkommentiert. Natürlich hatte er recht - diesem Wahnsinn sollte man einen Riegel vorschieben. Aber das löste nicht den Fall. Und genau das war jetzt ihr Job.

»Wir schicken in jedem Fall die Spurensicherung durch, und danach wühlen wir in den Unterlagen, falls wir welche finden.« Will stand in einem Raum, der als Arbeitszimmer diente. Großer Schreibtisch, Sofa und ein Bücherregal. Sie ließ den Blick über die Buchrücken gleiten. Soweit sie es überblicken konnte, handelte es sich um Bände über Sport, vorwiegend Fußball, und Wirtschaft. »Wernecke scheint ein großer Fußballfan gewesen zu sein. Hier steht allerhand zu Trainingslehre, Taktik und Vereinen herum.«

Da Steinbrecher nicht antwortete, fotografierte Will die Bücherwand und wandte sich dann dem Schreibtisch zu. Dieser war aus dunklem hochwertigem Holz und ziemlich leer. Auf dem Boden fand sie die Anschlusskabel für das Internet und ein Netzteil, das vermutlich zu einem Laptop gehörte. Von diesem allerdings fehlte jede Spur.

Sie streifte sich ein Paar Plastikhandschuhe über und öffnete vorsichtig die oberste Schublade eines Rollcontainers. Sie fand Stifte, Büromaterial, Papier und einen kleinen Ordner mit Kontoauszügen.

»Jetzt schau sich mal einer diesen Kühlschrank an!« Steinbrechers Stimme schallte aus dem Nebenraum.

Will klemmte den Bankordner unter die Arme und schob die Schublade zurück. Sie fand Steinbrecher im Wohnzimmer, das mit einer ausladenden Sofalandschaft aus Leder, einem Kristallleuchter und einem überdimensionalen Fernseher ausgestattet war. Für all das hatte ihr Kollege aber kein Auge, er verharrte vor einem gut gefüllten Weinkühlschrank mit Glastür.

»Ich habe zwar wenig Ahnung, was Wein betrifft«, philosophierte Steinbrecher, »aber nach billig sieht das nicht aus.«

***

Die beiden Männer langweilten sich beinahe zu Tode. Seit Stunden saßen sie auf den Vordersitzen eines dunklen Mercedes und beobachteten das Geschehen im Musikantenweg. Nur ab und zu stieg einer von ihnen aus. Mal, um im »Café Kante« Kaffee und Gebäck zu holen, ein anderes Mal, um bei »Best Worscht in Town« auf der Berger Straße das Mittagessen zu besorgen. Manchmal auch nur, um sich einfach die Füße zu vertreten. Ein kleiner Spaziergang tat gut gegen aufkommende Müdigkeit.

Obwohl die beiden es gewohnt waren, stundenlang regungslos auf einem Beobachtungsposten zu verharren, war es doch immer wieder eine Herausforderung – noch dazu, wenn so wenig passierte wie hier. Wie ihr Chef vorausgesagt hatte, waren zwei Ermittler aufgetaucht und in das Haus spaziert, das sie observierten. Wenig später war die Spurensicherung angerückt und hatte Koffer und Kisten ins Haus getragen.

Den beiden war vollkommen klar, dass für die nächsten Stunden Langeweile angesagt sein würde. Die Ermittler inspizierten die Wohnung, schossen unzählige Fotos und sicherten Spuren. Zu guter Letzt würde die Wohnungstür verschlossen und ein Siegel angebracht werden. Das alles war der ganz normale Gang polizeilicher Ermittlungen, in Deutschland nicht anders als in Russland. Trotzdem hatte ihr Chef darauf bestanden, dass sie vor Ort bleiben sollten, nachdem sie zuvor in die Wohnung eingedrungen und sie einer genauen Durchsuchung unterzogen hatten. Das Gesuchte hatten sie nicht gefunden. Mochte die Polizei Spuren sichern und Unterlagen beschlagnahmen – die wirklich wichtigen Dinge würden auch sie nicht finden. Denn warum sollte ausgerechnet die deutsche Polizei erfolgreicher sein als sie?

***

»Also, halten wir fest …«, sagte Will. Sie saß seit ein paar Minuten zusammen mit Steinbrecher im »Café Kante« an einem schmalen Marmortisch. An den Wänden hingen Spiegel, und vor der Theke im Eingangsbereich hatte sich eine kleine Schlange gebildet. Vor der Kommissarin dampfte eine Tasse Kaffee, flankiert von einem köstlichen Mohntörtchen. Steinbrecher hatte Milchkaffee und Käsekuchen geordert.

»Wernecke war dreißig Jahre alt, hatte einen Arsch voll Kohle. Und das, obwohl er noch studierte. Kein Mensch weiß, wie er nachts in den Beachclub gekommen ist. Einziger Anhaltspunkt ist seine hübsche Freundin, die dort kellnert, momentan aber nicht ansprechbar ist.«

Steinbrecher schob ein riesiges Stück Käsekuchen in den Mund und antwortete, bevor er zu Ende gekaut hatte: »Ist lecker, gell!« Der Kommissar hatte deutliche Mühe, den Kuchen im Mund zu behalten. Will ignorierte den unappetitlichen Anblick und nickte.

»Schieb mir mal den Ordner rüber«, murmelte Steinbrecher geschäftig, aber immer noch mit vollem Mund.

»Da kriegst du nicht viel raus, außer dass er monatlich einen Batzen Geld überwiesen bekommen hat. Von einer Firma namens ›Nolimits Ltd.‹. Das können wir im Präsidium genau auseinandernehmen.«

»Okay, okay«, erwiderte Steinbrecher. »Also, wenn du mich fragst, dann steckte er in irgendwelchen krummen Dingen drin. Im Ernst: Wie kommt ein so junger Schnösel an so viel Geld?«

Der nächste Bissen Käsekuchen verschwand in Steinbrechers Mund. Will ließ sich unterdessen eine Ecke des Mohntörtchens auf der Zunge zergehen.

»Keine Ahnung. Drogen. Prostitution. Waffengeschäfte.« Will trank einen Schluck Kaffee. »Aber vielleicht hat er auch einfach nur Geld geerbt oder im Lotto gewonnen.«

»Alles möglich.« Steinbrecher legte die Kuchengabel auf den leeren Teller. »Wärst du mir böse, wenn ich von hier aus direkt nach Hause gehe? Ich treffe mich später mit Julian und Melli.«

Will warf einen kurzen Blick auf ihre Uhr. Fast halb fünf. Der Tag war lang und ereignisreich gewesen. Vermutlich konnten sie im Präsidium heute ohnehin nicht mehr viel ausrichten; die Ergebnisse der Spurensicherung würden erst im Laufe des nächsten Tages eintreffen. Frühestens. Und die Kontobewegungen konnte sie auch alleine durchgehen. Es sprach also nichts dagegen, dass Steinbrecher Zeit mit seinem Sohn und dessen Freundin verbringen würde.

»Kein Problem. Schließlich wohnst du nur ein paar Schritte entfernt.«

Walter Steinbrecher nutzte den Weg zu seiner Wohnung für einen Bummel über die Berger Straße. Hier und da warf er einen Blick in die Schaufensterauslagen. Am Merianplatz setzte er sich auf eine Bank und dachte beim Rauchen einer Zigarette darüber nach, wie er den gemeinsamen Abend mit seinem Sohn Julian und dessen Freundin Melli verbringen konnte. »Oma Rink's« fiel ja leider aus. Seine frühere Stammkneipe war schon vor ein paar Jahren geschlossen worden. Die Wurzeln der alten Platanen, unter denen man herrlich sitzen konnte, hatten dem Haus den Garaus gemacht. Steinbrecher ließ den Zigarettenstummel auf den Asphalt fallen und zertrat die Glut. »Dann halt der ›Solzer‹«, murmelte er mürrisch vor sich hin und ärgerte sich über den anstehenden Fußmarsch die Berger entlang.

Da noch etwas Zeit war, legte er einen Stopp in seiner Wohnung ein, duschte ausgiebig und trank auf dem Balkon, der zum Hinterhof hinausragte, einen doppelten Espresso. Julian war nicht da, wie üblich. Seit er mit Melli zusammen war, zog er durch die Stadt oder hing bei ihr in Heddernheim herum. Steinbrecher war ihm deswegen nicht böse. Er wusste, dass die gemeinsame Zeit in seiner Wohnung begrenzt war. Vor zwei Jahren war Julian bei ihm eingezogen, hatte sich dann für eine Ausbildung bei der Polizei entschieden und war bei ihm wohnen geblieben. Nun aber war Mellis weibliche Anziehungskraft stärker als die wiederentdeckte Vaterliebe. Steinbrecher warf einen Blick auf sein Handy. Das WhatsApp-Zeichen wies eine rote Eins auf. Steinbrecher tippte auf den Button und las lediglich zwei Wörter, zwei Fragezeichen und einen blaugrauen Bembel.

»Wann? Wo?«

Steinbrecher tippte »Solzer« und »acht Uhr« und wartete auf das »Okay«, dem Julian einen Smiley folgen ließ. Früher, als man noch leibhaftig telefonierte, wurden ganze Sätze gewechselt.

Steinbrecher erreichte den »Solzer« um zehn vor acht, was sich als glückliche Fügung erwies, da es kaum noch freie Plätze gab. Er beschlagnahmte einen der langen Tische und bestellte einen Bembel nebst Wasserflasche. Julian und Melli trafen um Viertel nach acht ein, was für die beiden schon mehr als pünktlich war. Julian trug wie meistens eine Jeans, heute dazu ein ausgeleiertes Polohemd. An Mellis eigenwilliges Äußeres hatte sich Steinbrecher mittlerweile gewöhnt: Piercing in Unterlippe und Nase, großer schwarzer Hut, dazu Lederhose und reichlich Ketten um den Hals. Melli war Frontfrau einer aufstrebenden Band - allerdings ließ der große Durchbruch noch auf sich warten.

»Hallo«, sagte Steinbrecher und hob zur Begrüßung die rechte Hand.

»Hey«, entgegnete Julian lässig. Melli blieb vor Steinbrecher stehen, bis er verstand, aufstand und sie herzte. Die drei setzten sich an den Tisch. Steinbrecher verteilte die Gerippten.

»Und, wie läuft's?«, fragte er beim Ausschenken.

»Super gut«, sagte Melli. »Stell dir vor, Julian hat eine tolle Webseite für das Crowdfunding unserer neuen CD gebastelt. Die ist echt mega geworden!«

»Crowd-was?«, fragte Steinbrecher.

»Das ist so was wie Spenden sammeln. Wer das neue CD-Projekt von Mellis Band unterstützen will, kann Geldbeträge beisteuern. Wenn genug zusammenkommt, können sie das Studio anmieten«, erläuterte Julian.

»Und wie viel braucht man da so?«, wollte Steinbrecher wissen.

»'n paar Tausend schon«, sagte Melli. »Aber mit Julians toller Webseite wird das schon.« Melli umarmte Julian und verpasste ihm einen Kuss.

»Ich hoffe, du hast dir das von deinem Dienstherrn genehmigen lassen«, knurrte Steinbrecher. »Du weißt, jede Nebenbeschäftigung …«

»… muss angemeldet und genehmigt sein. Ich weiß, Papa. Den Beamtenrechtskram habe ich mittlerweile verinnerlicht. Aber da ich das unentgeltlich mache, ist es auch kein Nebenjob. Ich bin schließlich nicht Mellis Manager.«

»Noch nicht, aber vielleicht bald«, scherzte Melli.

»Was ist eigentlich mit diesem Oliver?«, wollte Steinbrecher wissen. »Wollte der nicht für dich einen Song schreiben?«

Der bekannte Musikproduzent Oliver Kling war bei den Mordermittlungen um die Klaa Pariser Fastnachtsprinzessin kurzzeitig in den Fokus der Ermittlungen geraten. Er war von Mellis Talent begeistert und hatte ihr einen Vertrag für seine Castingshow angeboten, sich dabei aber die Zähne ausgebissen. Melli war für kommerzielle Fernsehformate mit belanglosem Gedudel wenig empfänglich. Sie wollte eigene Songs schaffen. Obwohl sie Kling lange die kalte Schulter gezeigt hatte, ließ sich dieser nicht abwimmeln. Zu guter Letzt schwenkte er um und wollte sich auf seine eigenen Wurzeln als Liedermacher besinnen. Seitdem war nichts mehr passiert.

»Wahrscheinlich versucht er immer noch, den ultimativen Protestsong zu kreieren«, frotzelte Melli.

»Was wollt ihr bestellen?« Die mürrische Stimme der gehetzten Bedienung unterbrach das Gespräch. Breitbeinig stand die Mittvierzigerin mit gezücktem Block und Kugelschreiber vor ihnen.

»Oh, wir haben noch nicht in die Karte geschaut«, sagte Julian und griff nach der Speisekarte, die vor ihm auf dem Tisch lag.

»Dann eben net. Wer net will, der hat schon!« Block und Kugelschreiber drohten in den Untiefen der weißen Schürzentasche zu verschwinden.

»Moment!«, insistierte Steinbrecher, dessen Magen seit geraumer Zeit knurrte. Wer weiß, wann die Bedienung das nächste Mal auftauchen würde. »Für mich bitte den Tafelspitz mit grüner Soße.«

»Alles klar. Und die annern?«

Julian schaute Melli kurz fragend an, bevor er antwortete. »Das Gleiche.«

»Also drei Mal«, murmelte die Bedienung und zog weiter. Steinbrecher setzte das Gerippte an und trank einen großen Schluck. Die erste Hürde fürs Essen war genommen.

»Nächste Woche haben wir zwei Gigs bei der Sommerwerft«, nahm Melli das Gespräch wieder auf.

»Da musst du unbedingt hin«, schob Julian hinterher.

»Klingt super«, sagte Steinbrecher, »wenn's die Arbeit zulässt, bin ich dabei. Ist bei der Weseler Werft, oder?«

»Ja, das alternative Theater- und Musikfestival. Habt ihr denn momentan so viel zu tun?«, erkundigte sich Julian.

»Neue Leiche. Kann ich noch nicht viel zu sagen«, blaffte Steinbrecher und stellte das Gerippte vor sich ab.

»Was? Ein neuer Mord? Hab' ich noch gar nicht mitbekommen. Was ist passiert?«

»Du solltest eben nicht so viel im Internet surfen. Das wahre Leben spielt hier in der Stadt. Besser gesagt auf dem Parkhausdach. In der Töngesgasse schwamm eine Leiche im Pool.«

»Etwa im Beachclub?«, blaffte Julian.

Steinbrecher nickte kurz und blickte zu Melli: »Alles, was ist jetzt sage, ist nicht für deine Ohren bestimmt.«

»Alles klar. Ich kann schweigen wie ein Grab«, sagte Melli und hob die Hand zum Schwur. Steinbrecher winkte ab.

»Lass gut sein. Dein Wort reicht mir.«

»So! Dreimal Tafelspitz!«, sagte die Bedienung und knallte die Teller auf den Tisch. »Nen guuden.«

»Wisst ihr schon was zu den Hintergründen?«, fragte Julian.

»Noch nicht wirklich. Das Opfer war ein junger Kerl, der einen Haufen Kohle gescheffelt hat. Zumindest, wenn man seinen Lebensstil betrachtet.«

Eine großes Stück Tafelspitz landete in Steinbrechers Mund. »Vielleicht Banker.«

»Oder Musiker«, sagte Melli. »Also einer, der's geschafft hat. Eigentlich kannst du in den meisten Berufen erfolgreich sein, wenn du Glück hast und die richtigen Leute kennst.«

»Nicht bei der Polizei«, knurrte Steinbrecher mit vollem Mund. »Das geht alles nach Gehaltstabelle.«

»Es sei denn, du lässt dich schmieren«, erwiderte Julian und erntete für die Bemerkung einen bösen Blick.

»Soll schon vorgekommen sein. Vor allem im Rotlichtmilieu.« Julian fixierte seinen Vater, der Messer und Gabel zur Seite legte.

»Ich weiß«, entgegnete Steinbrecher. »Ich war mal bei der Sitte. Man muss höllisch aufpassen, um nicht in Versuchung zu kommen. Es gab da den einen oder anderen Kollegen, der nicht widerstehen konnte.«

»Und wie war das bei dir?«

»Ich habe keine Sekunde darüber nachgedacht.«

Steinbrecher nahm das Besteck wieder auf und schob sich nachdenklich die Gabel in den Mund. Der Tafelspitz schmeckte vorzüglich. Melli ging eine Tonfolge durch den Kopf, die sie schon seit dem Morgen verfolgte. Vielleicht war es der Anfang zu einem neuen Song.

»Fußball!«, sagte Julian plötzlich wie aus dem Nichts.

Melli und Steinbrecher sahen ihn fragend an.

»Der Tote könnte was mit Fußball zu tun gehabt haben. Ich meine, da wird auch jede Menge verdient.«

»Gar keine schlechte Idee!«, erwiderte Steinbrecher und musste insgeheim an die Bücher denken, die in der Wohnung des Toten herumstanden. Man sollte diesen Aspekt unbedingt im Auge behalten.

3.

Die Morgensonne lugte über die den Garten umgrenzenden Büsche und brachte Farbe in die zuvor graue Welt. Julia Will saß schon einige Zeit auf der Terrasse, die sich an die alte Villa in der Hohemarkstraße in Niederursel anschloss. Als sie vor etlichen Jahren den Dienst bei der Frankfurter Mordkommission angetreten hatte, war sie kurzerhand bei ihrer Oma Annegret Will eingezogen. Die Wohngemeinschaft hatte allerhand Mordermittlungen überstanden, und Annegret Will war über all die Jahre eine geduldige Zuhörerin und Tippgeberin gewesen. An sich war sie ein Freigeist und verabscheute jegliche Autorität, vor allem, wenn diese Uniform trug. Dass Julia Will bei der Polizei angefangen hatte, war zunächst ein Schock gewesen, doch mittlerweile hatte Oma Annegret ein Faible für das Lösen komplizierter Mordfälle entwickelt. Als Julia mit Alex zusammengekommen war, hatte das Annegret Will gefreut. Und als die beiden überlegten zusammenzuziehen, bot sie ihnen spontan die obere Etage nebst Dachausbau an. Der Rohbau war mittlerweile abgeschlossen, und der Innenausbau stand kurz vor der Vollendung.

Julia Will war am Abend nach dem Sex mit Alex sofort in einen Tiefschlaf gefallen, aber bereits vor der Morgendämmerung wieder aufgewacht. Seitdem las sie nachdenklich in ihren Notizen. Zwar hatte sie bislang kaum neue Erkenntnisse gewonnen, doch sie hatte sich jedes Detail genau eingeprägt. Jetzt saß sie zurückgelehnt auf dem Gartenstuhl, die Beine nach vorn gestreckt, und lauschte dem Gezwitscher der Vögel. Ab und an nahm sie einen Schluck Kaffee aus der Tasse, die sie in beiden Händen hielt. Sie war gespannt, was der Tag bringen würde. Für den Vormittag hatte sie Werneckes Freundin ins Präsidium einbestellt. Keine leichte Aufgabe. Sie mochte Gespräche mit den Angehörigen nicht besonders. Sie waren immer eine Gratwanderung zwischen zu viel Rücksichtnahme und zu wenig intensivem Nachfragen. Trauernde verhielten sich nicht rational und meistens unvorhersehbar. Gerne hätte sie diese Aufgabe delegiert, aber seit gestern war sie offiziell die Leiterin der Ermittlungen. Die neue Rolle war keineswegs aus dem Nichts gekommen, ungewohnt fühlte sie sich trotzdem an. Will spürte eine Last, die wie Blei auf ihren Schultern lag. In den vergangenen Monaten hatte sie manchmal darüber nachgedacht, wie es wäre, Toms Nachfolgerin zu werden. Doch genauso, wie Bohlan seine Entscheidung ein ums andere Mal vertagte, hatte auch sie die Tagträume verdrängt. Man sollte keine Gedanken an ungelegte Eier verschwenden. Nun aber war es tatsächlich passiert, wenn auch nur so lange, wie Bohlan im Urlaub weilte. In einer ersten Reaktion hatte sie beschlossen, auf keinen Fall die starke Frau zu markieren, sondern weiterhin auf Teamgeist zu setzen. Das setzte allerdings voraus, dass die anderen mitspielten. Auf Steinbrecher war Verlass. Bei Steininger war sie sich nicht sicher. Seine Reaktion in Gerdings Büro war sehr verhalten gewesen. Hatte er wirklich geglaubt, die Leitung der Ermittlungen übertragen zu bekommen? Zweifelsohne war er kein schlechter Ermittler, wenn auch manchmal etwas unüberlegt. Aber die Sache mit Staatsanwältin Maurer klebte an ihm wie schwarzer Teer.

Monatelang hatte er eine heftige Affäre mit ihr gehabt, bis Felicitas Maurer vor ein paar Monaten ermordet in ihrer Wohnung aufgefunden worden war. Jans einstweilige Versetzung ins Betrugsdezernat war eine logische Konsequenz im Zuge der Ermittlungen gewesen. Trotzdem hatte er nicht lockergelassen und sich permanent in ihre Arbeit eingemischt, bis er schließlich selbst unter Tatverdacht geriet. Vor diesem Hintergrund konnte er froh sein, überhaupt wieder auf seinem alten Stuhl zu sitzen. Irgendwann würde er mit Sicherheit seine Chance bekommen. Jetzt aber galt es, ihn bei der Stange zu halten.

Ein Blick auf die Uhr verriet Will, dass es Zeit zum Aufbruch war. Sie brachte die leere Kaffeetasse in die Küche, bevor sie ihr Notizbuch in die Tasche steckte. Im Dielenspiegel kontrollierte sie ihr Make-up und zog den Lippenstift nach. Dann schnappte sie die Tasche, fischte die Schlüssel vom Haken und öffnete die Haustür. Weder von ihrer Oma noch von Alex war auch nur der kleinste Mucks zu hören. Manchmal beneidete sie die beiden um ihren tiefen, langen Schlaf. Sie ließ die Haustür leise ins Schloss fallen, schritt über den Kiesweg zum Gartentor und betätigte den Funkschlüssel. Die Türen des Fiats wurden geräuschvoll wie von

Geisterhand entriegelt. Zeitgleich leuchteten die Blinker zur Begrüßung zweimal auf, was allerdings kaum zu sehen war, weil die Sonne bereits eine beträchtliche Intensität entwickelte. Will setzte noch vor dem Einsteigen ihre Sonnenbrille auf. Die dunklen Gläser machten die Welt weich und erträglich. Sie stieg hinters Lenkrad, startete den Motor und schaltete das Radio ein. Das Verdeck ließ sie an diesem Morgen lieber zu.

***

Lara Guth war eine kleine Person, die sehr viel Wert auf ihr Äußeres legte. Die blonden Haare fielen ihr – kunstvoll gekämmt – über die Schultern. Blaue Augen lugten unter künstlich verlängerten Wimpern hervor. Man konnte Lara Guth guten Gewissens als bildhübsch bezeichnen, und vermutlich hatte sie gewöhnlich auch ein bezauberndes Lächeln, das ihr aber seit gestern abhandengekommen war. Zu Wills Verwunderung war sie ohne Begleitung im Präsidium erschienen – eine Tatsache, die von mentaler Stärke zeugte.

»Wie geht es Ihnen heute?«, tastete sich Will langsam heran. Natürlich wusste sie, dass die Frage alles andere als originell war, aber irgendwie musste sie anfangen, ohne mit der Tür ins Haus zu fallen.

»Wie würde es Ihnen gehen, wenn Ihr Freund tot wäre? «

»Nicht gut«, bestätigte Will knapp. Nach einer kurzen Pause fuhr sie fort: »Wann haben Sie Paul zum letzten Mal gesehen?«

»Am Morgen vor seinem Tod. Ich hatte bei ihm übernachtet. Wir haben zusammen gefrühstückt. Dann bin ich zur Arbeit.«

»Und dann? Hatten Sie im Laufe des Tages noch einmal mit ihm Kontakt?«

»Ja. So um die Mittagszeit haben wir telefoniert. Am Abend hatte er eine Besprechung. Deswegen haben wir uns dann nicht mehr gesehen.«

Will, die dabei war, die bisherigen Angaben in ihr Heft zu notieren, wurde hellhörig.

»Was war das für eine Besprechung?«

»Was Berufliches. Paul sprach darüber nicht gerne.«

»Am Abend?«, hakte Will nach. »Was genau hat er denn gearbeitet?«

»Er war Spielervermittler.«

Die Kommissarin stockte beim Mitschreiben und blickte Guth fragend an. »Was muss ich mir darunter vorstellen?«

»Er hat Fußballspieler an Vereine vermittelt. Da mussten oft lange Gespräche geführt und Netzwerke geknüpft werden. Deshalb ist es auch nicht unüblich, dass das abends stattfindet und lange dauert. Manchmal reisen die Kontakte aus dem Ausland an und wollen das Frankfurter Nachtleben genießen.«

Will notierte »Spielervermittler« und »Nachtleben« in ihr Notizbuch. Dabei kam ihr der Gedanke, dass sie von der Tätigkeit eines Spielervermittlers herzlich wenig wusste, und für Fußball interessierte sie sich auch nur am Rande. Höchstens alle vier Jahre, wenn Weltmeisterschaft war. Oder wenn die Eintracht für Furore sorgte, was noch seltener vorkam. Allerdings hatte sie neulich in einem Zeitungsartikel über exorbitante Ablösesummen gelesen, die zwischen den Vereinen hin und her geschoben wurden. Da Fußballspieler nicht gerade am Hungertuch nagen, musste folgerichtig auch ein Spielervermittler ganz ordentlich verdienen. Eine Erklärung für Werneckes hohen Lebensstandard. Trotzdem hakte sie an dieser Stelle nach.

»Scheint ein lukrativer Job zu sein.«

»Ja«, bestätigte Lara Guth. »Äußerst. Deswegen kam er auch mit dem Studium wenig voran.«

»Was hat er denn studiert?«

»Ursprünglich Sport. Aber letztes Jahr hat er an die Fernuni gewechselt. Der Studiengang heißt »Sport und Wirtschaft« oder so. Der Vorteil ist, dass er zu keiner Vorlesung muss und alles von zu Hause aus organisieren kann.«

Will notierte auch »Fernuni«, obgleich sie nicht glaubte, dass dies zur Lösung des Falls beitragen würde. Aber man konnte nie wissen. Außerdem war es wichtig, ein vollumfängliches Profil des Opfers zu haben.

»Kommen wir zurück zur Spielervermittlung. War er bei einer Firma angestellt oder hat er selbstständig gearbeitet?«

»So ganz genau kann ich das nicht sagen. Es gibt da ein international tätiges Netzwerk. Der Name fällt mir gerade nicht ein …«

»Vielleicht ›Nolimits‹?«, fragte Will in Anspielung auf die Überweisungen auf Wernecke's Konto.

»Ja, kann sein. Jedenfalls läuft das über die. Ob er aber ein festes Gehalt bekommen hat oder nur Provisionen, kann ich nicht sagen.«

Will schrieb »Provisionen« als Gedankenstütze in ihr Notizbuch.

»Hat er erwähnt, wo er am Abend hinwollte?«

»Nein. Aber normalerweise bevorzugte er das ›Blaue Wasser‹. Vor allem im Sommer. Das ist eine Location in der Franziusstraße, direkt am Main. Bei Bedarf geht's dann weiter in die Clubs der Stadt.«

Will notierte »Blaues Wasser«. Wenn Wernecke dort öfter verkehrte, ließ sich bestimmt herausbekommen, ob dies auch am betreffenden Abend der Fall war.

»Hat Paul weitere Angehörige?«

»Ja, einen Vater, aber der ist in einem Pflegeheim. Die Mutter ist vor zwei Jahren gestorben. Geschwister hatte er nicht.«

»Welches Pflegeheim?«

»So ein neues am Westhafen, direkt am Main. Sauteuer. Aber der Vater ist dement, von ihm werden Sie nichts in Erfahrung bringen.«

»Hat Paul ein Testament gemacht?«

»Nicht, dass ich wüsste. Tod war so ziemlich das Letzte, womit er sich beschäftigt hat.«

»Verstehe …«, murmelte Will. Wer setzt sich schon gerne mit dem eigenen Tod auseinander, vor allem in jungen Jahren. Wenn es kein Testament gibt, würde der Vater zum großen Teil erben. Ein Mordmotiv weniger. Sie würde gleich nachher eine Abfrage beim Testamentsregister starten. »Wie lange haben Sie denn vorgestern gearbeitet?«

»Meine Schicht ging bis elf Uhr abends.«

»Und danach?« Wills Frage hing eine paar Sekunden im Raum.

»Bin ich nach Hause, habe noch ein wenig vor der Glotze gesessen und bin irgendwann eingeschlafen.«

»Wo ist das?«

Lara Guth sah Will fragend an.

»Ihr Zuhause«, präzisierte die Kommissarin.

»Ach so. Im Nordend. In der Nähe vom »Harvey's«, falls Ihnen das etwas sagt.« Klar sagte das Will etwas. Wer kannte nicht das legendäre Szenecafé in der Bornheimer Landstraße! Früher hatte das Haus einmal die berühmte Studenten-WG mit Dany le Rouge und Joschka Fischer beherbergt.

»Und Paul ist in der Nacht nicht mehr bei Ihnen aufgetaucht?«

»Nein. Das sagte ich doch bereits.«

»Ja, das sagten Sie. Aber es hätte doch sein können, dass er noch bei Ihnen vorbeigeschaut hat.«

»Hätte sein können, war aber nicht so«, entgegnete Lara in Wills Wahrnehmung ein wenig zu schnippisch. Der richtige Zeitpunkt nachzufassen: »Ich frage mich die ganze Zeit, wie Ihr Freund in der Mordnacht ins ›Citybeach‹« gekommen ist, ohne dass jemand etwas bemerkt hat.«

»Das habe ich mich auch schon gefragt«, fuhr ihr Lara in die Parade.

»Und mit welchem Ergebnis?«

»Mit keinem. Vielleicht ist er über den Zaun geklettert.«

»Und warum sollte er das tun?«

Lara zuckte mit den Schultern. »Vielleicht wollte er eine Runde schwimmen?«

»Meinen Sie das jetzt im Ernst?«

»Paul war etwas verrückt. Vor allem, wenn er Alkohol getrunken hatte.«

»Und das hat Sie nicht gestört?«

»Nein. Im Gegenteil. Deshalb habe ich ihn geliebt.« In Laras Stimme lag der Anflug eines Schluchzens. Eine Träne trat aus ihrem Augenwinkel. Sie wischte ihn mit der Hand trocken. Die Kommissarin hielt den Gefühlsausbruch für echt. Und wenn nicht, dann war er zumindest erstklassig gespielt.

Will stellte noch ein paar Fragen zu Werneckes Hobbys und

Freunden, bevor sie das Gespräch beendete. Immerhin hatte sie ein paar Ansatzpunkte für die weiteren Ermittlungen. So langsam füllte sich das weiße Blatt.

***

Dennis Schulz saß mit seinem Chef und dessen beiden Begleitern unter einem Sonnenschirm im hintersten Eck des »Citybeach«. Alle vier trugen dunkle Sonnenbrillen und tranken schwarzen, extrastarken Kaffee. In ihren dunklen Anzughosen und den weißen Hemden wirkten sie wie seriöse Geschäftsleute, die gerade dabei waren, einen millionenschweren Deal einzufädeln.

Zu Beginn des Gespräches hatte Schulz detailliert von dem Morgen berichten müssen, an dem die Leiche im Pool geschwommen war. Sein Chef hatte konzentriert zugehört und Notizen in sein kleines Büchlein gekritzelt, das er immer bei sich führte und wie einen Schatz hütete.

Danach waren die beiden Russen dran, die in einwandfreiem Deutsch, wenn auch mit russischem Akzent, berichteten, dass sie in Werneckes Wohnung nichts gefunden hätten. Jedenfalls nicht das, was sie hätten finden sollen.

»Verdammt!«, zischte der Chef. Dennis und die beiden Russen nannten ihn nur Dimitri.

»Wo kann er die Sachen gespeichert haben?«

Dennis sah Dimitri mit ernster Miene an. Er war froh, dass sowohl seine Augen als auch die seines Chefs von dunklen Sonnenbrillengläsern verdeckt waren. Nicht, dass er etwas zu verbergen hatte, doch Dimitris Blick konnte in solchen Situationen unerträglich sein. Einer der Russen rührte angestrengt im Kaffee, der andere trommelte nervös mit den Fingern auf der Tischplatte.

»Was ist mit Werneckes Freundin?«, fragte Dimitri. »Ist sie wirklich zuverlässig?«

»Absolut«, sagte Dennis wie aus der Pistole geschossen. »Für sie lege ich meine Hand ins Feuer.«

»Was macht dich so sicher?«, hakte Dimitri nach. Schulz spürte den prüfenden Blick, mit dem Dimitri ihn musterte.

»Ich täusche mich selten in der Einschätzung von Menschen.«

»Sie ist sehr hübsch«, sagte Dimitri. »Blond und sehr sexy. Das beeinflusst manchmal die Objektivität.«

»Du weißt, wo ich jahrelang gearbeitet habe«, entgegnete Schulz. »Ich kann meine Hormone gut zügeln.«

»Vielleicht hat Wernecke ihr etwas untergeschoben, von dem sie gar nichts weiß. Du solltest das herausbekommen.«

Schulz nickte. Dimitri wandte sich an die beiden Russen. »Und ihr stattet mal Werneckes Vater einen Besuch ab. Ein Pflegezimmer bietet auch gute Versteckmöglichkeiten.«

4.

»Spielervermittler?!« stieß Steininger aus, nachdem Will das Gespräch mit Lara Guth zusammengefasst hatte. In seiner Stimme lag eine Mischung aus Anerkennung und Verachtung. »Also so eine Art Manager.«

»Allerdings dürfte ein klassischer Manager seinen Fokus mehr auf das Wohl des Spielers legen«, bemerkte Steinbrecher. »Einem Spielervermittler geht es eher um den eigenen Profit.«

Will zuckte mit den Schultern. »Ich habe davon keine Ahnung, ihr etwa?«

»Nur das, was in der Zeitung steht. Und das reicht mir«, kommentierte Steinbrecher. »Momentan dreht der Transfermarkt ziemlich durch. Da werden Summen aufgerufen, das glaubst du nicht.«

Steininger blickte Steinbrecher fragend an.

»Zwei- bis dreistellige Millionenbeträge.«

»Sagtest du dreistellig?«

»Ja, du hast richtig gehört! Dreistellig«, das Wort »drei« betonte Steinbrecher besonders laut.

»Dann sollten wir überlegen, wer uns mit Informationen füttern könnte«, sagte Will und ging zu ihrem Schreibtisch.

Während die Kommissarin auf der Tastatur klimperte und angestrengt auf den Bildschirm starrte, schaltete Steinbrecher den Kaffeeautomaten an.

»Für mich auch«, rief Will, als der Spülmechanismus startete.

»Was ist mit dir?«, fragte Steinbrecher in Richtung Steininger.

»Gerne. Milchkaffee, wenn's geht.«

»Gehen tut alles, irgendwie. Wenn die Maschine will. Jetzt will sie erst mal Wasser.« Mürrisch nahm Steinbrecher den Tank ab und hielt ihn unter den Wasserhahn.

»Wie hieß noch mal Toms Ex?«, fragte Steininger.

»Welche meinst du?«

»Die von der Sportredaktion.«

»Barbara«, ächzte Steinbrecher und setzte den vollen Tank an die Maschine. »Warum?«

»Vielleicht kann sie uns weiterhelfen«, erläuterte Steininger und fügte hinzu: »Wegen der Spielervermittlungen und so.«

»Gar keine schlechte Idee, Jan.« Will blickte über den Bildschirm. »Haben wir ihre Nummer irgendwo gespeichert?«

»Die ist leicht herauszubekommen. Sie arbeitet in Mainz beim Fernsehen.« Das Mahlwerk übertönte Steinbrechers Worte. Nach wenigen Sekunden änderte sich allerdings die Frequenz deutlich.

»Ach nee!«, stieß Steinbrecher genervt aus.

»Was ist?«, fragte Steininger

»Bohnen leer. Als Nächstes ist noch die Auffangschale voll. So viel also zum Thema ›schnell mal 'nen Kaffee kochen‹.«

Einige Minuten später saßen die drei Kommissare wieder am Besprechungstisch, jeder einen Kaffeepott vor sich.

»Laut Werneckes Freundin war er am Abend vor seinem Tod im ›Blauen Wasser‹ verabredet. Das sollten wir unbedingt als Erstes überprüfen. War er tatsächlich da? Und, wenn ja, mit wem und von wann bis wann.« Will schaute von ihrem Notizblock auf.

»›Blaues Wasser‹?«, fragte Steinbrecher.

»Liegt hinterm Osthafen, direkt am Main. Kurz vor Offenbach. Aber hibbdebach«, sagte Steininger.

»Ach ja«, Steinbrecher tippte sich auf die Stirn. »Der ehemalige Puff.«

»Genau.«

»Wenn ihr euch so gut auskennt, übernehmt das«, stichelte Will.

»Und du?«

»Ich statte Werneckes Vater einen Besuch ab. Davor telefoniere ich mit Barbara, und dann sehen wir weiter.«

***

Hannah Wollenberg beendete das Gespräch. Die nächsten Minuten saß sie regungslos auf ihrem Sessel und starrte an die Decke. Weiße Raufasertapete starrte zurück. Das Gespräch mit der Kommissarin hatte nicht lange gedauert, aber es war lang genug gewesen, um ihre Gedanken gehörig durcheinanderzubringen. Woher wusste die Polizei von den Transfergeschichten? Und wie war die Kommissarin, deren Stimme so nett geklungen hatte, ausgerechnet auf sie gekommen? Nur eine Handvoll Menschen wussten über ihre Recherchen Bescheid. Und warum interessierte sich die Polizei überhaupt dafür? Die Verträge, die sie in den letzten Tagen gelesen hatte, waren vielleicht moralisch verwerflich und erfüllten den Straftatbestand der Steuerhinterziehung. Mehr aber auch nicht. Was also wollte die Kommissarin wirklich von ihr? Und wie viel musste sie ihr erzählen? Gut möglich, dass die Arbeit der letzten Wochen umsonst gewesen war. Hannah riss sich von den Unebenheiten der weiß gestrichenen Raufasertapete los. Es machte wenig Sinn, weiter zu grübeln. In gut zwei Stunden wäre sie schlauer.

***

Am Nachmittag drehte Julia Will mit dem Fiat Runde um Runde um den Kirchplatz. Nirgendwo war ein freier Parkplatz zu finden. Vielleicht sollte sie ins nächste Parkhaus fahren. Sie entschied, noch einmal die Ginnheimer Landstraße hoch- und runterzufahren.

Der Besuch im Pflegeheim war wie erwartet ernüchternd verlaufen. Wernecke senior litt an fortgeschrittener Demenz und redete kaum ein Wort – und wenn, verlor er sich in der Vergangenheit oder in Allgemeinplätzen. Nichts deutete darauf hin, dass er etwas von dem erfasste, was Will ihm sagte. Meist starrte er ausdruckslos durch den Raum. Ein Mal dachte die Kommissarin kurz, er könnte doch etwas verstanden haben. Das war, als er ihr ein Foto seines Sohnes zeigte, das auf dem Nachttisch stand. Aber auf weitere Nachfragen reagierte er nicht. Will musste an ihre Oma denken und hoffte, dass sie nicht so enden würde. In letzter Zeit war sie doch arg vergesslich geworden. Will verdrängte die Gedanken und wandte sich dem anstehenden Treffen zu. Nachdem die Stones das Präsidium in Richtung »Blaues Wasser« verlassen hatten, hatte sie die Nummer von Toms Exfreundin gewählt. Wider Erwarten war sie gleich an der

Strippe gewesen. Zwar hatte sie auf Wills eigentliche Fragen keine Antworten, doch sie wusste eine Journalistin der Frankfurter Zeitung, die zu den neusten Umtrieben im Profifußball recherchierte: Hannah Wollenberg. Danach hatte Julia mit Barbara noch ein paar belanglose Sätze über Tom im Allgemeinen und Recherche im Besonderen gewechselt. Unmittelbar nach dem Telefonat hatte Will Wollenbergs Nummer gewählt und sich für den Nachmittag verabredet. Sie war gespannt auf das Treffen mit der Journalistin.

Da! In Gedanken versunken wäre Will beinahe an der freien Parklücke vorbeigedonnert. Niemals im Leben hatte sie damit gerechnet, direkt am Ziel einen Parkplatz zu ergattern. Wills Fuß trat reflexartig auf die Bremse. Hinter ihr quietschten Reifen. Doch statt eines Rumsens erfolgte wildes Hupen. Die Kommissarin schnaufte ein Mal tief durch. Doppeltes Glück: Sie hatte einen Parkplatz und ihr Hintermann einen Unfall vermieden.

Sie stellte den Wagen ab und stieg aus.

***

Die Straße war breit und schlecht gepflastert. In der Luft lag der Geruch von Diesel, den die tausend Lkws zurückließen, die am Tag über den Asphalt am Osthafen rollten. Im Hintergrund thronten Kräne und Fabrikhallen. Manche schienen so marode, als ob sie einzustürzen drohten. Dazwischen erhoben sich Containertürme. Die bunten Farbtupfer glänzten in der Sonne und wirkten in der öden Industrielandschaft wie aus der Zeit gefallen.

Steinbrecher musste an Hamburg denken, wo er unlängst ein Wochenende mit Julian und Melli verbracht hatte. Musical war eigentlich nicht seine Welt, aber Udo Lindenberg auf der Reeperbahn war okay. Noch mehr beeindruckt hatte ihn allerdings der Hamburger Hafen. Im Vergleich dazu war das hier tiefste Hafenprovinz. Und doch stellte der Schiffsverkehr einen wichtigen Bestandteil der Mainmetropole dar. Der Main war weit mehr als ein Vergnügungsband, das Hibbdebach von Dribbdebach trennte.

»Hier ist Frankfurt noch anders. Hier riecht es nach Maloche, Schweiß und harter Arbeit«, sagte Steinbrecher. Und um seine Worte zu unterstreichen, streckte er die Nase in den Fahrtwind, der durch die offenen Fenster ins Wageninnere drang.

»Ich wusste gar nicht, dass Frankfurt noch einen funktionierenden Hafen hat. Ich dachte, das werden nach und nach alles Wohnungen«, erwiderte Steininger, der auf dem Beifahrersitz saß. »So wie in Offenbach.«

»Es gab mal Pläne, den Osthafen komplett mit Eigentumswohnungen zuzupflastern. Westhafen und Deutschherrenviertel lassen grüßen. Aber irgendwo müssen Öl, Getreide und Schrott umgeschlagen werden. Frankfurt ist nicht nur Stadt des Geldes. Es gibt tatsächlich noch Leute, die schuften müssen.« Steinbrechers Stimme klang spöttisch. »Aber das Wohnen rückt näher. Mit teuren Eigentumswohnungen kann man gigantisch viel Geld verdienen.«

Sie hatten das Ziel erreicht. Steinbrecher ließ den Wagen vor einem braunen und mit Graffiti bemalten Haus ausrollen.

Sie stiegen aus.

Steinbrecher hielt dem Aufpasser am Eingang den Dienstausweis unter die Nase. Mit breiter Schulter schritt er durch den abgedunkelten Barbereich. In der Ecke stand eine versiffte Sitzlandschaft. Hinter der Bar brannte rötliches Licht. Ansonsten war der Raum leer. Wahrscheinlich beeilten sich die Gäste, ihn zu durchqueren. Rechts ging's hinaus zur Terrasse. Die Sonne warf einen Lichtstrahl ins Halbdunkel. Steinbrecher musste an früher denken, als er sich mit Drogen und Prostitution rumgeschlagen hatte.

Kurz darauf blickten sie auf eine Terrasse, auf der lange Tischreihen unter Strohmatten standen. Das Weiß der Tischdecken und Servietten hob sich sommerlich vom Blau des Mains ab. Im Hintergrund glitzerten die Hochhaustürme.

»Haben Sie reserviert?«, fragte eine männliche Stimme direkt neben Steinbrecher.

»Wir haben immer reserviert«, erwiderte Steinbrecher. »Erste Reihe, direkt an der Brüstung.«

Der Kellner blickte verständnislos. Steininger trat etwas verlegen von einem Bein auf das andere.

»Name?«

Steinbrecher hob wortlos die rechte Hand, in der er noch immer den Dienstausweis hielt. Der Kellner warf einen ernsten Blick auf die Plastikkarte. »Das ist natürlich etwas anderes«, stotterte er, um Fassung bemüht. »Moment bitte.«

Während der Kellner zum Tresen marschierte und dort mit dem Mann hinterm Ausschank tuschelte, verweilten die Kommissare am Eingang. Hinter ihnen bildete sich bereits eine kleine Schlange.

»Musste das sein?«, zischte Steininger.

»Was denn? Wenn wir schon mal hier sind, will ich auch ordentlich sitzen.«

Steininger wollte noch etwas erwidern, doch der Kellner war bereits auf dem Rückweg.

»Sie haben Glück«, verkündete er, »wir haben noch zwei Plätze da vorne. Folgen Sie mir bitte.« Er führte die Kommissare zu einem Zweiertisch in der linken Ecke, direkt an der Brüstung.

»Darf ich Ihnen schon etwas bringen?«

»Zwei Ebbelwei und den Geschäftsführer«, sagte Steinbrecher, während er Platz nahm.

***

Als Will das »Café PLAZZ« betrat, war es uhrzeitbedingt mäßig gefüllt. Sie entschied sich für einen Tisch im hinteren Bereich und bestellte einen »Braunen«. Nachdenklich glitt ihr Blick über die mit Bildern und Bahnhofsutensilien behängten Wände. Vor lauter Dekoration konnte man nicht mehr viel von der gelb gestrichenen Wand sehen. Nachdem die indische Bedienung den »Braunen« auf den Tisch gestellt hatte, klappte Will ihr Notizbuch auf und blätterte durch die Seiten. Bereits nach kurzer Zeit war sie dermaßen in die Aufzeichnungen vertieft, dass sie Hannah Wollenberg nicht bemerkte, als diese vor dem Tisch stand.

»Tschuldigung … Sind wir verabredet?«

Will schreckte auf. Die Journalistin war äußerst leger gekleidet, trug Jeans und T-Shirt. Ihre grünen Augen funkelten aufgeweckt aus einem jungen Gesicht, das von langen schwarzen Haaren umrandet wurde.

»Wenn Sie Frau Wollenberg sind, dann ja«, kombinierte Will.

Ohne zu antworten, zog die Journalistin einen Stuhl nach hinten, stellte ihren Rucksack auf dem Boden ab und legte den Motorradhelm daneben.

»Nettes Café«, sagte Will, um ein wenig Smalltalk bemüht.

»Ja, gell. Besonders das Frühstück ist sehr zu empfehlen. Ich komme oft sonntags hierher. Aber auch sonst gibt's lecker Kuchen – und Essen sowieso.«

Die Bedienung platzierte einen Latte macchiato mit Karamell vor der Journalistin.

Will sah verwundert auf das Glas. Wie lange hatte die Journalistin am Tisch gestanden? Immerhin hatte sie schon eine Bestellung aufgegeben. Hannah schien Wills Gedanken zu erraten.

»Keine Sorge, ich habe kurz an der Theke gequatscht. Und außerdem trinke ich immer das Gleiche.«

»Dann bin ich beruhigt«, entgegnete Will erleichtert. »Ich dachte schon, ich sei völlig abgetaucht gewesen.«

»Waren Sie auch. Aber das kenne ich gut. Wenn ich intensiv über eine Sache nachdenke, können um mich herum die Häuser einstürzen.« Hannah lächelte, und Will musste es reflexartig auch. Das Eis zwischen den beiden Frauen war schon nach einer Minute gebrochen. Gar keine schlechten Voraussetzungen für das weitere Gespräch.

»Wie kommt es, dass eine junge Frau wie Sie mit den Recherchen für ein so brisantes Thema beauftragt wird?«

»Und noch dazu, wo es um die Männerdomäne Fußball geht«, setzte Wollenberg sarkastisch hinzu.

»So direkt wollte ich es nicht formulieren. Aber ja, das wäre mein nächster Gedanke gewesen.«

»Ehrlich gesagt wurde ich gar nicht mit der Recherche beauftragt. Es war meine Idee, und es hat mich einige Überredungskünste gekostet, bis der Chef sein Okay gegeben hat. Da bin ich Barbara überaus dankbar. Sie hat sich sehr für mich eingesetzt.«

»Ach ja?!«

»Ich habe während meines Studiums ein Praktikum beim Fernsehen gemacht und sie dort kennengelernt.«

Hannah Wollenberg war unglaublich. Sie schaffte es, Wills Fragen zu erahnen und sie zu beantworten, bevor sie sie überhaupt stellen konnte.

»Der Job bei der Frankfurter Zeitung ist mein erster. Eigentlich bin ich fürs Lokale zuständig. Vereinskram, ein bisschen Stadtteilpolitik, so was eben. Vermutlich muss man da durch. Aber das ist nichts für die Dauer.«

Will nickte verständnisvoll. »Bei der Polizei heißt es erst mal: Streife fahren, bevor man mit ein wenig Glück zur Mordkommission kommt.«

»Sehen Sie.«

»Und wie kommen Sie zum Fußball?«

»Nur über meinen Opa. Der ist schon immer Eintracht-Fan. Es gibt für ihn kaum ein anderes Thema, seit Jahrzehnten hat er eine Dauerkarte. Er hat alle Höhen und Tiefen durchgemacht – und unsere ganze Familie dadurch auch. Wäre ich ein Junge, hätte ich Fußballer werden müssen. Aber ich bin die einzige Enkelin.«

»Und Frauenfußball war keine Alternative?«

»Tatsächlich habe ich in einem Mädchenteam gekickt. Aber ich bin als Journalistin besser.« Hannah schaufelte etwas Milchschaum in den Mund. »Ich liebe diesen Karamellzusatz!«

»Und die Fußballrecherche?«

»Seit Monaten gibt's für meinen Opa kein anderes Thema. Er schimpft über die abhandengekommene Moral. Alle laufen mehr dem Geld hinterher als dem Ball. Mir war das eigentlich egal. Hauptsache, die Spiele sind spannend. Aber Opa hat recht. Früher haben sich die Spieler mit dem Verein identifiziert und lange für ihn gespielt, und sie konnten nach dem Karriereende gut leben. Heute reicht eine einzige Saison bei einem Spitzenclub, und man hat fürs ganze Leben ausgesorgt. Geld hat schon immer den Charakter verdorben.«

»Und nicht nur die Fußballer, sondern auch die Spielerberater, oder?«

»Genau. Wo es Geld zu verdienen gibt, werden dubiose Gestalten angezogen. Aber warum interessiert Sie das überhaupt?«

»Weil wir einen neuen Fall haben. Der Tote war Spielerberater.«

Für einen Augenblick wich die Farbe aus Hannahs Gesicht.

»Tatsächlich? Wie heißt er denn?«

»Paul Wernecke.«

Hannah Wollenberg antwortete nicht; stattdessen spielte sie mit verhärteten Gesichtszügen nervös an ihrem Ring.

»Kannten Sie ihn etwa?«

»Nicht persönlich«, stammelte Wollenberg. »Ich habe mich einmal mit ihm beschäftigt. Er arbeitete für ›Nolimits‹. Auch so 'ne dubiose Agentur, die Spieler vorwiegend als Kapitalanlage betrachtet.«

»Haben Sie dazu irgendwelche Informationen, die uns vielleicht weiterhelfen könnten?«

»Ja, natürlich. Ich habe sogar Beweismaterial. Verträge, Überweisungskopien et cetera pp.«

Will rutschte nervös auf dem Stuhl hin und her. Der Ausflug nach Bockenheim schien sich zu lohnen.

»Könnten Sie mir diese zur Verfügung stellen?«

»Eventuell ...«, entgegnete Wollenberg knapp.

»Was soll das heißen?«

»Ich muss das erst abklären. Informantenschutz, Sie verstehen ...«

Will wurde das Gefühl nicht los, dass die gute Gesprächsbasis dahin war. Die Nachricht von Werneckes Tod hatte sie zerstört. Aber warum? Kannte Hannah ihn doch näher, als sie zugab? Oder sah die Journalistin die Früchte ihrer Recherchearbeit zerfallen? Immerhin war das ihre erste große Reportage. Der Einstieg in einen besseren Job, weg vom Lokaljournalismus.

»Es geht immerhin um einen Todesfall«, hörte sich Will aus der Ferne sagen.

»Schon klar. Aber auch dann gilt der Informantenschutz.« Wollenberg brach ab und starrte nachdenklich auf die Tischplatte bevor sie antwortete: »Vorschlag: Ich spreche mit dem Informanten. Danach melde ich mich.«

***

Dimitris Blick verlor sich zwischen Messeturm und Main Tower. Was für ein erhebender Ausblick. Er hatte schon viele Städte gesehen. Frankfurt war in seinen Augen eine der schönsten. Die Skyline vermittelte das Gefühl von Weltläufigkeit und Metropole. Von der Aussichtsterrasse des Taunushotels aus betrachtet, schwebte Dimitri gewissermaßen über den Dingen. Wie ein König, der auf sein Land hinabschaute.

Leider waren die Meldungen, die bei ihm eintrudelten, alles andere als erhebend. Es konnte doch nicht so schwer sein, Wernecke Daten zu finden. Dimitri hatte seine besten Leute darauf angesetzt. Doch wo immer sie suchten, sie fanden nichts – weder in Werneckes Wohnung noch bei dessen Vater. Überall Fehlanzeige. Und auch die schöne Lara wusste von nichts. Zumindest versicherte sie das laut Dennis Schulz. Seinem Geschäftsführer vertraute er zu hundert Prozent. Allerdings hatte er sich auch in Paul Wernecke getäuscht. Ihm hatte er den Aufbau der Deutschlandgeschäfte anvertraut. Doch anstatt die einmalige Chance zu nutzen, hatte dieser es vorgezogen, maßlos und unverschämt zu werden. Nun hatte er einen Großteil seines Wissens mit ins Grab genommen und die irdischen Hinterlassenschaften irgendwo versteckt.

Der Gedanke, dass, wenn seine Leute die Unterlagen nicht finden, es auch sonst niemand vermochte, beruhigte Dimitri nicht. Er war ein Kontrollfreak, der nichts dem Zufall überließ. Deswegen gab er keine Ruhe.

Paul Wernecke hatte die letzte Nacht seines beschissenen Lebens mit einer Frau verbracht. Bislang war diese für Dimitri von keinem besonderen Interesse gewesen. Wer ist schon so bescheuert und vertraut wichtige Daten einem One-Night-Stand an. Doch wenn alle anderen Spuren im Nirgendwo endeten, blieben nur die schmalen Trampelpfade. Dimitri griff zum Handy.

***

Hannah Wollenberg machte sich mit einem mulmigen Gefühl auf den Weg zu Kimpels Büro. Der Chefredakteur hatte sie auf dem Handy angerufen und dringend um ein Gespräch gebeten. Natürlich könnte es ein stinknormales Briefing sein und Kimpel eine Latte neuer Termine bereithalten. Doch Hannah spürte, dass es um etwas anderes ging. Das Gespräch mit der sympathischen Kommissarin war alles andere als gut verlaufen. Allerdings lag der Grund für ihre schlechte Laune nicht an Wills Wissensdurst zum Thema Transfergeschichten – immerhin hatte die Kommissarin durchaus Verständnis dafür gezeigt, dass Hannah die Früchte ihrer Arbeit ernten wollte. Es gab einen anderen Punkt, der ihr viel größere Sorgen bereitete. Die Nachricht, dass Paul Wernecke tot war, hatte sie mehr als geschockt. Für einen Moment hatte sie befürchtet, die Beherrschung zu verlieren. Und die Kommissarin hatte sie in diesem Moment so komisch angesehen.

Wie hatte es nur so weit kommen können! Eigentlich hatte der Abend vielversprechend angefangen und sich interessant weiterentwickelt, wenn auch anders als geplant. Doch nun steckte sie ganz schön in Schwierigkeiten. Das Schlimme war, dass sie die weitere Entwicklung nicht beeinflussen konnte. Alles, was ihr blieb, war die Hoffnung, dass sich der Nebel, in dem die Kommissarin stocherte, nicht so schnell lichten würde.

Zaghaft klopfte sie an die Tür und vernahm sofort Kimpels lautes Organ.

»Herein!«, donnerte der Chefredakteur.

Hannah drückte die Klinke herunter und stand wenig später direkt vor Kimpel. Obwohl es ihr nicht gut ging, versuchte sie, gute Laune zu verbreiten.

»Was gibt's, Chef?«

Kimpel blickte vom Bildschirm auf. Sein Gesicht war grauer als sonst und wirkte alles andere als fröhlich.

»Schließen Sie mal die Tür«, sagte er mit ernster Miene.

Hannah drehte sich um und drückte die Tür zu.

»Heute so geheimnisvoll?«

»Was machen die speziellen Recherchen?«, knurrte Kimpel.

»Es läuft ganz gut. Ich hatte Kontakt zur Fanszene. Ein gewisser Franky scheint interessant zu sein. Er gibt ein Fanmagazin heraus und mobilisiert gegen die fortschreitende Kommerzialisierung. Außerdem habe ich die Verträge gesichtet, die …«

»Frau Wollenberg«, unterbrach Kimpel ungehalten, »ich möchte nicht lange um den heißen Brei herumreden. Im Pool des ›Citybeach‹ wurde eine Leiche gefunden.«

Hannahs Befürchtungen wurden Realität. Die Nachricht von Wernecke Tod war bereits bei Kimpel angekommen.

»Ja, habe ich gehört«, entgegnete sie kleinlaut und dachte im gleichen Moment: Vielleicht wäre es besser gewesen, die Ahnungslose zu spielen.

Wie nicht anders zu erwarten, zog Kimpel die rechte Augenbraue fragend nach oben.

»Ist ja quasi Stadtgespräch«, schob Hannah hinterher.

»Merkwürdig, weil die Polizei momentan versucht, die Sache auf kleiner Flamme zu kochen.«

»Scheint ihr nicht zu gelingen.«

»Frau Wollenberg. Der Tote heißt Paul Wernecke, und er war Spielervermittler.« Kimpel machte eine Pause, um seinen Worten noch mehr Gewicht zu verleihen. »Ich habe davon durch einen privaten Kontakt zum Polizeipräsidium erfahren. Bei dem Wort ›Spielervermittler‹ schrillen bei mir sämtliche Alarmglocken.«

Jetzt war es Hannah, die die Augenbraue nach oben zog und Kimpel imitierte.

»Ich habe mich sofort gefragt, ob meine Volontärin etwas mit Wernecke zu tun hatte.«

»Inwiefern?«

»Im Zusammenhang mit Ihren Recherchen.«

»Der Name ist mir durchaus ein Begriff. Wernecke hat in der letzten Zeit einige bemerkenswerte Transfers eingefädelt.«

»Und weiter?«

»Nichts weiter.«

Klick, klack, klick, klack … Kimpels Daumen drückte den Knopf des Kugelschreibers.

»Ehrlich.«

»Wer hat Ihnen wirklich von Werneckes Tod erzählt?« Kimpels grimmiges Gesicht ließ kein Herumeiern mehr zu.

»Eine Kommissarin von der Mordkommission«, gab Hannah zu.

»Eine Kommissarin?« In Kimpels Mimik zeichnete sich so etwas wie Entsetzen ab. »Was wollte die denn von Ihnen?«

»Sie hat einen Tipp bekommen, dass ich in der Szene recherchiere, und war an Hintergrundinformationen interessiert.«

Kimpels Blick wurde durchbohrend. Hannah fühlte sich wie vor einem Röntgengerät.

»Stecken Sie in Schwierigkeiten?«, fragte die Stimme des Chefredakteurs.

»Nein«, sagte Hannah und schüttelte zur Bekräftigung den Kopf. Und dabei log sie nicht einmal. Bisher hatte die Polizei sie nur als eine Art Expertin vernommen.

Kimpel fixierte sie noch eine halbe Ewigkeit.

»Na gut. Ich lass' das mal so stehen. Aber wenn Sie in die Bredouille geraten, stehen Sie hier sofort auf der Matte!«

***

Am frühen Abend beriet sich Julia Will mit den Stones im Kommissariat. Obwohl der Tag sie ganz schön geschlaucht hatte, versuchten alle, ihre Konzentration auf die Ermittlungen zu legen.

»Was habt ihr im ›Blauen Wasser‹ herausbekommen?«, wollte Will wissen.

»Genau wie früher«, sagte Steinbrecher: »Tolle Location. Preis-Leistungs-Verhältnis miserabel: Das Essen ist absurd überteuert und die Qualität stimmt nicht.« Sarkasmus sprühte aus seiner Stimme.

»Warst du da früher etwa Gast?«, frotzelte Will mit gespielter Empörung.

»Nicht direkt. Ich war mal bei der Sitte und habe die eine oder andere Razzia mitgemacht.« Lässig flog der Tabakbeutel auf den Tisch.

»Lara hatte recht. Paul Wernecke war da, das hat einer der Kellner bestätigt. Zuerst war er zwar sehr reserviert, doch nachdem er erfahren hat, dass Wernecke tot ist, wurde er redselig. Er war wohl ganz gut mit ihm.« Steinbrecher breitete den Inhalt des

Beutels penibel auf dem Tisch aus: Zigarettenpapier, Tabak und Feuerzeug. Will hasste Zigaretten, an Steinbrechers Zeremonie hatte sie sich aber längst gewöhnt. Sie stellte ein Ermittlungsritual dar. Jeder brauchte zum Nachdenken gewisse Gewohnheiten.

»Wernecke war nicht alleine. Und wenn ich die Aussagen des Kellners richtig interpretiere, war er auch weniger geschäftlich unterwegs. Seine Begleitung war weiblich und attraktiv«, ergänzte Steinbrecher im beiläufigen Ton.

»Weiblich?«, fragte Will stirnrunzelnd.

»Ja. Mitte zwanzig, schlank. Schwarze Haare. Trug ein Sommerkleid. Sie haben auf der Terrasse gegessen und ordentlich gebechert. Angeblich Schampus. Deswegen musste der Kellner dann auch ein Taxi rufen.«

»Dann sollten wir den Taxifahrer finden!«, stieß Will aus.

»Haben wir schon«, schaltete sich Steininger ein. »Er hat die beiden allerdings an der Hanauer abgesetzt. Nach seiner Aussage angetrunken und fickrig.«

»Was soll das heißen?« Vulgärsprache war nicht Wills Metier. Doch sie wollte Steininger nicht dafür schelten. Sie war überzeugt, dass ihr Kollege den Ausdruck wortwörtlich vom Taxifahrer übernommen hatte.

»Es wurde viel geknutscht und gefummelt«, ergänzte Steininger. Will hob abwehrend die Hand: »Okay. Genauer will ich es nicht wissen.«

»Mehr hat er auch nicht gesagt.«

Will überlegte kurz. »Also sind sie nicht zu Wernecke gefahren, der wohnte bekanntlich in Bornheim. Stellt sich die Frage, was die beiden an der Hanauer wollten …«

»Vielleicht wohnt dort Werneckes Begleitung«, vermutete Steininger.

»An der Hanauer gibt es ein paar Clubs«, überlegte Steinbrecher, als hätte er Steiningers Idee überhört. Die erste Zigarette war fertig gedreht. »Gut möglich, dass sie da noch etwas Party gemacht haben.«

»Gar keine schlechte Idee. Wo an der Hanauer war das denn?«, hakte Will nach.

»Ecke Schwedlerstraße«, erläuterte Steinbrecher.

Will warf einen forschenden Blick auf den übergroßen Stadtplan, der eine Wand des Kommissariats zierte.

»Das ›Adlib‹ ist in der Schwedler. Das könnte hinhauen«, sagte Steininger.

»›Adlib‹?«

»Ja, ein relativ neuer Club. Er erstreckt sich über mehrere Etagen. Gute Musik. Imposanter Ausblick«, führte Steininger aus.

Will kniff die Augen zusammen und musterte ihren Kollegen. Seit Maurers Tod war Steininger ziemlich am Nachtleben interessiert. Genau genommen hatte er, seit sie zusammenarbeiteten, eine beachtliche Persönlichkeitsentwicklung hingelegt. Die Popperwelle war einem modischen Kurzhaarschnitt gewichen. Die kantige Brille hatte er gegen Kontaktlinsen ausgetauscht. Aus dem unbedarften, etwas schüchternen Jüngling war ein partyaffiner Mann geworden, der in der Freizeit boxte und ab und an eine deftige Affäre hatte.

»Was ist?!«, raunzte Steininger. Die Kommissarin, aus den Gedanken gerissen, blickte zu Steinbrecher, der, die Füße auf dem Tisch, die nächste Zigarette in Angriff genommen hatte. »Also halten wir fest. Wernecke ist am Abend vor seinem Tod fremdgegangen. Das bringt eine neue Nuance in die Ermittlungen.«

Für einen Moment kehrte nachdenkliche Stille ein. Will kritzelte ein weibliches Gesicht mit langen schwarzen Haaren auf ein Blatt Papier und hängte es an das Whiteboard neben die Fotos von Paul Wernecke und Lara Guth.

»Nettes Fahndungsfoto«, kommentierte Steinbrecher und musste unwillkürlich lachen.

»Ein Foto von der Frau haben wir vermutlich nicht«, sagte Will im Umdrehen.

»Nein, woher? Wir wissen noch nicht einmal, wie sie heißt, geschweige denn, ob Wernecke tatsächlich fremdgegangen ist. Bislang vermuten wir das nur.«

»Indizien«, bemerkte Will.

»Okay. Mehr aber auch nicht. Wir haben keine Ahnung, wo sie hin sind und was in der Nacht noch alles passiert ist.«

»Bis auf das tragische Ende«, bemerkte Steininger spitz.

»Genau. Vor allem sollten wir zwei Fragen klären: Wer war diese Frau? Und: Wie ist Wernecke ins »Citybeach« gekommen?«

***

»Eine Journalistin?« Dimitri zog die Stirn in Falten.

»Ja«, sagte sein Gegenüber, »allerdings noch frisch im Geschäft. Hat gerade ihre erste Stelle. Lokalredaktion. Hier.« Ein großer brauner Briefumschlag wanderte über den Tisch.

»Was ist das?«, blaffte Dimitri.

»Die Sammlung ihrer Veröffentlichungen.«

Dimitri legte die rechte Hand auf den Umschlag, machte aber keine Anstalten hineinzuschauen.

»Du musst sie nicht lesen. Es geht um Lokalpolitik, Kleingärten und Vereinsfeste. Nicht unsere Liga.«

Dimitri murmelte etwas Unverständliches vor sich hin.

»Ach ja, bevor ich es vergesse: Hier ist ein Foto.« Der Informant zauberte ein Foto aus der Innentasche seines Jacketts.

Dimitri griff nach dem Bild und musterte das Gesicht. Eine junge Frau, durchaus attraktiv. Er glaubte, Zielstrebigkeit und Ehrgeiz in den grünen Augen zu erkennen. Dimitri kratzte über das Abbild ihrer Wange. Wer bist du? Was führst du im Schilde? Kannst du mir gefährlich werden?

»Also, wenn du mich fragst, ich glaube nicht, dass sie etwas damit zu tun hat.«

Dimitri legte das Foto auf den Briefumschlag.

»Vielleicht, vielleicht auch nicht. Behaltet sie im Auge. Dann sehen wir weiter.«

***

Am Abend saß Will auf der Terrasse des Hauses in Niederursel, das sie zusammen mit ihrer Oma und Alex bewohnte. Eigentlich war sie mit Alex zum Essen verabredet gewesen, doch im Verein war ein Trainer ausgefallen und Alex kurzerhand eingesprungen. Will hätte darüber sauer sein können. Und wenn sie ehrlich zu sich war, war sie das auch. Doch sie konnte ihm keinen Vorwurf machen. Schließlich hatte sie ihn bereits mehr als ein Mal wegen ihrer Arbeit versetzt.

Woher hätte ich wissen sollen, dass du ausgerechnet heute pünktlich aufkreuzt?, hörte sie ihn in Gedanken sagen. Stimmt …, erwiderte sie. Sie hatte einen neuen Mordfall auf dem Tisch, und niemand wusste, wie lange sie wann arbeiten würde.

Von Oma fehlte jede Spur. Bestimmt war sie auf irgendeiner Versammlung.

Will stand nachdenklich auf, holte eine Flasche Radler aus dem Kühlschrank und kehrte mit ihrem Notizbuch zurück auf die Terrasse. Sie blätterte die Aufzeichnungen durch, las hier und da einen der Sätze, blickte dann und wann über den Rasen hin zu den hohen Bäumen, die das Grundstück zu den Nachbarn abgrenzten.

Alles, was sie bislang herausgefunden hatten, war, dass Wernecke am Todesabend mit einer Frau unterwegs gewesen war. Seine Spur verlor sich auf der Hanauer, Ecke Schwedler. Fundort von Werneckes Leiche war der Pool im »Citybeach«. Die Töngesgasse lag ein ganzes Stück weg, in der Innenstadt. Wie war er da hingekommen? Und warum? Der einzige Grund, der Will dazu einfiel, war, dass Lara Guth im »Citybeach« arbeitete. Wäre nicht die fremde Frau, so wäre das Wahrscheinlichste, dass er Lara abholen wollte. Aber schloss das eine das andere aus? Vielleicht hatte ihn nach dem Date das schlechte Gewissen gepackt. Er hatte sich ins »Citybeach« fahren lassen und war dort auf Lara getroffen. Es hatte einen heftigen Streit gegeben, und sie hatte ihn im Affekt getötet.

Möglicherweise war es kein Mord, sondern ein Unfall, durchzuckte es Will.

Sie blätterte weiter, las die Notizen, die sie beim Gespräch mit Lara Guth gemacht hatte. Deren Aussagen passten nicht zu Wills Theorie. Guth hatte angegeben, um zweiundzwanzig Uhr nach Hause gegangen zu sein. War Wernecke zu ihr ins Nordend gefahren? War es dort zum Streit gekommen? Möglich, dachte

Will. Doch Lara Guth war klein und zierlich, wie hätte sie Wernecke alleine ins »Citybeach« wuchten sollen?

Will nippte an der Bierflasche. Das Radler tat ihrer trockenen Kehle gut. Eine Zeitlang starrte sie gedankenverloren in die Dämmerung. Von irgendwoher irrte Gelächter und Gläserklirren durch die Abendluft. Sie griff erneut zum Notizbuch.

Was hatten sie alles im »Citybeach« gefunden? Werneckes Kleidung hatte auf einer Liege gelegen, als hätte er sie dort abgelegt, um zum Baden zu gehen. Aber da war noch etwas: der Ring der O. Wernecke stand auf Sadomaso. Ein Sexspiel im Pool mit tödlichem Ausgang! Ein neues Szenario baute sich auf. Wernecke und die ominöse Unbekannte hatten getanzt und waren dann zum Abkühlen ins »Citybeach« gefahren. Konnte das die Lösung sein?

Will schreckte auf. Das Handy, das neben dem Notizbuch auf dem Gartentisch lag, vibrierte kurz. Kein Anruf. Lediglich eine Mitteilung. Reflexartig griff Will zum Smartphone.

»Können wir uns morgen Früh treffen?«

Die Nachricht kam von Hannah Wollenberg. Es kribbelte in Wills Körper. Jetzt ging es Schlag auf Schlag. Hatte die Journalistin tatsächlich ihren Kontaktmann überreden können? Sie bestellte sie für zehn Uhr ins Präsidium. Nachdem sie das Handy zurück auf den Tisch gelegt hatte, fläzte sie sich zufrieden auf den Gartenstuhl und schloss die Augen.

Irgendwann fuhr sie hoch, aufgeschreckt von einem Geräusch, das metallen klang. Das Gartentor war zugefallen. Jetzt wurde ein Schlüssel ins Schloss der Haustür geschoben. Oma oder Alex, dachte Will und spitzte die Ohren. Als Nächstes vernahm sie das Plumpsen einer Sporttasche, die auf den Boden abgestellt wurde. Also Alex. Sie klappte ihr Notizbuch zu, trank noch einen Schluck aus der Flasche und lehnte sich in froher Erwartung eines Kusses zurück.

5.

Hannah Wollenberg erschien alleine im Präsidium. Sie trug die gleichen Klamotten wie beim letzten Treffen und wirkte etwas gehetzt. Will bot ihr einen Kaffee an, den die Journalistin dankend annahm.

»Stress?«, fragte die Kommissarin, nachdem sich alle um den großen Besprechungstisch gruppiert hatten.

»Immer. Das hat mit meinem Beruf zu tun«, entgegnete Wollenberg nüchtern. Den Umstand, dass sie glaubte, verfolgt zu werden, verschwieg sie. Auch, dass sie sich redlich bemüht hatte, die Verfolger auszutricksen. Schließlich sollten diese unter keinen Umständen mitbekommen, dass sie Kontakte zur Polizei pflegte. Es war immer besser, unbescholten zu wirken. Dann würden die, die hinter ihr her waren, schnell das Interesse verlieren. Davon war Hannah überzeugt.

»Was ist mit Ihrem Informanten?«, fragte Will. Sie hatte die Hoffnung noch nicht aufgegeben, dass dieser in den nächsten Sekunden auftauchen könnte.

»Er ist noch nicht bereit für ein Treffen und lässt sich entschuldigen.«

Mist, dachte Will und versuchte, ihre Enttäuschung zu verbergen. Warum treffen wir uns dann überhaupt? Der Tag fing bei Weitem nicht so gut an wie erhofft.

»Aber er hat mich ermächtigt, die Infos, die ich von ihm erhalten habe, an Sie weiterzugeben.«

Immerhin etwas, dachte Will. Informationen aus zweiter Hand waren besser als gar keine.

»Ich bitte lediglich darum, sie nicht an die große Glocke zu hängen. Sonst ist meine ganze Recherche dahin.«

Will nickte verständnisvoll. Wollenberg bewegte sich auf einem schmalen Grat. Sie musste ihren Informanten schützen und zudem versuchen, möglichst viel Neuigkeitswert für ihre Reportage zurückzuhalten.

»Ich kann Ihnen versprechen, dass wir Ihre Infos nur im Rahmen der Ermittlungen verwenden.«

»In Ordnung«, sagte Wollenberg und schaute nacheinander

zu Steinbrecher und Steininger, die beide ebenfalls nickten.

»Womit soll ich anfangen?«, fragte Wollenberg verunsichert.

»Das ist eigentlich egal. Wir sind absolute Laien auf diesem Gebiet«, sagte Will.

»Wir beziehen unser Wissen aus der Sportberichterstattung«, ergänzte Steinbrecher. »Womit wird beim Fußball Geld verdient außer mit dem Kicken?«

Hannah Wollenberg überlegte einen Moment lang. Will konnte ihr ansehen, wie sie in Gedanken die Sätze formulierte.

»Da sind zum Beispiel die sogenannten Third-Party-Ownerships, abgekürzt TPO.«

»Klingt kompliziert«, murmelte Steininger und fing sich einen bösen Blick von Julia Will ein.

»Ist es aber nicht. Im Grunde ist es eine Wette, und zwar auf den Erfolg eines Sportlers. Der Investor kauft Anteile an den Transferrechten eines jungen Spielers. Er wettet darauf, dass dieser seinen Marktwert nachhaltig steigert. Wird der Spieler dann verkauft, kassiert der Investor die Rendite.«

»Also so 'ne Art moderner Sklavenhandel«, raunzte Steinbrecher.

»Kann man durchaus so sehen«, bestätigte Wollenberg. »Die Verträge werden immer detaillierter. Wenn man liest, was da geregelt wird, verschlägt es einem glatt die Sprache. Es wird vorgeschrieben, zu welchem Arzt du gehen musst, welche Klamotten du tragen sollst. Mit wem du über was sprechen darfst und so weiter und so fort.«

Will sah Wollenberg fassungslos an.

»Das Gleiche gilt übrigens für die Leistungen. Es gibt ein Grundgehalt und obendrauf Boni für jeden Sieg, jedes Tor, jede Flanke und so weiter. Der Fantasie sind keinerlei Grenzen gesetzt«, führte die Journalistin aus.

»Die Torhüter fangen neuerdings auch an, über gehaltene Elfmeter und Paraden zu verhandeln«, sagte Steinbrecher und setzte hinzu: »Munkelt jedenfalls die Presse.«

Wollenberg nickte.

»Woher haben Sie all diese Informationen?«, fragte Steinbrecher.

»Ich habe die Verträge gelesen.«

»Sie haben was?«, fragte Steinbrecher sichtlich erstaunt und musterte Wollenberg prüfend. Wie kam eine junge Journalistin, die für den Lokalteil schrieb, an solch brisante Papiere? »Woher haben Sie die?«

»Von meinem Informanten«, entgegnete Wollenberg knapp.

»Das sagte mir meine Kollegin bereits. Und mir ist klar, dass Sie nicht allzu viel verraten wollen. Ist er ein Insider?«

Wollenberg legte die Stirn in Falten. Es verstrich geraume Zeit, und die Kommissare rechneten nicht mehr damit, eine Antwort zu erhalten.

»Kein Insider«, presste die Journalistin schließlich hervor. »Ein Hacker.«

Will hätte beinahe den Kaffee wieder ausgespuckt, den sie gerade in den Mund genommen hatte. Nur mit Mühe gelang es ihr, dieses Malheur zu verhindern.

»Ist aber auch egal. Wichtig ist nur, dass es diese Verträge gibt und dass nichts mehr so ist, wie es einmal war. Wissen Sie, früher galt Vereinstreue noch etwas. Heute ist jeder ein Rindvieh, der nicht hin und wieder den Verein wechselt, denn das ist lukrativ. Und zwar völlig unabhängig davon, zu welchem Zeitpunkt. Wenn der Vertrag noch läuft, werden irrsinnige Summen fällig, die zwischen Verein, Investoren und Spieler aufgeteilt werden. Wenn ein Vertrag ausgelaufen ist, kann der Spieler ablösefrei wechseln, was nicht heißt, dass kein Transfergeld fließt. Im Gegenteil: Dann streicht der Spieler alles ein. Oder der Investor, der die Rechte besitzt.« Wollenberg schmetterte die Sätze in den Raum wie ein Tennisspieler die Bälle ins gegnerische Feld. Will fertigte eifrig Notizen, Steinbrecher hakte nach: »Und das ist wirklich alles legal?«

»Die FIFA hat versucht, regulierend einzugreifen. Die TPOs beispielsweise hat sie vor ein paar Jahren verboten. Aber das juckt die Finanzhaie natürlich nicht. Sie entwickeln immer wieder neue Konstrukte.«

»Wer steckt denn hinter diesen Geschäften?«, wollte Will wissen.

»Meistens irgendwelche Milliardäre. Oder Oligarchen aus

dem Osten. Leute, die ihr Geld mit Drogenhandel, Prostitution oder Rohstoffhandel verdient haben. Nun winken die nächsten Milliarden legal im Fußball. Wenn's gut läuft, sind Renditen von mehreren Hundert Prozent binnen Jahresfrist drin. Das bekommt man sonst nur im Drogengeschäft.« In Wollenbergs Stimme lag eine Mischung aus Sarkasmus und Aggressivität. Will war davon überzeugt, dass die junge Journalistin gewillt war, all diese Machenschaften offenzulegen. Sie spielte ein gefährliches Spiel. War ihr bewusst, mit wem sie sich einließ?

»In Europa wird der Umsatz, der im Fußball erzielt wird, auf jährlich zwanzig Milliarden Euro geschätzt, Tendenz stark steigend. Das lockt die Finanzhaie und andere dubiose Gesellen.«

»Wo unkontrolliert so viel Geld fließt, tummeln sich jede Menge trübe Gestalten«, stimmte Steinbrecher zu. »Aber in Deutschland geht es doch ziemlich human zu, oder?«

Will musterte ihren Kollegen. Seine Frage klang hoffnungsvoll, doch Wollenbergs Antwort enttäuschte ihn.

»Von wegen. Glauben Sie wirklich, in der Bundesliga läuft es anders? Meinen Sie, dieser SAP-Typ verschenkt Geld?«, entfuhr es Wollenberg verächtlich. »Nein, der verdient genauso mit Transferrechten. Und bei den Limonadendosen wird es nicht anders sein. So was macht den Fußball kaputt und die Moral sowieso.«

»Gibt's wirklich niemanden, der dagegen vorgeht?«

»Nicht wirklich. Manchmal kommt eine kritische Stimme. Ich meine, Transfersummen im zwei- oder dreistelligen Millionenbereich sind schließlich auch irrwitzig. Aber letztlich hängen alle mit drin, von der Sportartikelindustrie bis zum Vereinsboss. Und manch ein Fußballer wird zum Steuertourist. Das Vermögen wird in irgendwelchen Steueroasen in einem Firmengeflecht versteckt.«

»Steueroasen? Das Gehalt wird doch von den Vereinen bezahlt«, warf Steininger ein. »Und die Clubs müssen das dem Finanzamt melden.«

»Ja, das Gehalt schon. Und das wird brav versteuert, zum Spitzensteuersatz. Aber die Spieler verdienen nebenbei – mit Werbung. Da kann man einiges machen. Der Spieler überträgt seine Werberechte auf eine Firma, die ihm gehört. Der Firmensitz liegt auf irgendeiner Insel, wo die Steuersätze niedrig sind.«

»Und das Wetter sonnig«, fügte Steinbrecher hinzu und musste unwillkürlich an die Paradise Papers denken.

***

Am frühen Nachmittag brütete Will nachdenklich über ihren Mitschriften. Die Gedanken in ihrem Kopf spielten verrückt, sie versuchte das zu verstehen, was die Journalistin erzählt hatte. Komplizierte Transferbeteiligungen und verschachtelte Firmenkonstrukte. Dazu dubiose Geschäftsmänner auf der Suche nach neuen Anlagemöglichkeiten. Das war durchaus der Stoff für einen spannenden Thriller – oder einen spektakulären Mord. Aber passte dies wirklich zu einem Sportstudenten im Fernstudium, auch wenn sein Bankkonto alles andere als leer war?

Das Klingeln des Telefons riss sie aus den Gedanken. Es war Dr. Spichal, der Leiter der Rechtsmedizin, der sie in sein Institut bestellte. Da die Stones in Bornheim unterwegs waren, um den dortigen Fußballclub abzuklappern, fuhr sie alleine los.

»Wir haben DNA-Spuren und Hautpartikel unter Wernecke Fingernägeln gefunden.« Will sah Dr. Spichal aufgekratzt an. Das war endlich eine Spur, die der Mordkommission weiterhelfen konnte. Sie standen im Flur des Instituts für Rechtsmedizin in Sachsenhausen. Dr. Spichal trug einen langen weißen Kittel und hielt einen Stapel Unterlagen im Arm. Es roch irgendwie nach Krankenhaus.

»Und sonst?«, hakte Will keck nach. Sie sah dem Rechtsmediziner an, dass er noch mehr berichten konnte, und wurde nicht enttäuscht.

»Wernecke wurde mit Gewalt unter Wasser gedrückt. Die Lungen sind schwer. Alles deutet auf Tod durch Ertränken hin. Dazu gibt es Würgemale am Hals. Die müssen mir im Citybeach entgangen sein.«

»Das heißt, dass es einen Kampf gegeben hat?«, fragte Will. Zugleich sah sie in ihren Gedanken zwei Hände, die Wernecke würgten und unter die Wasseroberfläche im Pool des »Citybeach« drückten. Wernecke bäumte sich auf, versuchte, wieder nach oben zu kommen, schaffte es für einen Moment und schnappte gierig nach Luft, bevor die Hände ihn wieder unter Wasser drückten.

»Sieht ganz danach aus«, sagte Dr. Spichal und riss Will aus ihren Gedanken. »Was die DNA-Spuren anbelangt, so muss er sich an jemandem festgekrallt haben. Das kann bei einer Rangelei gewesen sein oder beim Todeskampf.«

Will dachte kurz nach. Aus irgendeinem Grund fiel ihr in diesem Moment der Ring der O ein, den sie bei Werneckes Sachen gefunden hatten. Nun sah sie zwei Körper, die sich im Pool wälzten. Wieder wurde Wernecke unter Wasser gedrückt. Diesmal konnte er sich nicht so einfach wehren, denn seine Hände waren mit Handschellen hinter dem Rücken fixiert.

»Oder beim Sex?«, entfuhr es ihr.

Dr. Spichal musterte Will. »Eine Sadomasospielart? Natürlich, das wäre eine Möglichkeit.«

»Habt ihr schon feststellen können, ob die DNA-Spuren von einer Frau oder einem Mann stammen?«

»Die Untersuchung läuft noch. Aber etwas anderes dürfte dich interessieren.«

Dr. Spichal machte eine Pause, um der folgenden Neuigkeit mehr Gewicht zu geben. »Wernecke kann auf keinen Fall in dem Pool ertrunken sein, in dem er gefunden wurde.«

»Wie kommst du darauf?«

»Das Wasser in Werneckes Lunge enthält Badezusätze. Das Wasser im Pool selbstredend nicht.«

»Badezusätze?«, echote Will ungläubig.

»Seife, Badeschaum, Badesalz«, erklärte Dr. Spichal.

»Ich weiß, was Badezusätze sind.«

»Na also.«

»Und was heißt das jetzt?«

»Unser Toter ist in einer Badewanne ertrunken.«

»Und wie kommt er dann in den Pool?«, dachte Will laut nach.

»Das kann ich dir leider nicht sagen. Das müsst ihr schon

selbst herausbekommen. Ich melde mich, sobald wir weiter sind. Ich habe leider nicht mehr so viel Zeit, weil ich zu einer Vorlesung muss.« Der Rechtsmediziner wandte sich um und ließ Will mit tausend Fragen zurück. Als er das Ende des Ganges erreicht hatte, rief er über die Schulter: »Wir können später noch mal telefonieren.«

***

Eigentlich hätte es keinen perfekteren Ausklang für einen perfekten Tag geben können. Tom Bohlan saß mit Tamara vor dem »Jules Verne«, einem Restaurant im französischen Bistrostil in der Schlüterstraße in Berlin-Charlottenburg. Nettes Ambiente, charmante Begleitung – die Welt hätte besser nicht sein können. Bohlan verlor sich in Tamaras grünen Augen, die die Tiefen und die Unendlichkeit aller Ozeane dieser Welt widerzuspiegeln schienen. Mal rau und stürmisch. Mal glatt und ruhig. Aber immer voller Geheimnisse und versunkener Schätze. Bohlan wollte alle ergründen.

Doch für den Moment genügten die Miesmuscheln, die der Kellner in der Tischmitte platzierte. Sie dufteten nach Salz und Meer, aber auch nach Knoblauch und Weißwein.

»Bon appétit«, sagte der Kellner.

Tamara gab zwei, drei Löffel auf ihren Teller. Bohlan genoss die grazile Art ihrer Bewegungen.

Seit fast einer Woche wohnte er bei Tamara. Es war sein erster Urlaub seit Jahren. Den letzten hatte er einsam und alleine in Kroatien verbracht. Er und ein Koffer voller Bücher. Jetzt genoss er die Zweisamkeit mit Tamara, die sich viel Zeit für ihn genommen hatte, obwohl noch jede Menge zu erledigen war. Sie hatten den Reichstag besucht und die Museumsinsel, hatten am Alex Eis gegessen und waren im Grunewald spazieren gegangen. Bohlan hatte keinen Gedanken an Frankfurt und seine Arbeit verschwendet – bis … ja, bis Julia Will ihn angerufen hatte.

Seitdem er wusste, dass die Kollegen einen neuen Mordfall aufklären mussten, mäanderten seine Gedanken um die Dinge, die Julia ihm in knappen Worten zusammengefasst hatte.

Ein toter Spielervermittler, der Ring der O und dubiose Hintergründe. Der Stoff für einen perfekten Krimi. Noch dazu gab es Berührungspunkte zur Eintracht. Seitdem die launische Diva die Bayern furios im Pokalendspiel besiegt und den DFB-Pokal nach dreißig Jahren wieder an den Main geholt hatte, schwebte ganz Frankfurt auf Wolke sieben. Manchmal sah Bohlan immer noch Gacinovic auf das leere Tor der Bayern zu rennen. »Lauf, lauf, lauf!«, hatte er an jenem Abend in den Nachthimmel gebrüllt. Halb Frankfurt hatte der Mannschaft am nächsten Tag einen grandiosen Empfang beschert. Natürlich war auch der Kommissar am Römer gewesen, hatte gebrüllt und gejubelt.

Hoffentlich gab es jetzt keinen Skandal.

Ein weiterer Punkt beschäftigte ihn aber noch viel mehr: Wenn man Julias Worten Glauben schenkte, knirschte es gewaltig im Getriebe des Ermittlerteams. Vielleicht wäre es doch besser gewesen, vor der Abreise klare Verhältnisse zu schaffen, statt Gerding einen Notfallplan zu hinterlassen.

»Du wirkst heute so nachdenklich.« Tamaras Worte rissen ihn aus den Gedanken. Erst jetzt bemerkte er, dass er noch nicht eine der Miesmuscheln gegessen hatte. Hastig beeilte er sich, dies nachzuholen.

»Sind echt lecker!«, stellte er ein wenig zu schnell fest.

»Was ist los in Frankfurt?«, fragte Tamara. Ihr Gesicht war ernster als jemals zuvor in den letzten Tagen.

Bohlan zuckte mit den Schultern. »Was soll los sein? Keine Ahnung.«

»Ach komm, du brauchst mir nichts vorzumachen. Ich habe mitbekommen, dass du mit Julia telefoniert hast.«

Bohlan fühlte sich ertappt, versuchte aber dennoch ein unschuldiges Gesicht zu machen.

In Tamaras Augen lag eine Mischung aus Zweifel und Ärger.

»Also gut«, gestand Bohlan. »Es gibt einen neuen Mordfall. Im Pool eines Beachclubs schwamm eine Leiche. Tod durch Ertränken. Vermutlich.«

Bohlan nahm die nächste Muschel und zwickte gekonnt das Fleisch aus der Schale.

»Das heißt, dass unsere Zeit hier sich dem Ende zuneigt?«

»Was? Nein, wo denkst du hin! Das sollen Will und die Stones alleine aufklären. Dann können sie sich schon mal dran gewöhnen, wie das zukünftig sein wird.«

Bohlan griff nach dem Weinglas und trank einen großen Schluck. Tamara beäugte ihn forschend.

»Bist du dir da sicher?«

»Ja. Ganz sicher«, bekräftigte Bohlan, um gleich darauf den nächsten Schluck zu trinken, der das Glas vollends leerte. Bohlan setzte es ab. Statt es zurück auf die weiße Tischdecke zu stellen, hielt er es in die Höhe und bedeutete dem Kellner, dass er ein weiteres wollte.

Alkohol konnte ihn tiefer in die Nachdenklichkeit treiben oder seine Stimmung aufhellen. Darauf hoffte der Kommissar. Und auf die Crème brulée, die er als Nachtisch bestellt hatte. Und auf Tamara, mit der er noch einiges vorhatte.

***

Julia Wills Gedanken fuhren Achterbahn. In einem Moment war sie im Höhenrausch, um im nächsten Augenblick in ein dunkles Nichts zu stürzen. Es war ein Auf und Ab wie auf der Dippemess, nur dass es nicht um den Nervenkitzel eines Fahrgeschäftes, sondern um die Lösung eines Mordfalls ging. Sie saß seit fast einer Stunde an ihrem Schreibtisch, kritzelte Wörter, Sätze und allerlei sinnlose Schnörkel auf ein Blatt Papier. Welcher Spur sollte sie folgen? Draußen dämmerte es bereits, und von den Stones fehlte jede Spur.

Stand Werneckes Tod in einem direkten Zusammenhang mit dessen dubiosen Geschäften, oder war er Ergebnis einer zwischenmenschlichen Beziehung, möglicherweise sogar Resultat eines Unfalls?

Für Letzteres sprach die Statistik. Die meisten Morde werden aus Eifersucht, Liebesentzug oder was auch immer begangen. Danach erst geht es um Geld und Habgier. Im Mordfall Paul Wernecke deuteten viele Indizien auf einen sexuellen Hintergrund hin: Der Ring der O, der Tod in einer Badewanne, DNA-Spuren unter den Fingernägeln. Paul Wernecke hatte an jenem

Abend keine geschäftliche Verabredung, sondern ein Date mit einer bislang unbekannten Frau. Hatten sie sich auf einer dieser Datingplattformen verabredet? Irgendwas mit Sadomaso oder Bondage? Vielleicht waren sie sich auf der Straße begegnet. Der Ring war ein gutes Erkennungszeichen. In jedem Fall waren sie nach dem Essen vom »Blauen Wasser« ins »Adlib« gegangen. Waren sie danach in Werneckes Wohnung, zu der Unbekannten oder in irgendein Hotel gefahren? In welcher Badewanne hatte Paul Wernecke den Tod gefunden, wahrscheinlich im Zustand höchster Ekstase? Beim Sex konnte alles Mögliche passieren. Will hatte in einem Seminar einmal von einem Fall gehört, in dem sich das Opfer selbst derart zugerichtet und stranguliert hatte, dass die Ermittler monatelang von einem Lustmord ausgegangen waren. Erst nach langen Ermittlungen hatte sich herausgestellt, dass sich das vermeintliche Opfer all die Qualen, die es ertragen hatte, selbst beigebracht hatte – nur um seine sexuelle Erregung zu steigern.

»Na, an was denkst du gerade?«

Will schoss aus ihren Gedanken hoch und sah entgeistert in Steinbrechers Augen. Der Kommissar stand am Schreibtisch gegenüber und stützte die Arme auf die Tischplatte. Sie hatte nicht gemerkt, wie er ins Kommissariat gekommen war. Und dabei war Steinbrecher alles andere als ein Schleicher. Er machte meistens ordentlich Lärm.

»Wernecke wurde nicht im Pool ermordet«, stieß sie hervor.

»Nicht?«, fragte Steinbrecher überrascht. »Wo dann?«

»Seine Lunge ist voll mit Badezusätzen«, erklärte Will. »Hat Dr. Spichal festgestellt.«

»Badezusätze?«

»Er wurde höchstwahrscheinlich in einer Badewanne ertränkt.«

Steinbrecher ließ sich schnaufend rücklings auf den Stuhl fallen.

»War es Mord oder ein Unfall, was meinst du?«, fragte Will.

»Ich weiß es nicht. Ehrlich. Aber ich glaube nicht an einen Unfall.«

Will blickte skeptisch.

»Nehmen wir einmal an, Wernecke ist beim Sex ertrunken. Vielleicht weil er unter Wasser gedrückt wurde und Spaß daran hatte. Das erklärt noch lange nicht, wie seine Leiche in den Pool gekommen ist. Wenn er in einer Badewanne ertrunken ist, muss ihn jemand aus der Wanne gehievt, in ein Auto geschleppt und dann zum ›Citybeach‹ gefahren haben. Dort muss er die Leiche die Treppen nach oben und sogar über den Zaun auf das Clubgelände gewuchtet haben. Und das alles mitten in der Nacht, bei tiefster Dunkelheit. Das setzt eine ganze Menge voraus, oder?«

Steinbrecher platzierte die ausgestreckten Beine auf dem Schreibtisch und fläzte sich lässig auf den Stuhl. Eine Unart, die Will hasste - neben dem ständigen Drehen von Zigaretten -, doch sie hatte längst aufgegeben, sich darüber zu ärgern Stattdessen folgte sie Steinbrechers Gedankenspiel.

»Kraft zum Beispiel. Der Täter hätte einiges an körperlicher Arbeit verrichten müssen.«

»Genau. Und wenn wir davon ausgehen, dass Wernecke mit der Frau in der Badewanne war, mit der er zuvor durch Frankfurts Nachtleben getigert war, wirft das doch einige Zweifel auf.«

Will starrte nachdenklich an Steinbrecher vorbei auf das Whiteboard. Dabei kaute sie auf ihrer Unterlippe.

»Sie könnte natürlich Hilfe gehabt haben.«

»Flotter Dreier oder was?«

»Quatsch, nein. Nehmen wir einmal an, sie drückt Wernecke unter Wasser. Von mir aus auch mehrfach. Er holt immer wieder Luft, sie drückt ihn wieder zurück. Irgendwann ist er zu lange unter Wasser. Sie merkt, dass er tot ist. Bricht natürlich in Panik aus. Zerrt ihn nach oben. Schreit. Bettelt. Sie schafft es, ihn aus der Wanne zu ziehen. Vielleicht kauert sie einige Zeit verzweifelt neben ihm. Irgendwann denkt sie darüber nach, was sie machen soll. Abhauen und den Lover liegen lassen? Wäre eine Möglichkeit. Aber sie hat Spuren hinterlassen. Die Polizei würde sie finden.«

»Sie könnte den Rettungswagen holen«, warf Steinbrecher ein.

»Nicht, wenn das Treffen ein Geheimnis war und sie inkognito bleiben will. Sie entschließt sich dazu, einen guten Freund anzurufen, der ihr hilft. Zusammen schaffen sie es, Wernecke ins Auto zu hieven und die Leiche im ›Citybeach‹ zu entsorgen ...« Will brach ab und sah Steinbrecher fragend an.

»Ja, so könnte es gewesen sein«, bestätigte dieser nach einiger Zeit, »zweifellos, das wäre eine Möglichkeit. Bleibt nur noch eine Frage: Warum das ›Citybeach‹? Wo ist die Verbindung?«

»Es gibt eine!«, entfuhr es Will.

Steinbrecher sah sie fragend an.

»Lara Guth. Werneckes Freundin. Sie arbeitet dort, kennt also alle Begebenheiten, hat vermutlich einen Schlüssel. Für sie wäre es gar nicht so schwer, nachts mit einer Leiche auf das Gelände zu kommen.« Wills Blick wanderte von Steinbrecher zum Whiteboard und blieb an Laras Gesicht hängen. Ihre glasklaren blauen Augen schienen sie anzustarren. Klar, Lara hatte einen Schlüssel, aber warum sollte sie Hannah helfen. Das machte keinen Sinn.

»Haben wir schon eine Auswertung der Videokamera im Parkhaus Konstabler?«

»Noch nicht. Jan ist da dran. Vielleicht bringt das ja den Durchbruch«, bemerkte Steinbrecher. »Allerdings hat deine Theorie einen entscheidenden Haken.«

»Welchen?«

»Wernecke war nicht mit Lara unterwegs, sondern mit einer Unbekannten.«

»War das wirklich so?«

»Alle Zeugen sagen, sie habe dunkle Haare gehabt.«

»Das stimmt, aber es gibt Perücken. Vielleicht war das auch so eine Spielart. Man verkleidet sich vor einem Treffen. Das steigert die Spannung.«

»Ich weiß nicht«, sagte Steinbrecher. »Mit dir geht gerade die Fantasie durch.«

»Ja, vielleicht.« Wills Stimme klang resigniert. »Was hat eigentlich die Schlüsselliste ergeben?«

»Wenn man Schulz' Aufstellung Glauben schenkt, sind zehn Schlüssel für das ›Citybeach‹ im Umlauf. Alles Angestellte, das habe ich überprüft. Auch Lara hat einen.«

»Und weiter?«

»Nichts weiter. Alle Schlüsselbesitzer beteuern, in der Mordnacht nicht vor Ort gewesen zu sein. Die Überprüfung der Alibis hat das bestätigt. Der Ausflug nach Bornheim hat sich übrigens auch nicht sonderlich gelohnt. Im Fußballclub hört man nur Gutes über Wernecke. Muss ein guter Jugendtrainer gewesen sein.«

In diesem Moment schwang die Tür auf, und Steininger betrat das Kommissariat. Er wirkte abgehetzt. Auf seiner Stirn tummelten sich einige Schweißperlen. Unter dem eng anliegenden Poloshirt zeichneten sich Muskeln ab. Er griff nach einer Flasche Wasser und trank sie beinahe in einem Zug aus.

»Boxtraining oder was?«, bemerkte Steinbrecher spitz.

»Schön wär's«, raunzte Steininger zurück, nachdem er die Flasche abgestellt hatte. »Eher Parkhausgesellschaft. Dunkler Raum und langweilige Videofilmchen.«

»Und?!«, fragte Will ungeduldig. »Spann uns nicht auf die Folter. Was ist drauf auf den Bändern?«

»Tja, leider schlechte Karten«, erwiderte Steininger mürrisch. »Den ganzen Nachmittag für nichts!«

»Wie meinst du das? Irgendwas muss doch zu sehen sein!«

»Eben nicht. Die Aufzeichnungen gehen bis Mitternacht. Dann ist Schluss. Die nächsten Bilder zeigen euch, wie ihr morgens ankommt.«

»Das darf doch nicht wahr sein!«, entfuhr es Will. »Wie ist das möglich?!«

Steininger zuckte mit den Schultern. »Der Typ von der Parkhausverwaltung kann sich das nicht erklären. Murmelte etwas von technischem Defekt oder Manipulation. Das Wort Hackerangriff ist ihm auch noch eingefallen.«

»Ist er glaubwürdig?«

Steininger zuckte unschlüssig mit den Schultern. »Ist 'ne Schlaftablette, aber ansonsten erst mal normal. Ich werde seine Person dennoch überprüfen.«

»Mach das«, sagte Will und betrachtete zerknirscht das Gekritzel auf ihren Notizblättern.

***

Als Hannah Wollenberg die letzten Stufen zu ihrer Wohnungstür erklomm, beschlich sie ein äußerst ungutes Gefühl. Irgendetwas stimmte nicht. Irgendetwas war anders als sonst. Lag da nicht ein fremder Duft in der Luft? Ein Duft, der nicht hier hingehörte? Im ersten Moment stockte sie in ihren Bewegungen. War da nicht ein Rascheln oder Knarren? Hannah Wollenberg lauschte angespannt in das Treppenhaus. Doch außer dem Pochen ihres Herzens blieb es ruhig.

Sie musste sich geirrt haben.

Vermutlich hatten ihr die letzten Tage zu sehr zugesetzt. Ein toter Liebhaber. Ein dubioser Informant. Die Polizei hatte sie längst im Fokus. Und vermutlich gab es noch dunklere Kreise, die sich an ihre Fersen geheftet hatten. Sie wurde das Gefühl nicht los, auf Schritt und Tritt beobachtet zu werden. War das Realität oder eingebildete Angst?

Ein leises Klacken drang zu ihrem Ohr, dann erlosch das Licht im Treppenhaus. Bloß rein ihn die Wohnung, dachte Hannah, bevor ich noch Gespenster sehe. Der Schlüsselbund klirrte gegen die in die Jahre gekommene Holztür. Der Schlüssel hakte etwas, als sie ihn zur Gänze ins Schloss schieben wollte. Das tat er schon seit geraumer Zeit, doch heute schien der Widerstand größer als gewöhnlich. Um ihn zu brechen, wollte sie mit der anderen Hand den Türknauf greifen. Doch bevor sie ihn in der Hand hielt, sprang die Tür auf und gab den Weg in den dunklen Flur frei. Hannah beeilte sich, in ihre Wohnung zu kommen, und tastete nach dem Lichtschalter. Als sie ihn fast erreicht hatte, sprang sie etwas an. Im ersten Moment glaubte sie, es sei ihre Katze, doch die Gestalt war größer. Viel größer.

Erschrocken ließ sie Rucksack und Helm zu Boden fallen. Im selben Moment spürte sie einen Schlag am Kinn, der sie nur deswegen nicht härter erwischte, weil sie sich nach dem Rucksack bückte. Der Schlag hätte sie mit größter Wahrscheinlichkeit außer Gefecht gesetzt. Jetzt spürte sie nur einen höllischen Schmerz im Unterkiefer und torkelte rücklings gegen den Türrahmen. Sofort war die Gestalt, die im Flur gelauert hatte, bei ihr, und hieb ihr die Faust in die Magengrube. Hannah blieb die Luft weg, und sie rutschte mit gekrümmtem Oberkörper den Türrahmen entlang zu Boden. Der Einbrecher stolperte über sie hinweg. Hannah unternahm noch den vergeblichen Versuch, dem Eindringling ein Bein zu stellen, doch ein Tritt gegen ihren Schädel ließ ihr die Lichter komplett ausgehen.

6.

Am nächsten Morgen standen Will, Steinbrecher und Steininger in Wernecke's Wohnung. Die Spurensicherung war seit einer halben Stunde im Bad zugange, um nochmals Wanne und Fliesen genauestens unter die Lupe zu nehmen. Zudem wurden sämtliche Kosmetika und sonstige Utensilien aus den Badeschränken in Plastiktüten verpackt und zu Dr. Spichal in die Rechtsmedizin transportiert. Der Rechtsmediziner wollte einen Abgleich mit Werneckes Lungeninhalt machen.

Will trat nervös von einem Bein auf das andere.

»Vielleicht sollten wir uns mal im Haus umhören, ob irgendjemand irgendwas mitbekommen hat«, schlug Steinbrecher vor.

»Gute Idee«, antwortete Will. »Übernehmt ihr das, ich werde mich den Müllcontainern zuwenden.«

»Warum denn das?«, wollte Steininger wissen.

»Die Wohnung ist blitzeblank. Sie muss also kurz vor oder kurz nach der Tat geputzt worden sein.«

»Stimmt, und?«

»Was macht eine ordentliche Putzfrau?«

»Sag's mir. Ich hab' keine.«

»Sie bringt den Müll runter.«

»Macht sie das?!«, sagte Steinbrecher lakonisch.

Will ging nicht auf die Bemerkung ein. »Wenn wir Glück haben, war die Müllabfuhr noch nicht da.«

***

Hannah schlug die Augen auf und wunderte sich. Sie lag in ihrem Bett, der Vorhang vor dem Fenster zum Hinterhof war zugezogen. Nur durch einen schmalen Spalt schimmerte etwas Licht und sorgte dafür, dass der Raum nur im Halbdunkel lag. Was war passiert? Das Letzte, an das sie sich erinnern konnte, war ein Schlag ins Gesicht. Halt, war da noch ein Fußtritt in die Magengrube? Sie war beim Betreten der Wohnung überfallen worden! Wie war sie in ihr Bett gekommen? Wenn es sich richtig anfühlte, trug sie nur einen Slip und ihren BH.

Vielleicht hatte sie den Überfall nur geträumt. Ja, so könnte es gewesen sein. Die letzten Tage waren furchtbar vollgepackt und anstrengend gewesen. Sie war völlig übermüdet nach Hause gekommen und todmüde ins Bett gefallen. Die Energie hatte gerade noch gereicht, das Kleid auszuziehen und über den Stuhl zu hängen. Dann war sie in einen tiefen Schlaf gefallen und hatte wilde Sachen geträumt. Was sie jetzt brauchte, war eine erfrischende Dusche und dann einen starken Kaffee. Sie strich sich mit der Hand eine Haarsträhne aus dem Gesicht, und da fühlte sie so etwas wie eine Beule. Sie tastete mit den Fingern vorsichtig ihr Gesicht ab. Obwohl sie zart zu Werke ging, schmerzte es bei jeder Berührung.

Also doch kein Traum! Die Schmerzen waren real, und jemand hatte ihr heftig ins Gesicht geschlagen. Mal schauen, was der Spiegel dazu sagt. Sie rollte zur Seite und wollte schwungvoll die Füße auf den Boden stellen. Ein heftiger Schmerz im Bauch verhinderte es. Hannah stöhnte auf. Beim zweiten Versuch ging sie mit weniger Elan zur Sache. Langsam richtete sie sich auf, schleppte sich zum Fenster und zog den Vorhang zur Seite. Der Himmel war blau wie in den Tagen zuvor. Sie sah an sich hinunter. Der Bauch zeigte keinerlei Verfärbungen. Noch nicht. Sie drehte sich um, um ins Bad zu gehen. Beim Gehen zog es im Unterleib. Aber es ging, fühlte sich so an wie nach einem harten Work-out-Programm. Sie erreichte die Tür. Beim Drücken der Klinke drang der Duft von frisch gebrühtem Kaffee durch den Türspalt. Wie konnte das sein? Ungläubig öffnete sie die Tür. Als sie im Flur stand, wurde der Duft intensiver. Sie schlich über die blanken Holzdielen in Richtung Küche. Dort dudelte hinter der halb geschlossenen Tür das Radio. Vorsichtig stieß sie mit dem Finger gegen die Tür. Geräuschlos schwang sie auf und gab den Blick in die Küche frei. An dem winzigen Tisch saß – mit dem Rücken zu ihr – ein Mann. Er war so vertieft in den Sportteil, dass er sie nicht bemerkte.

Hannah stutzte. Hinter ihrer Stirn ratterte es. Schon die Tatsache, dass sie nicht alleine in ihrer Wohnung war, stellte ein Rätsel dar. Aber wieso saß ausgerechnet Franky in ihrer Küche?

Sie räusperte sich und sagte: »Guten Morgen.«

Franky zuckte zusammen und ließ die Zeitung auf den Schoß fallen.

»Was machst du in meiner Küche?«

Frankys Augen glitten über Hannahs Körper.

Lag da Verlangen in seinem Blick? Erst jetzt erinnerte sie sich daran, dass sie so gut wie nichts anhatte. Irgendwo in ihrem Inneren schrillte eine Alarmglocke, doch sie bemühte sich, ruhig zu bleiben.

»Vielleicht ziehe ich mir erst mal was an.«

Franky! Verdammt! Auf dem Weg zurück ins Schlafzimmer musste Hannah an ihre erste Begegnung mit ihm denken. Eigentlich hatte sie den Termin auf dem Sportplatz des Neubaugebietes nur widerwillig wahrgenommen. Schließlich ging es lediglich um ein Feriencamp, das der örtliche Fußballclub durch seine vorbildliche Jugendarbeit gewonnen hatte. Zur Begrüßung waren extra einige ehemalige Spieler der Eintracht angereist. Der Vorsitzende des Clubs war nicht müde geworden, sich mit diesen in allen möglichen Gewinnerposen ablichten zu lassen. Charly Körbel hatte gute Miene zum bösen Spiel gemacht. Im gleichen Moment hatte Franky sie von der Seite angesprochen.

»Hier lebt der Fußball noch. Gut, dass Sie darüber schreiben. Nicht nur über die Millionen, die bei den großen Clubs hin und her geschoben werden.«

Hannah hatte zunächst innerlich aufgestöhnt. Profifußball interessierte sie nicht die Bohne und das Geschwätz eines Fußballfans noch viel weniger. Doch Franky ließ nicht locker.

»Für den Neymar soll eine Ablöse von zweihundert Millionen oder so fließen. Zweihundert Millionen – das muss man sich mal vorstellen! Was man dafür alles Sinnvolles machen könnte!«

»Sie machen Witze, oder?!«, hatte Hannah geantwortet.

»Nein. Haben Sie das etwa nicht gewusst? Sie sind doch von der Presse, oder?«, fragte Franky mit Blick auf Hannahs Notizblock.

»Ja, schon. Aber von der Lokalredaktion.«

»Ach so. Und von Fußball verstehen Sie auch nichts, oder?«

»Das macht bei uns die Sportredaktion. Mich schicken sie in

die Stadtteile. Für Events wie dieses hier.« Hannah zuckte etwas resignierend mit der Schulter.

»Tja, schade. Sie würden bestimmt bessere Sachen schreiben als die Kollegen vom Sport.«

»Danke«, entgegnete Hannah mit einem flüchtigen Lächeln. »Wenn Sie das sagen.«

»Das meine ich. Sie sehen so aus, als wollten Sie noch etwas in Ihrem Job erreichen. Und bei einer guten Story würden Sie sich bestimmt mit Leib und Seele einsetzen.« Franky hatte breit gegrinst und war etwas näher an Hannah herangerückt.

Hannah hatte den Blick vom Kunstrasenplatz abgewandt, auf dem die Kinder in verschiedene Trainingsgruppen eingeteilt worden waren. Sie hatte den Mann neben ihr auf Anfang vierzig geschätzt.

»Vielleicht haben Sie da nicht ganz Unrecht. Ich habe jedenfalls nicht vor, den Rest meines Lebens über die Sportplätze und durch die Gemeindesäle zu tingeln.«

»Sehen Sie«, hatte der Mann gegrinst. »Ich heiße übrigens Frank. Aber meine Freunde nennen mich Franky.«

»Hannah.«

Sie hatte wieder auf den Rasen geschaut.

»Wir sind übrigens Kollegen«, hatte Franky gesagt.

»Ach ja?«

»Ich bin Herausgeber eines Fanmagazins. Print und online.« Franky hatte Hannah eine Visitenkarte zugesteckt. »Das da hinten ist Charly Körbel. Der hat über sechshundert Mal für die Eintracht gespielt. Das waren noch Zeiten. Damals stand man zu seinem Verein. Heute bleiben die meisten zwei, drei Jahre und ziehen weiter.«

»Sie reden, als wären Sie sechzig«, hatte Hannah gelacht.

Franky hatte sie den halben Morgen zugetextet. Irgendwann hatte sie sich abseilen können und zu Hause den Artikel über das Feriencamp geschrieben. Ein paar Wochen später hatte sie sich an Franky erinnert. Das war vor dem ersten Treffen mit Marcel gewesen. Ein Mann aus der Fanszene war für die geplante Reportage ein super Aufhänger. Seitdem hatten sie sich ein paar Mal getroffen.

Alles kein Grund, in meiner Küche zu sitzen, dachte Hannah, während sie T-Shirt und Jogginghose überstreifte.

Fünf Minuten später saß sie am Küchentisch, hielt eine Tasse Kaffee in den Händen und lauschte Franky.

»So gegen halb elf habe ich dich im Flur liegend gefunden. Es muss wohl jemand in deine Wohnung eingebrochen sein, und du hast ihn wahrscheinlich auf frischer Tat ertappt.«

Hannah runzelte nachdenklich die Stirn, bevor sie einen Schluck Kaffee trank. Er schmeckte erstaunlich gut. Stark und kräftig.

»So wird es gewesen sein«, murmelte sie. »Aber wer sollte so etwas tun?« In Wahrheit war das nicht die Frage, die sie wirklich beschäftigte, doch es schien ihr die wahrscheinlichste aller Fragen, die jemand in so einem Moment stellen würde.

»Wir leben in Frankfurt. Da wird jede Nacht irgendwo eingebrochen«, sagte Franky.

»Das stimmt«, bestätigte Hannah beiläufig.

»Du musst unbedingt nachschauen, ob etwas fehlt. Wegen der Versicherung. Und du musst natürlich zur Polizei.«

Hannah nickte. »Ja, das werde ich gleich nachher erledigen.« Sie stellte die Kaffeetasse auf dem Tisch ab.

»Sag mal, wieso bist du überhaupt hier?«

Für einen Moment wirkte Franky etwas verunsichert. Seine Wangen waren stärker durchblutet als gewöhnlich.

»Ach so, ja«, stammelte er verlegen. »Du hattest mir doch neulich gesagt, ich solle sofort vorbeikommen, wenn mir etwas einfällt. Wegen der Story und so.«

»Und?«

»Mir ist noch etwas eingefallen.«

Hannah sah Franky fragend an. Doch dieser wirkte nervöser als noch vor wenigen Minuten und rutschte unruhig auf seinem Stuhl hin und her. Die Journalistin wollte gerade nachhaken, als Frankys Handy klingelte. Hektisch zog er es aus seiner Hosentasche. Scheinbar gab es Probleme mit dem Wasserhäuschen und einer Lieferung.

»Leider muss ich los. Ich erzähl dir das nächste Mal davon «, sagte Franky und steckte das Handy im Aufstehen zurück in die

Hosentasche. Hannah sah ihm nachdenklich hinterher. Einerseits interessierte sie natürlich, was Franky eingefallen war. Anderseits konnte es auch nur ein Vorwand gewesen sein, um sie zu besuchen.

***

Julia Will zog die engen Gummihandschuhe aus und stellte triumphierend einen schwarzen Plastiksack neben den Müllcontainer im Hof. Ihr Instinkt hatte sie nicht betrogen. Sie hatte gar nicht lange suchen müssen. Der Plastiksack lag ziemlich obenauf. Zum Glück! Aus dem Container stank es gewaltig nach vergammelten Essensresten. Bei der Hitze, die seit Wochen über der Stadt lag, verdarben Lebensmittel ziemlich schnell. Will klappte den Container zu und lehnte sich gegen die Hauswand, die etwas Schatten spendete. Noch immer lag der Fäkaliengestank in ihrer Nase. Schritte hallten aus dem Treppenhaus in den Hof. Dann stolperte Steinbrecher hinterher, eine Zigarette im Mund und einen Notizblock unterm Arm.

»Hast du tatsächlich recht gehabt!«, stellte er nach einem kurzen Blick auf den Müllsack fest.

»Sieht ganz so aus.« Will lächelte. »Badetücher und Hausmüll.«

Steinbrecher öffnete den Sack und warf einen prüfenden Blick hinein. »Bist du dir denn sicher, dass das aus Wernleckes Wohnung ist?«

»Ziemlich. Warum sollte sonst jemand nahezu nagelneue Handtücher entsorgen? Außerdem waren die anderen Säcke eher unverdächtig.«

»Mhm ...«, grummelte Steinbrecher. Die Zigarette wippte zwischen den Lippen hin und her.

»Da sind irgendwelche Spuren dran. Glaub mir. Und die sollten beseitigt werden.«

»Also doch nicht die Putzfrau.«

»Nein, der Täter.«

Steinbrecher verschloss den Sack wieder und stellte sich neben Will. »Dann ist ihm aber ein Fehler unterlaufen.« Steinbrecher ließ den Zigarettenstummel auf den Boden fallen. Sein Schuh erfasste die Glut und zertrat sie. »Er hätte den Sack mitnehmen sollen, statt ihn quasi am Tatort zu entsorgen.«

»Tja, manch einer hält sich für perfekt, und dann unterläuft ihm ein Flüchtigkeitsfehler.«

»Also kein Profi?«

Will zuckte mit den Schultern. »Kann man nicht ausschließen. Hast du irgendwas herausgefunden?«

»Nein. Nicht wirklich. Wernecke war in der Nachbarschaft zwar bekannt, aber an dem Abend ist niemandem etwas aufgefallen.«

»Mist«, sagte Will. »Was spricht die Nachbarschaft ansonsten über ihn?«

»Hab' nichts Negatives gehört. Er war immer freundlich, nett und hilfsbereit. Leutselig eben. Gern gesehener Gast in den Kneipen auf der Berger.«

***

Hannah blieb nach Frankys Abgang noch eine Zeitlang in der Küche sitzen. Merkwürdig war es schon, dass er ausgerechnet an dem Abend aufkreuzte, an dem bei ihr eingebrochen wurde. War das wirklich Zufall, oder steckte mehr dahinter? Andererseits: Was hatte Franky davon, die Nacht als Wächter in ihrer Wohnung zu verbringen?

Kurz kam Hannah der Verdacht, Franky könnte selbst den Einbruch fingiert haben, um sich dann als Retter in der Not verkaufen zu können. Aber dieser Gedanke war bei Licht betrachtet doch ziemlich abwegig.

Sie stellte die leere Tasse in die Spüle und räumte den Tisch ab. Dabei drehte sie das Radio lauter und schmetterte die Songs mit, soweit sie die Texte kannte. Anschließend nahm sie ein ausgiebiges Duschbad. Danach kam ihr in den Sinn, dass sie noch nicht überprüft hatte, ob der Einbrecher etwas mitgenommen hatte. Mit nassen Haaren streifte sie eine kurze Jeans und ein T-

Shirt über. Beim Durchstöbern der Wohnung fiel ihr weder auf den ersten noch auf den zweiten Blick etwas Verdächtiges auf. Alles schien an seinem gewohnten Platz zu sein. Nichts war unordentlich. Jedenfalls nicht unordentlicher, als es sowieso schon war. Ihr Laptop stand wie immer auf dem Wohnzimmertisch und war ausgeschaltet. Natürlich wäre ein Datenklau möglich, doch dazu hätte man etwas Zeit und ihr Passwort benötigt. Im Flur fand sie sogar den Fünfzig-Euro-Schein an der Pinnwand kleben. Irgendwo hatte sie mal gelesen, dass es sinnvoll sei, etwas Geld offen liegen zu lassen. Das würde Einbrecher zufriedenstellen und vor weiterer Randale abhalten. In ihrem Fall war der Einbrecher wohl ziemlich blind gewesen – oder nicht an Geld interessiert. Vielleicht hatte er auch einfach viel zu wenig Zeit gehabt. Sie ging zur Wohnungstür und nahm das Schloss unter die Lupe. Außer der gewohnten Schwergängigkeit und ein paar Kratzspuren konnte sie nichts feststellen. Trotzdem rief sie einen Schlüsseldienst an und ließ das Schloss austauschen. Sicher ist sicher. Danach versuchte sie, Marcel zu erreichen.

***

Am frühen Nachmittag spazierte Julia Will in das kleine Bistro vis-à-vis vom Polizeipräsidium. Alex erwartete sie bereits, saß aber nicht alleine am Tisch. Julian Steinbrecher und Melli hockten bei ihm.

»Und«, fragte die Kommissarin, nachdem sie alle begrüßt hatte, »seid ihr euch einig?«

»Jep«, entgegnete Alex, und Julian grinste übers ganze Gesicht. »Julian kann sofort einziehen. Vorher hilft er mir allerdings noch, die letzten Möbel zu uns zu transportieren.«

»Na, das sind doch gute Nachrichten«, sagte Will und setzte sich.

»Die Vermietungsgesellschaft ist auch einverstanden«, fügte Alex hinzu. Seitdem Alex mit Julia zusammen war, verbrachte er die wenigsten Tage in seiner Mietwohnung in der Römerstadt. Die beiden hatten längst beschlossen, die oberen beiden Etagen in Oma Wills Haus zu bewohnen. Da die Bauarbeiten in Wills

Haus kurz vor dem Abschluss standen, war der Zeitpunkt, Alex' Wohnung endgültig aufzugeben, perfekt. Und Julian war sowieso auf der Suche. Die Männer-WG mit seinem Vater war von Anfang an nur auf Zeit gedacht gewesen. Auch wenn sie sich bestens zu zweit dort arrangiert hatten, war allen klar, dass es keine Dauerlösung sein konnte.

»Weiß Walter schon Bescheid?«, wollte Will wissen.

»Dass es fix ist, noch nicht. Aber grundsätzlich schon.«

Will bestellte einen Aperol Spritz und legte ihren Arm um Alex.

»Na dann entkommst du mir jetzt nicht mehr«, sagte sie schelmisch.

»So sieht's wohl aus. Also keine Liebesnächte mehr in meiner Bude.«

Will sah ihn böse an.

»Nur mit dir natürlich.« Die Kommissarin gab Alex einen Kuss. »Und zum Training habe ich es auch nicht mehr so weit.«

Melli, die – entgegen ihren sonstigen Gewohnheiten – das Gespräch schweigend verfolgt hatte, trank ihr Glas leer und kramte in ihren Sachen. »Ich würde gerne noch länger mit euch klönen, aber wir haben noch Probe.«

»Soll ich dich fahren?«, fragte Julian.

»Nicht nötig. Die U-Bahn-Station ist ja kaum hundert Meter weg. Wir sehen uns später.«

»Melli hat viele Auftritte, stimmt's?«, fragte Alex.

»Sommersaison. Diese Woche Weseler Werft, dann Stoffel und später Museumsufer. Es läuft gerade richtig gut.«

»Ist doch prima.«

Julian nickte. »Was macht euer Fall?« Die Frage ging an Will.

»Geht so, wir stochern noch ziemlich im Nebel. Heute haben wir noch mal die Wohnung des Opfers umgekrempelt, und ich glaube, dass wir wichtige Spuren entdeckt haben. Mal sehen, wo sie uns hinführen.«

Sie blieben noch einige Zeit sitzen und quatschten. Gegen halb acht fuhren sie mit Wills Wagen in den Nordwesten. Julian stieg in Heddernheim aus.

»Lust auf Pizza?«, fragte Alex.

»Warum nicht.«

»Dann lass uns eine holen«, entschied Will. »Wir können es uns auf der Terrasse gemütlich machen.«

»In Ordnung«, sagte Alex und streckte die Hände durch das offene Dach.

Als Julia Will mitten in der Nacht aufwachte, schob sie diesen Umstand zunächst auf Alex. Der lag neben ihr mit offenem Mund auf dem Rücken und schnarchte, was das Zeug hielt. In einer ersten Reaktion stieß sie ihm unsanft gegen den Arm. Nach einem kurzen Grunzen drehte sich Alex auf die Seite und setzte sein Nachtwerk wenig später fort. Offenbar hatte er den Auftrag, einen ganzen Wald abzusägen.

Will zog das dünne Laken über den Kopf und schloss die Augen. Normalerweise störte sie Alex' Schnarchen nicht. Sie konnte es bestens verdrängen, weil sie schnell einschlief. Heute klappte diese Strategie aber nicht, sie war hellwach. Ihr Gehirn hatte längst in den Nachdenkmodus geschaltet und drohte in einer Endlosschleife zu laufen.

Warum um alles in der Welt war sie aufgewacht? Irgendetwas rumorte in ihrem Unterbewusstsein. Ein Gedanke, eine Idee, ein Traum. Sie wusste nicht mehr, was sie gerade geträumt hatte. Die Bilder waren weg, aber das Gefühl, etwas Wichtiges erspürt zu haben, war geblieben. Sie grübelte, verfing sich in ihrer Gedankenwelt. Es musste gelingen, den Traum zurückzuholen. Sie wälzte sich einige Male hin und her, dachte an dies und das, aber nichts Brauchbares kam ihr in den Sinn. Stattdessen schwirrten allerhand verquere Dinge durcheinander. Genervt stand sie auf, schlich über die Dielen, dann die Treppe hinab in die Küche. Im Kühlschrank fand sie eine Flasche Radler. Sie schnipste den Kronkorken weg und setzte sich an den Tisch. Einige Minuten verharrte sie beinahe reglos, starrte abwechselnd die Wand und die Bierflasche an. Tausend Gedanken mäanderten durch ihren Kopf. Bilder rauschten wahllos durcheinander. Sie ließ es geschehen. Irgendwann würden die wichtigen dabei sein, das wusste sie. Sie musste nur im richtigen Zeitpunkt flink und aufmerksam sein.

Der Moment kam schneller als erwartet. Die Flasche war noch nicht einmal zur Hälfte leer, als kurz hintereinander zwei Sequenzen auftauchten, die vordergründig nicht so recht zusammenzupassen schienen. Aber die plötzliche Abfolge stellte einen Zusammenhang her, den die Kommissarin bis dahin nicht gesehen hatte.

Die erste Sequenz zeigte eine Bleistiftzeichnung, die Will selbst erstellt und an das Whiteboard im Kommissariat gepinnt hatte. Sie zeigte eine Frau mit schmalem Gesicht und langen schwarzen Haaren. Ein schlecht gezeichnetes Phantombild der Frau, mit der Paul Wernecke den Abend verbracht hatte.

Und dann war da Hannah Wollenberg, die Journalistin auf der Spur einer großen Story. Will versuchte, die beiden Gesichter übereinanderzublenden. Das Ergebnis war verblüffend: Sie passten eins zu eins. War es eine Illusion oder Realität? Und warum war sie nicht eher auf diesen Gedanken gekommen, der so abwegig nicht war?

7.

»Und du bist sicher, dass nichts fehlt?«, fragte Marcel und nuckelte an einer Dose Red Bull. Hannah hatte ihn am Abend zuvor angerufen. Sie hatte nicht lange herumbetteln müssen; Marcel hatte den Ernst der Lage sofort erfasst. Immerhin konnte es der Einbrecher durchaus auch auf seine Informationen abgesehen haben.

»Ja, absolut«, sagte Hannah.

»Das ist in der Tat merkwürdig.«

Marcel sah sich prüfend im Wohnzimmer um. »War der da eingeschaltet?«, fragte er und deutete auf den Laptop.

»Nein«, antwortete Hannah. »Ich fahre ihn immer runter, wenn ich mit der Arbeit fertig bin.«

»Das ist schon mal gut.« Marcel klappte den Rechner auf und drückte den Einschaltknopf.

Der Rechner fuhr hoch.

»Gib mal dein Passwort ein.«

Marcel drehte den Rechner zu Hannah, die ihm gegenüber Platz genommen hatte. Während sie die Buchstaben mit der Zahlenkombination eintippte, leerte Marcel die Dose. Hannah drehte den Laptop zurück.

Sofort begann Marcel, irgendwelche Tastenkombinationen einzugeben. Hannah beobachtete ihn genau. Marcel blieb absolut auf den Bildschirm konzentriert. Ab und an verzog er das Gesicht. Manchmal schloss er für den Bruchteil einer Sekunde die Augen, um dann wieder neue Befehle einzugeben. Nach einer halben Stunde lehnte er sich zurück und schien zufrieden.

»Und?«, fragte Hannah ungeduldig.

»Der letzte Datenzugriff war vorgestern um die Mittagszeit. Da bin ich mir absolut sicher. Ich kann nichts Schadhaftes finden. Keine Trojaner. Keine anderen Spähprogramme.«

Einerseits beruhigte Marcels Diagnose Hannah, doch andererseits löste sie nicht die Frage, was der Eindringling gesucht hatte. Hatte sie irgendwas übersehen?

Marcel schien den gleichen Gedanken zu haben.

»Wenn dein Besucher nichts mitgenommen hat, dann hat er

vielleicht etwas dagelassen!« Im selben Moment sprang Marcel auf und scannte Wände, Decke und Regale ab. Er zog den Stuhl, auf dem er eben noch gesessen hatte, zum Bücherregal und bestieg ihn. Prüfend glitt sein Blick über die verstaubte Oberseite.

»Kannst du mir bitte mal erklären, was du da machst?«, fragte Hannah konsterniert.

»Wanzen«, sagte Marcel. »Ich suche Wanzen.«

***

Der Wecker hatte am Morgen brutal früh geklingelt. Julia Will hatte Alex, der sie verschlafen angeblinzelt hatte, weiterschlafen lassen und war aufgestanden. Sie hatte sich nach dem Duschen mit einer Tasse Kaffee an den Küchentisch gesetzt und ihre Gedanken sortiert. Mittlerweile war sie sicher, dass Hannah Wollenberg den toten Spielervermittler weitaus besser gekannt hatte, als sie bislang eingeräumt hatte. Ohne Frühstück war Julia Will ins Präsidium gefahren, hatte dort lange auf das Whiteboard gestarrt und anschließend fieberhaft die Akten durchgeblättert.

Mittlerweile war sich Will sicher, dass Hannah an jenem Abend mit Paul Wernecke zusammen gewesen war. Die Personenbeschreibung aus dem »Blauen Wasser« sprach genauso dafür wie die Aussage des Taxifahrers, der die beiden vom Restaurant in einen der Clubs auf der Hanauer Landstraße gefahren hatte. Die Aktennotiz dazu hatte Will gleich am Morgen gelesen.

Danach hielt sie mit den Stones eine Lagebesprechung ab und konfrontierte diese mit ihren Überlegungen. Sie suchten ein Foto von Wollenberg aus dem Internet heraus und verglichen es mit ihrer Zeichnung. Sie gingen nochmals alle Zeugenaussagen Wort für Wort durch. Es gab absolut kein Vertun. Alles fügte sich perfekt ineinander. Will zögerte nicht lange und bestellte Wollenberg ins Präsidium.

***

Hannah konnte es immer noch nicht fassen. Nach langer Suche hatte Marcel tatsächlich zwei winzig kleine Kameras entdeckt:

eine in der Küche und eine im Wohnzimmer, direkt über einem Bilderrahmen. Raffinierterweise war sie so angebracht, dass sie genau den Bildschirm ihres Laptops erfasste. »Das müssen absolute Profis gewesen sein«, hatte Marcel anerkennend gesagt.

Hannah hatte Marcel für seine vorsichtige, beinahe paranoide Art in den vergangenen Wochen mehr als ein Mal belächelt. Okay, er verbrachte die meiste Zeit des Tages beziehungsweise der Nächte damit, in fremde Computernetzwerke einzudringen. Er kannte die Schwachstellen und wusste, was alles möglich war. Da geriet man leicht in Versuchung, überall Gefahrenherde zu vermuten, auch in der realen Welt. Doch letztlich war er trotz seiner Fähigkeiten ein kleines Licht. Aber vielleicht war genau das der Punkt. Auch ein kleines Licht war dazu in der Lage, ein großes Konstrukt zum Einsturz zu bringen. Wenn ein Funke auf eine Sprengladung trifft, explodiert sie. Das ist der Schwachpunkt der weltweiten Vernetzung. Man braucht keine Armeen und Atombomben mehr, um den Feind zu schlagen. Ein raffinierter Hacker kann größeren Schaden anrichten. Die Gedanken waren beängstigend und befriedigend zugleich. Ein komisches Gefühl.

Hannah hoffte, dass sie einer guten Story auf der Spur war. Der Gedanke daran hatte sie in den vergangenen Wochen angetrieben. Aber dass es so eine große Nummer werden würde, damit hatte sie nicht gerechnet. Pauls Tod war schon ein Schock für sich. Bislang hatte sie keinen Zusammenhang mit ihren Recherchen vermutet. Es konnte tausend Gründe geben, den Spielervermittler aus dem Weg zu räumen. Jetzt war sie nicht mehr so sicher. Dass man sie offenbar beobachtete, zusammenschlug und ihre Wohnung mit Kameras verwanzte, machte ihr mehr als deutlich, in was für ein Wespennest sie hineingeraten war. Hatte sie sich übernommen? Würde auch ihre Leiche eines Morgens in einem Pool auf irgendeinem Parkhausdach schwimmen?

Hannah erschauderte bei dem Gedanken.

***

Insgeheim ärgerte sich die Kommissarin immer noch darüber, dass ihr die frappierende Ähnlichkeit erst jetzt aufgefallen war. Je länger sie über die ganze Sache nachdachte, umso einleuchtender wurde alles. Natürlich war es nur allzu logisch, dass Wollenberg im Rahmen ihrer Recherchen Kontakt zu Wernecke aufgenommen hatte, das hätte Julia Will genauso gemacht. Ebenso nachvollziehbar war, dass Wollenberg diesen Umstand bislang verschwiegen hatte. Wer mit dem späteren Mordopfer durch die Nacht zieht, gerät unter massiven Verdacht. Warum nicht besser alles verschweigen? Wer weiß, ob und wann die Polizei davon Wind bekommt.

Doch obwohl Will davon überzeugt war, dass die Theorie, die sie in der letzten Nacht entwickelt hatte, der Wahrheit entsprach, wehrte sie sich gegen die naheliegende Schlussfolgerung. Wollenberg musste nicht zwangsläufig auch die Mörderin sein.

Die Frage war, was an jenem Abend passiert war.

Wie lange war Wollenberg mit Wernecke zusammen gewesen? War sie alleine nach Hause gegangen oder möglicherweise noch mit zu ihm? Und wie lange war sie dortgeblieben? Was war zwischen den beiden vorgefallen?

***

»Verdammt!« Die Faust des Mannes knallte donnernd auf die Tischplatte. Nicht einmal zweiunddreißig Stunden waren vergangen, seit er die Mikrokameras in Hannah Wollenbergs Wohnzimmer angebracht hatte. Und nun das! Die ganze Aktion war ein einziges Fiasko. Außer ein paar Gesprächsfetzen aus einer Konversation zwischen Hannah und einem gewissen Franky war nicht viel Verwertbares dabei herausgekommen. Dieser Computerjunkie, den die Journalistin angeschleppt hatte, war ein ziemlich gerissener Typ. Kaum eine Stunde hatte er benötigt, um die Kameras zu entdecken. Dabei war er bei der Installation besonders gewissenhaft vorgegangen. Die ganze Sache lief mittlerweile gehörig aus dem Ruder, und jetzt musste er das alles auch so seinem Chef beichten. Der Tag fing ziemlich bescheiden an.

***

Will begrüßte Wollenberg und wies ihr einen Stuhl am Besprechungstisch zu.

Die Journalistin sah mitgenommen aus, irgendwie überarbeitet. Vielleicht ausgelaugt von einer durchzechten Nacht. Ihr Gesicht war deutlich blasser als beim letzten Treffen, und unter ihren Augen lagen dunkle Schatten. Sie trug ein kurzärmliges T-Shirt und Jeans. Julia Will nahm Hannahs Zustand zur Kenntnis, sprach ihn aber zunächst nicht an. Sie interessierte sich nicht für die letzte Nacht oder die Tage davor. Sie wollte wissen, was Hannah an dem Abend gemacht hatte, an dem Wernecke getötet worden war.

»Kaffee?«

Wollenberg nickte wortlos. Will stellte zwei Tassen unter den Auslauf der Kaffeemaschine und drückte auf den Startknopf. Bohnen rasselten in die Mühle, ratterten durch die Messer. Die Maschine zog Wasser aus dem Tank und drückte es über das fein gemahlene Pulver. Der Vorgang nahm vielleicht eine Minute in Anspruch. Will stellte die Tasse vor Wollenberg. »Zucker, Milch?«

»Nein, danke.«

Die Kommissarin setzte sich auf einen der freien Stühle und rührte ein paar Löffel Zucker in ihre Tasse. Dabei musterte sie die Journalistin eindringlich. Sie sah an diesem Morgen so klein und verletzlich aus. In dieser Verfassung traute ihr niemand eine reißerische Recherche zu. Schon gar nicht einen Mord.

»Sie haben sicher nichts dagegen, wenn ich das Gespräch aufnehme«, stellte Will resolut fest und deutete auf das Mikrofon in der Tischmitte.

»Nein«, sagte Hannah. »Also ist es diesmal ein Verhör?«

»So sieht's wohl aus«, sagte Will. »Sie hätten mir sagen sollen, dass Sie mit Wernecke am Todesabend um die Häuser gezogen sind.«

Hannah Wollenberg starrte auf die Tischplatte und rieb ihre Hände nervös über die Unterarme.

»Ja, vielleicht hätte ich das tun sollen«, stellte sie nüchtern fest. »Ich habe mich bei unserem ersten Gespräch instinktiv anders entschieden.«

»Warum?«

»Es war eine Abwehrreaktion. Mir war klar, dass ich mich damit ins Zentrum der Ermittlungen stelle. Das wollte ich unter allen Umständen vermeiden.« Wollenbergs Worte klangen trotz der offensichtlichen Nervosität abgeklärt. Sie hatte sich auf die Aussage vorbereitet, die Sätze geprobt, davon war Will überzeugt. Trotzdem bohrte sie nach.

»Mit dem Verschweigen rücken Sie viel stärker in den Fokus.«

Wollenberg hob den Blick und sah nun Will direkt in die Augen. »Ich habe doch schon gesagt, dass es ein Fehler war. Was wollen Sie noch hören?«

»Alles, was an jenem Abend passiert ist.« Wills Stimme war schroff, beinahe aggressiv, obwohl sie dies eigentlich gar nicht wollte.

»Ja. Sie haben recht«, sagte Wollenberg und räusperte sich. »Ich war an jenem Abend mit Paul im ›Blauen Wasser‹ verabredet. Es sollte um ›Nolimits‹ und diese ganzen Geschichten gehen. Ich hatte einiges recherchiert und wollte ihn damit konfrontieren. Aber das ging nicht …« Wollenberg brach ab.

Will griff nicht ein. Sie saß regungslos da und blickte der Journalistin unumwunden in die Augen. Manchmal war es besser, keine Fragen zu stellen und das Gegenüber einfach reden zu lassen.

»Er hatte eine so … starke Ausstrahlung. Es hat zwischen uns geknistert. Gleich, als wir uns begegnet sind. Ich habe trotzdem versucht, distanziert zu bleiben. Ich wollte absolut professionell sein. Wir haben vordergründig über Fußball und diese ganzen Transfergeschichten geredet, so wie ich es mir vorgenommen hatte. Aber in Wahrheit war das alles nur Nebensache. Wir haben geflirtet, uns abgetastet, gegenseitig abgecheckt. Und dann war da der Ring …«

Wills Aufmerksamkeit wurde auf Wollenbergs Hand gelenkt. Sie spielte mit den Fingern an einem Ring. Eine Geste, die Will bekannt vorkam, die sie schon einmal gesehen hatte. Und jetzt fiel es ihr auch wieder ein. Beim ersten Treffen mit Hannah im »Café PLAZZ«. Damals hatte sie an dem Ring gespielt. Noch so eine Sache, die sie verdrängt hatte.

Und dann der Ring! Er sah verdächtig nach dem »Ring der O« aus. Eine weitere Verbindung zwischen Wernecke und Wollenberg. Ein Ring, der alles verändert hatte. Wie war das noch mal mit links und rechts? Will versuchte, sich daran zu erinnern, was Steinbrecher referiert hatte. Es gelang ihr nicht. Stattdessen sagte sie nur: »Der Ring der O.«

»Sie kennen ihn?«, erwiderte Wollenberg überrascht.

»Mein Kollege hat mir davon erzählt, kurz nachdem wir ein solches Exemplar bei Werneckes Sachen gefunden hatten.«

»Ja, Paul trug ihn an jenem Abend. Das war auch einer der Gründe, warum wir uns gegenseitig so anzogen. Er trug ihn links, ich rechts. Sie wissen, was das heißt?«

»Gesucht und gefunden?«, erwiderte Will, immer noch grübelnd, wer dominant war und wer devot.

»Ich übernehme gerne die Regie!«, erläuterte Wollenberg, als hätte sie Wills Gedanken gelesen.

»Was genau ist dann passiert?«, kam Will wieder zur Sache.

»Nachdem wir im ›Blauen Wasser‹ etwas gegessen und getrunken hatten, sind wir mit dem Taxi weiter zu einem der Clubs in der Hanauer Landstraße gefahren. Dort haben wir getanzt. Später sind wir zu Paul gefahren. Vielleicht war es zwölf oder eins. Ich weiß es nicht mehr genau.«

»Das war für einen Clubbesuch nicht sehr lange.«

»Wir hatten anderes im Sinn.«

»Verstehe. Welcher Club?«

»So ein neuer Tanztempel. Ich glaube ›Adlib‹. Er erstreckt sich über mehrere Etagen eines Hochhauses. Der Ausblick ist gigantisch.«

»Wie lange waren Sie bei Paul?«

»Keine Ahnung. ’ne Stunde oder zwei.«

»Was haben Sie gemacht?«

»Wie genau wollen Sie das wissen?«

Will geriet etwas aus dem Konzept. Sie wollte keinen Porno

erzählt bekommen, und der genaue Ablauf eines Sadomaso-Stelldicheins interessierte sie auch nicht sonderlich. Trotzdem brauchte sie ein paar Details. Deswegen sagte sie geschäftsmäßig: »Wir haben Badewasser in Wernekes Lunge gefunden, Hautfetzen unter seinen Fingernägeln und Würgespuren am Hals. Haben Sie dazu Erklärungen?«

»Kann schon sein. Wir waren in der Badewanne, und Paul fand es geil, unter Wasser gedrückt zu werden. Möglicherweise hat er sich dabei an mir festgekrallt. Aber ich habe ihn nicht lange getaucht. Und er war höchst lebendig, als ich die Wohnung verlassen habe …« Wollenberg brach ab. Sie war während des Berichtes noch blasser geworden, beinahe kreidebleich. Jetzt sah sie Will fest in die Augen, vermied jedes Blinzeln. Es war offensichtlich, dass sie stark wirken wollte.

»Okay«, sagte Will nüchtern. »Zeugen gibt's natürlich keine?«

»Nein. Wir waren alleine.«

»Warum sind Sie nicht über Nacht geblieben?«

»Das stand nie zur Debatte.«

Will überlegte. Wollenbergs Ausführungen klangen durchaus schlüssig. Es konnte sich alles so zugetragen haben. Genauso gut vorstellbar wäre es aber, dass die beiden bei ihrem Treiben die Kontrolle verloren hatten. Ohne es zu wollen. Vor Wills innerem Auge drückte Wollenberg Wernecke unter Wasser, während sie auf ihm saß. Nur ein paar Sekunden. Dann tauchte er wieder auf. Schrie vor Erregung. Griff ihr an die Brüste. Ihre Hände umfassten seinen Hals. Wieder verschwand sein Kopf unter Wasser, diesmal etwas länger. Seine kräftigen Hände krallten sich in Wollenbergs Rücken, hinterließen Kratzer. Die Intervalle wurden kürzer, die Verweildauer unter Wasser länger. Und plötzlich glitt Wernecke leblos in die Wanne. Die Journalistin kletterte Hals über Kopf aus der Wanne, zog hastig ihre Sachen an und stürmte aus der Wohnung. Kopflos und in Panik.

Aber wie hätte sie die Leiche ohne Hilfe ins »Citybeach« transportieren sollen? Dieser Aspekt schien wie eine Rettung. Will wollte nicht, dass der Film, den sie gerade vor ihrem inneren Auge gesehen hatte, der Realität entsprach.

»Wie sind Sie nach Hause gekommen?«

»Mit dem Taxi«, entgegnete Wollenberg und fügte zur Bekräftigung hinzu: »Das können Sie gerne überprüfen.«

»Das werden wir auch.«

»Dann war's das für heute?« Wollenberg wollte weg, das spürte man.

»Noch nicht ganz«, erwiderte Will nüchtern. »Zwei Dinge noch. Wir brauchen eine Gewebeprobe von Ihnen, um einen Abgleich mit den Hautpartikeln zu machen, die wir unter Wernecke's Fingernägeln gefunden haben. Ich gehe davon aus, dass Sie einverstanden sind?«

»Von mir aus. Was noch?«

»Wie sind Sie eigentlich auf Wernecke gekommen?«, fragte Will und setzte nach einem Blick in Wollenbergs fragendes Gesicht hinzu: »Ich meine, dass er Spielervermittler war.«

Die Journalistin dachte einen Moment nach. »Franky hat mir den Tipp gegeben.«

»Franky?«, echote Will.

»Frank Lautenschläger. Er ist Vorsitzender eines Eintracht-Fanclubs und engagiert sich gegen die weitere Kommerzialisierung im Fußball.«

»Können Sie mir seine Adresse geben?«

»Natürlich. Aber wozu?«

»Wir müssen jeder Spur nachgehen.«

Wollenberg notierte Lautenschlägers Adresse auf ein Blatt Papier, das ihr Will zugeschoben hatte. Die Kommissarin stutzte beim Lesen. Gerhart-Hauptmann-Ring. Das lag quasi bei ihr um die Ecke.

»Franky betreibt eine Trinkhalle. Die Privatadresse weiß ich nicht. Aber dort ist er eigentlich immer anzutreffen«, erläuterte Wollenberg.

Natürlich, das »Palaver«, dachte Will. Die Trinkhalle lag an der Kreuzung zum Praunheimer Weg.

»Gibt's was Neues vom Informanten?«, fragte die Kommissarin.

»Nein.«

»Vielleicht machen Sie ihm ein wenig Dampf. Es könnte auch

Sie entlasten!« Das war natürlich nur ein Bluff, aber es konnte nie schaden, wenn Verdächtige etwas zur Aufklärung beisteuerten.

Nachdem Wollenberg gegangen war, telefonierte Will mit der Taxizentrale. Es dauerte nicht lange, bis dort der Fahrer ausfindig gemacht wurde, der in der besagten Nacht eine Tour vom Musikantenweg zu Wollenbergs Wohnung in Bockenheim gemacht hatte. Will ließ sich seine Handynummer geben. Er war irgendwo in der City unterwegs und versprach, nach der nächsten Tour ins Präsidium zu kommen.

Die Zeit bis dahin überbrückte Will mit einem Telefonat mit Dr. Spichal. Eigentlich wollte sie den Rechtsmediziner nur vorwarnen, dass Wollenbergs Hautpartikel und Abstriche auf dem Weg zu ihm waren, doch sie kam nicht zu Wort.

»Gut, dass du anrufst«, fiel Dr. Spichal ihr ins Wort, »das Ergebnis zum Badezusatz liegt vor.«

»Da warst du aber schnell!«, entfuhr es Will. Nervosität befiel sie. Jetzt bitte keine neue Überraschung!, schoss es ihr durch den Kopf. Es passte gerade alles so wunderschön zusammen.

»Volltreffer!«, sagte der Rechtsmediziner. »Die Proben aus dem Badeschrank und der Lungeninhalt sind identisch.«

Will atmete innerlich auf. Wenigstens das!

»Und es kommt noch besser«, sagte Will. »Du bekommst heute ein paar Hautproben. Gleiche sie bitte möglichst schnell mit den Partikeln ab, die du unter Wernecke's Fingernägeln gefunden hast.«

»Wird erledigt«, sagte Dr. Spichal. »Ich habe ja sonst nichts zu tun.«

Will drückte das Gespräch weg. Vom Taxifahrer war noch nichts zu sehen.

***

Tom Bohlan saß in einem Strandkorb, die Füße auf einem Ausziehbänkchen von sich gestreckt, und blickte auf den Wannsee. Dort schwamm Tamara mit kräftigen Zügen in Richtung Sprungturm. Der Kommissar faltete die Zeitung zusammen, in der er gelesen hatte. Die heutige Ausgabe der Frankfurter Zeitung. Tatsächlich wurde über den neusten Fall der Mordkommission berichtet. Etwas nebulös und mit allerlei Spekulationen. Natürlich war klar, dass die Presse irgendwann von der Sache Wind bekommen würde, das ließ sich in den seltensten Fällen verhindern. Und manchmal war es auch gut. Der Kommissar konnte sich an einige Fälle erinnern, in denen er sich ganz bewusst der Journalisten bedient hatte, um zielführende Hinweise zu erhalten. Andererseits war es auch oft genug vorgekommen, dass in den Gazetten die wildesten Gerüchte ins Kraut geschossen und die Ermittlungen dadurch torpediert worden waren.

Im aktuellen Fall war der Artikel ziemlich sachlich gehalten. Es wurde berichtet, dass man in einem Beachclub eine Leiche gefunden habe und dies vermutlich im Zusammenhang mit einer Beziehungstat stehe. Kein Wort über die Eintracht und Fußball. Auch nichts über Sadomasospielchen. Also tappten die Reporter noch mehr im Dunkeln als die Mordkommission, und das war vermutlich auch besser so.

Tamara hatte mittlerweile den Sprungturm umrundet und befand sich auf dem Rückweg. Sie winkte Bohlan kurz zu. Fast schien es so, als wollte sie ihm signalisieren, dass er zu ihr schwimmen sollte. Bohlan ignorierte die Aufforderung und winkte zurück. Dann griff er verstohlen zum Handy. Vielleicht hatte Will eine Nachricht geschickt.

***

»Ja, könnte hinkommen«, sagte der Mann und starrte auf Wollenbergs Foto. »Natürlich war es dunkel, und sie war etwas aufgemotzter.«

Will musterte den Taxifahrer. Sein Gesicht war hager und zerklüftet. Eine lange Narbe zog sich über die rechte Wange. Seine schwarzen Haare standen in Stoppeln zu Berge.

»Wo ist sie eingestiegen?«

»Musikantenweg«, sagte der Taxifahrer.

»Ganz sicher?«

»Ja, verdammt! Hab' ich doch schon gesagt! Ich kenne die Gegend wie meine Westentasche. Außerdem hatte ich da mal 'ne Freundin.«

Die nassforsche Art des Taxifahrers, der jetzt bräsig und breitbeinig auf dem Stuhl saß, ging Will gehörig auf den Wecker.

»Okay, und wohin ging die Fahrt?«

»Bockenheim. Nähe Leipziger.«

»Ist Ihnen irgendwas aufgefallen?«

»Nein. Die Lady war ziemlich still. Hatte keine Lust auf Gespräche. Wahrscheinlich kam sie grad von ihrem Macker.«

»Wie kommen Sie darauf?«

Der Mann zuckte mit den Schultern. »Keine Ahnung. Ist nur so ein Gefühl.«

Will machte sich ein paar Notizen.

»Ich erkenn' das. Menschenkenntnis, Sie verstehen?!«

Will verstand nichts, aber das war ihr auch egal. Männergeschwätz eben. »Ist Ihnen sonst noch etwas aufgefallen?«

»Nein«, sagte der Mann, »wie gesagt, es war dunkel. Um diese Zeit ist auf den Straßen nicht mehr viel los.«

Am Nachmittag debattierte Will mit den Stones im Kommissariat die Erkenntnisse des Tages. Nachdem sie das Verhör mit Hannah Wollenberg zusammengefasst und Steininger die eine oder andere kritische Nachfrage gestellt hatte, bemerkte Steinbrecher: »Ich glaube nicht, dass sie Wernecke getötet hat. Wie soll sie ihn in den Club geschafft haben?«

»Sie könnte sich Hilfe geholt haben«, philosophierte Steininger. »Zum Beispiel von diesem Franky.«

»Mitten in der Nacht?« Will legte die Stirn in Falten.

»Warum nicht?«, hakte Steininger nach.

»Ja, warum nicht«, pflichtete Steinbrecher bei, um sogleich einzuschränken: »Aber dann müsste sie sich Zugang zum ›Citybeach‹ verschafft haben. Da sehe ich noch keine Verbindung.

»Lara. Werneckes Freundin. Sie arbeitet doch im ›Citybeach‹«, wandte Steininger ein.

»Ja, die Idee hatte ich auch. Aber was hat das mit Hannah Wollenberg zu tun?«

»Vielleicht hat Lara Guth etwas von Werneckes Stelldichein mit Hannah Wollenberg erfahren.«

»Möglich, aber dann hätte eher Lara ein Mordmotiv gehabt.«

»Oder Wollenberg wollte den Verdacht auf Lara lenken, indem sie die Leiche an ihren Arbeitsplatz drapiert.«

»Ich weiß nicht, das erscheint mir weit hergeholt«, sagte Will. »Angenommen, es war ein Unfall. Versetzt euch mal in diese Situation; da kann man keinen klaren Gedanken fassen. Und schon gar nicht gezielt handeln. Außerdem: Woher sollte Wollenberg von Lara wissen? Geschweige denn ihren Arbeitsplatz kennen? Und dann wäre da noch Wollenbergs Angabe, gegen drei nach Hause gefahren zu sein …« Will brach ab.

»… die vom Taxifahrer bestätigt wurde. Selbst wenn sie Werneckes Tod… verursacht haben sollte, wäre zu klären, wie dessen Leiche ins ›Citybeach‹ kam«, führte Steinbrecher Wills Gedanken zu Ende.

Eine ganze Zeit herrschte nachdenkliche Stille.

»So kommen wir nicht weiter. Aber ich gebe euch recht, wir sollten noch einmal mit Lara sprechen«, räumte Will ein. »Und diesen Franky müssen wir uns etwas genauer ansehen. Vielleicht gibt es da eine Verbindung oder was auch immer.«

»Und dann gibt es noch eine weitere Person, um die wir uns dringend kümmern sollten«, sagte Steinbrecher. Will sah ihren Kollegen fragend an.

»Dimitri Obcharow.«

»Wer ist das?«

»Die Person, die hinter ›Nolimits‹ steckt. Ein russischer Oligarch. Seine Familie hat viel Geld mit Öl gemacht und nun drängt er offenbar in den Sportbereich. Ihn dürfte es sehr interessieren, wenn einer seiner Mitarbeiter ermordet wird.«

»Und wohin müssen wir reisen, um ihn zu befragen?«

»Gar nicht weit. Er ist momentan in Frankfurt. Genauer gesagt in Kronberg. Schlosshotel.«

»Warum weiß ich davon nichts?!«, fragte Will verblüfft.

»Weil du mit Hannah Wollenberg beschäftigt warst. Auch wir waren den Tag über nicht ganz untätig.«

»Aber nicht im Kommissariat«, zischte Will, die sich sowieso schon gewundert hatte, was ihre Kollegen den lieben langen Tag über getrieben hatten.

»Das stimmt. Nachdem wir über ›Nolimits‹ und Obcharow recherchiert haben, waren wir beim Training der Eintracht am Waldstadion draußen. Es waren auch einige Legenden aus den Siebzigern und Achtzigern da. Alle sind gespannt auf die Neuzugänge und hoffen auf den einen oder anderen Kracher.«

»Und?« Wills Stimme klang leicht desinteressiert.

»Was und?«, raunzte Steinbrecher zurück.

»Ist ein Kracher dabei?« Die Kommissarin blätterte ohne aufzuschauen nachdenklich in ihrem Notizbuch.

»Ach so. Weiß nicht. Kicken können die alle. Ist auf jeden Fall 'ne bunte Truppe. Um nicht zu sagen Multikulti«, erwiderte Steinbrecher.

»Was nicht das Schlechteste sein muss.« Will klappte ihr Notizbuch zu. »So, genug gegrübelt. Sehen wir uns mal diesen Obcharow ein wenig näher an.«

***

Steinbrecher lenkte den Wagen aus der Tiefgarage des Polizeipräsidiums in Richtung Autobahnauffahrt A 66. Um diese Zeit herrschte noch freie Fahrt. Erst in ein bis zwei Stunden, wenn der Pendlerstrom die Menschen aus den Büros zurück nach Hause trieb, würde das tägliche Verkehrschaos ausbrechen. Frankfurt wuchs und wuchs und mit ihm die tägliche Blechlawine. Bislang hatte keiner eine Lösung für den drohenden Verkehrskollaps gefunden. Die Fahrt ging vorbei an Bockenheim und Ginnheim. Als sie die Nidda überquerten, musste Will unwillkürlich an Bohlan denken und daran, dass sie ihn anrufen wollte. Auch wenn er sich im wohlverdienten Urlaub befand, bestand er darauf, über den Fortgang der Ermittlungen regelmäßig informiert zu werden. Aber auch sie selbst wollte unbedingt mit ihm sprechen. Die Ermittlungsarbeit fühlte sich komisch an ohne den sonst üblichen Gedankenaustausch mit Tom. Die gemeinsame Grübelei brachte sie meistens schneller ans Ziel.

»Was müssen wir über diesen Russen wissen?«, fragte Will.

»Seine Familie stammt aus Russland. Als das Sowjetregime zusammenbrach, saß sein Vater an den richtigen Stellen im Handelsministerium. Er ergatterte Lizenzen für den Rohstoffabbau und konnte in den folgenden Jahrzehnten seine Privatschatulle ordentlich füllen. Heute ist die Familie nicht nur milliardenschwer, sondern auch sehr einflussreich und immer auf der Suche nach neuen Geschäftsmodellen.«

»Also einer von denen, die den Sprung vom Kommunismus zum Raubtierkapitalismus mühelos geschafft haben«, bemerkte Steininger.

»Und dabei das Volk abermals betrogen haben«, setzte Steinbrecher hinzu. »Wie auch immer. Seit ein paar Jahren scheint die Familie ein weiteres lukratives Geschäft entdeckt zu haben: den Profifußball. Dort mischen sie jetzt kräftig mit und investieren in junge Spieler. Geld haben sie ja auf ihren Konten genug. Ihnen gehört die Agentur ›Nolimits‹, für die Wernecke gearbeitet hat. Dimitri Obcharow ist der Geschäftsführer.«

Am Nordwestkreuz nahm Steinbrecher die Ausfahrt in Richtung Eschborn. Die Schnellstraße führte an den Gemeinden des Vordertaunus vorbei. Je näher sie Kronberg kamen, desto mehr ging es bergauf. Sie erreichten den Ortseingang, bogen auf die Hainstraße ab und fuhren fünf Minuten später auf einen großen Parkplatz. Der Kies knirschte unter den Reifen.

Das Schlosshotel lag inmitten eines imposanten Parks mit angrenzendem Achtzehn-Loch-Golfplatz. Das Gebäude war zum Ende des 19. Jahrhunderts als Schloss Friedrichshof im Auftrag von Victoria Kaiserin Friedrich erbaut worden. Noch immer befand es sich im Besitz der Prinzen von Hessen.

Die Ermittler betraten das Eingangsportal, wiesen sich an der Rezeption mit ihren Dienstmarken aus und wurden wenig später vorbei an gleichermaßen antikem wie exklusivem Mobiliar zu Obcharow geleitet.

Dimitri Obcharow empfing die Kommissare in seiner Suite, deren Balkon einen spektakulären Blick auf die Frankfurter Skyline bot.

Er war ein schlanker, sportlicher Typ mit dichten, nach hinten gekämmten schwarzen Haaren. Er trug eine helle Sommerhose und ein kurzärmliges Businesshemd. Eine teure Designersonnenbrille hing zwischen zwei Hemdknöpfen. Einer von den Typen, die smart und adrett wirken, die man aber nicht zum Feind haben sollte, dachte Will.

»Ich hoffe, Sie sind mir nicht böse, wenn wir auf dem Balkon Platz nehmen. Die Caféterrasse ist mir um diese Zeit zu überlaufen«, empfing der Manager die Kommissare mit osteuropäischem Akzent.

»Das ist kein Problem«, erwiderte Will und fügte mit einem Lächeln hinzu: »Bei dem Ausblick!«

Auch Obcharow lächelte und trat, ganz Gentleman, einen Schritt zur Seite, um die Ermittler an sich vorbeizulassen.

»Selbstverständlich können Sie auch hier oben alles von der Karte bestellen.«

»Wir sind nicht zum Kaffeeklatsch gekommen«, wiegelte Steinbrecher mürrisch ab. Nachdem er Wills bösen Blick bemerkt hatte, setzte er hinzu: »Aber einer Tasse Kaffee sind wir natürlich nicht abgeneigt.«

»Wobei kann ich Ihnen behilflich sein?«, fragte Obcharow, als sie auf dem Balkon unter einer Markise saßen, die die Nachmittagssonne abschirmte.

»Sie sind Inhaber der Agentur ›Nolimits‹«, begann Will und machte eine kurze Pause, um die Reaktion des Russen abzuwarten. Doch diese blieb aus.

»Hauptgeschäft ist die Vermittlung und Vermarktung von Fußballspielern«, erläuterte Will.

Obcharow lächelte. »Ja, das stimmt. Und es macht Spaß, das Angenehme mit dem Nützlichen zu verbinden. Wissen Sie, ich liebe Fußball, seit ich denken kann. Jetzt endlich bin ich mittendrin, lerne die besten Spieler kennen und kann, sooft ich will, ins Stadion gehen. Das ist toll.«

»Sie gestatten, dass ich mir ein paar Notizen mache«, sagte Will und zog ihr Notizbuch aus der Tasche.

»Sicher.«

»Wenn wir es richtig recherchiert haben, sind Sie mit ›Nolimits‹ relativ neu im Geschäft?«

»Ja, das ist korrekt. Neu und sehr erfolgreich.« Obcharow bleckte die Zähne. Strahlend weiß und unnatürlich gerade. Der Oligarch hatte sich dieses Lächeln bestimmt einige Rubel kosten lassen. »Wir haben den Markt schon mächtig durcheinandergewirbelt.«

»Ihre Familie ist durch den Handel mit verschiedenen Rohstoffen reich geworden«, schaltete sich Steinbrecher ein.

»Auch das ist korrekt«, sagte Obcharow und fügte, nachdem er einen Schluck Kaffee getrunken hatte, hinzu: »Und nicht verboten. Ich frage mich sowieso die ganze Zeit, was eigentlich die Polizei von mir will?« Sein Tonfall war immer noch freundlich, aber es lag jetzt ein wenig Aggressivität darin.

»Natürlich ist das nicht verboten, jedenfalls nicht nach unserem Strafrecht. Die steuerliche Seite interessiert uns nicht. Aber wir haben vor einigen Tagen einen Ihrer Mitarbeiter tot aus einem Swimmingpool gezogen. Und ich frage mich die ganze Zeit, warum Sie ihn nicht vermissen.«

Obcharow stellte die Tasse, die er in der Hand gehalten hatte, zurück auf den Tisch. Dann sah er Will ernst an. »Ein Mitarbeiter von uns soll tot sein? Wieso weiß ich nichts davon?«

»Paul Wernecke. Nach unseren Ermittlungen hat er für Sie gearbeitet«, sagte Will betont nüchtern.

»Paul Wernecke? Er ist tot?«

»Ja, er schwamm leblos in einem Pool im ›Citybeach‹.«

»Deshalb erreichen wir ihn nicht«, stellte Obcharow lapidar fest. »Ich telefoniere ihm seit drei Tagen hinterher. Wie ist es passiert?«

»Das versuchen wir gerade herauszubekommen.«

»Selbstverständlich erhalten Sie dabei meine vollste Unterstützung. Vor ein paar Tagen, sagten Sie. Warum erfahre ich erst jetzt davon?« Obcharows Stimme klang beinahe vorwurfsvoll.

»Es war nicht ganz so einfach, die Strukturen zu durchschauen, in denen er arbeitete. Leider haben wir darüber bislang recht wenige Informationen. Und Werneckes Computer ist verschwunden.«

»Sein Computer ist verschwunden!«, platzte es aus Obcharow heraus. Diese Nachricht schien den Oligarchen mehr aus der Fassung zu bringen als die Todesnachricht. Will registrierte diesen Umstand, ging aber nicht weiter darauf ein. Sie hatte noch ein paar andere Fragen.

»Wann haben Sie Wernecke zuletzt gesehen?«

»Letzte Woche«, sagte Obcharow ohne Zögern. »Wir haben uns in seiner Wohnung getroffen und sind die nächsten Deals durchgegangen.«

»Wo befinden sich eigentlich Ihre Geschäftsräume?«

»Wir haben in Deutschland noch keine. Wernecke war damit beauftragt, etwas Repräsentatives zu finden. Das ist auch einer der Gründe, warum ich nach Deutschland gereist bin.«

»Seit wann sind Sie hier?«

»Seit zwei Wochen.«

»Und der andere Grund?«

Obcharow lächelte. »Geschäfte natürlich. Die heiße Phase der Transfergeschäfte läuft.« Der Oligarch streckte die Beine weit von sich.

»Wie genau müssen wir uns Werneckes Arbeit vorstellen?«

»Er arbeitete als Spielervermittler. Wir haben eine ganze Reihe junger Talente unter Vertrag. Die sollte er in Deutschland an den Mann bringen. Er musste also Kontakt zu den Vereinen knüpfen, die Jungs anpreisen und so weiter.«

»War er gut?«

»Natürlich. Sonst hätte er nicht für uns gearbeitet.«

Will senkte den Blick und konzentrierte sich auf ihre Mitschrift. Obcharows überhebliches Gebaren ging ihr gewaltig auf die Nerven. »Wer übernimmt denn jetzt Werneckes Aufgaben?«

»Wir werden jemanden finden«, erwiderte Obcharow knapp. »Es wird nicht einfach, aber wir schaffen das.«

»Davon bin ich überzeugt«, bemerkte Will spitz und klappte ihr Notizbuch zusammen. Obcharow erhob sich im gleichen Moment. Offensichtlich war er froh, das Gespräch hinter sich gebracht zu haben.

»Eine Frage habe ich noch«, sagte Will. Obcharow hob die linke Augenbraue. »Wo waren Sie in der Nacht von Mittwoch auf Donnerstag?«

»In meinem Bett.«

»Allein?«

»Natürlich nicht. Ich hatte Damenbesuch.«

»Name, Adresse?«

»Jetzt enttäuschen Sie mich«, sagte Obcharow. »Sie halten mich doch nicht für den Mörder?«

»Natürlich nicht«, entgegnete Will und fügte in Gedanken hinzu: Du würdest dir nie selbst die Finger schmutzig machen. Laut sagte sie: »Das ist reine Routine.«

»Ich würde Ihnen gerne den Namen sagen. Aber ich fürchte, die Dame möchte das nicht.«

Das verstand Will gut. Welche Prostituierte wird schon gerne zur Polizei vorgeladen. Und wenn, würde sie für Geld alles aussagen, was Obcharow verlangte.

***

Zurück im Präsidium hielt Will den Telefonhörer lässig ans Ohr und flötete »Mordkommission. Sie sprechen mit Kommissarin Will« in die Sprechmuschel. Tatsächlich hatte sie längst an der eingeblendeten Nummer auf dem Display erkannt, dass es Dr. Spichal war.

»Warum so förmlich?«, fragte dieser zurück.

»Wenn die Rechtsmedizin anruft, muss alles seine Ordnung haben.«

»Wenn du das so siehst!«

»Ist es nicht so?«

Will vernahm das Scheppern einer Teetasse, die zurück auf die Untertasse gestellt wurde.

»Ich habe eine wichtige Information für euch«, sagte Dr. Spichal, nachdem er den Tee heruntergeschluckt hatte. »Der DNA-Test war positiv. Die Hautpartikel unter Werneckes Fingernägeln stammen von Hannah Wollenberg.«

»Das habe ich vermutet«, sagte Will emotionslos.

»Ich hätte etwas mehr Euphorie erwartet.« Tatsächlich klang Dr. Spichals Stimme enttäuscht.

»Es bestätigt nur Wollenbergs eigene Aussage. Mehr nicht.« Noch vor ein paar Tagen hätte die Nachricht Will vom Hocker gerissen, doch mittlerweile enthielt sie nur die Bestätigung für Dinge, die sie sowieso schon wusste.

»Hast du sonst noch Spuren ausmachen können?«, fragte sie den Rechtsmediziner.

»Nein. Ich dachte, dass euch das ein Stück weiterhilft«, sagte Dr. Spichal ernüchtert, bevor er auflegte.

Die Kommissarin beschloss, für heute Feierabend zu machen.

***

Nachdem die Kommissare gegangen waren, wählte Obcharow Schulz' Nummer.

»Die Polizei war eben bei mir!«, blaffte er in den Hörer.

»Mist!«, entfuhr es Schulz.

»Noch tappen sie ziemlich im Dunkeln. Ich hoffe, das bleibt so.«

»Davon sollten wir ausgehen. Hier ist die Lage ruhig. Haben die zwei etwas herausbekommen?«

»Nicht wirklich. Die Journalistin hat die Kameras entdeckt. Leider viel zu früh.«

»Dann ist sie gerissener als gedacht.«

»Sie hatte Hilfe von einem Freund. Der scheint sich mit so etwas auszukennen. Außerdem steht sie in Kontakt mit diesem Typen vom Eintracht-Magazin.«

»Das erklärt einiges, sollte uns aber nicht weiter belasten.«

»Dein Wort in Gottes Ohr.«

»Und wer ist dieser andere Freund?«

»Keine Ahnung. Scheint ein Phantom zu sein. Er ist sehr vorsichtig, taucht aus dem Nichts auf und verschwindet auch wieder in selbigem.«

»Mir ist noch etwas anderes eingefallen«, wechselte Schulz das Thema.

»Was?«

»Wo steckt eigentlich Werneckes Wagen?«

»Guter Ansatz. Wir sollten das dringend herausbekommen.«

***

Am Abend lag Julia Will lange im Bett und konnte nicht einschlafen. Alex war noch nicht zu Hause. Er war nach dem Training bestimmt mit ein paar Kumpels in einer Kneipe versackt. Ihre Gedanken überschlugen sich. Gesichter tauchten vor ihrer inneren Leinwand auf, um kurz darauf wieder zu verschwinden. Leichen schwammen in Pools, deren Wasser sich rot einfärbte.

Was sollte sie von Lara Guth, Hannah Wollenberg und Dimitri Obcharow halten? Jeder der drei hatte ein Motiv. Lara war von Paul betrogen worden, wenn auch nur für eine Sadomasogeschichte. Hannah war die Letzte, die Wernecke lebend gesehen hatte. Vom Mörder natürlich abgesehen. Und schließlich Obcharow. Der Russe war vor allem an einem interessiert: Geld. Menschen und ihre Schicksale schienen ihm völlig egal zu sein. Zumindest glaubte Julia Will das und stützte ihre Meinung auf die Reaktionen des Oligarchen. Wirklich betroffen war er nur gewesen, als es um Werneckes verschwundenen Computer gegangen war. Hatte es Streit bei »Nolimits« gegeben? Musste Wernecke deshalb sterben? Vielleicht hatte er auf eigene Rechnung Geschäfte gemacht oder Informationen an einen Konkurrenten weitergegeben?

Will fuhr hoch und knipste das Licht an. Auf dem Nachttisch lag ihr Notizbuch. Seit Tagen war es auch nachts immer bereit für neue Eintragungen. Will notierte ihre Überlegungen in kurzen Sätzen. Als sie das Licht wieder löschen wollte, schwirrte ein weiterer Name durch ihren Kopf. Franky. Was hatte es mit diesem Fan auf sich? Bevor sich die Kommissarin wieder in ihren Kissen verkroch, fasste sie den Entschluss, Frank Lautenschläger gleich am nächsten Tag etwas genauer unter die Lupe zu nehmen.

8.

Als Julia Will zum Frühstück erschien, wuselte Annegret Will bereits in der Küche herum. Die Kommissarin hatte ihre Oma seit Tagen nicht zu Gesicht bekommen und war froh, ein paar Sätze mit ihr wechseln zu können. Sie erzählte vom Mordfall, während Annegret Brote in den Toaster schob und zwei Tassen mit frisch gebrühtem Kaffee füllte. Nachdem Julia das Toastbrot mit Butter und Himbeermarmelade bestrichen hatte, kam sie auf Frank Lautenschläger zu sprechen.

»Franky? Natürlich kenne ich den!«, stieß Annegret aus und setzte sich Julia Will gegenüber. »Na ja, eigentlich kenn' ich eher seinen Vater. Die Familie betreibt seit Jahrzehnten das ›Palaver‹. Wenn du irgendwas über das Viertel wissen willst, musst du dahin.«

»Eigentlich will ich etwas über Fußball wissen«, sagte die Kommissarin und biss in den Toast.

»Auch dann bist du da goldrichtig. Franky und sein Vater sind eingefleischte Eintracht-Fans. Franky gibt sogar eine Fanzeitung heraus. Und sein Vater ist Ehrenmitglied beim SV.«

Gut zu wissen, dachte die Kommissarin und wechselte das Thema: »Wann geht es eigentlich mit dem Dachausbau weiter?«

»Nächste Woche. Dann ist es mit der Ruhe erst mal vorbei.« Annegret Will nippte an ihrem Kaffee.

Na wunderbar, dachte Will. Wenn sie Glück hatte, wäre der Fall bis nächste Woche gelöst und sie könnte mal ausschlafen. Vielleicht sollte sie sich ein paar Tage Urlaub gönnen. Einfach mal weg und die Seele baumeln lassen. Doch daran war momentan nicht zu denken. Sie biss noch einmal in das Toastbrot und spülte den Kaffee hinterher. Dann stand sie eilig auf.

»Musst du etwa schon los?«, fragte Annegret mit einem vorwurfsvollen Unterton.

»Ja, leider. Ich will noch beim ›Palaver‹ vorbei, bevor ich ins Präsidium fahre.«

»Soll ich mit?«

Julia sah ihre Oma ungläubig an. Hatte sie sich verhört, wollte sie sich in die Ermittlungen einklinken?

»Oma, das geht leider nicht. Du stehst nicht auf der Gehaltsliste der Polizei.«

Franky, oder besser Frank Lautenschläger, trug ein schwarz-rot gestreiftes Baumwolltrikot mit der Aufschrift »Hoechst«. Streifen und Aufdruck waren schräg angeordnet. Es war ein Nachdruck jenes legendären Trikots, das in den Achtzigern die Spieler von Eintracht Frankfurt zierte.

Er lehnte an einem Stehtisch vor dem Wasserhäuschen am Gerhart-Hauptmann-Ring und blätterte in der neuesten Ausgabe des »Kicker«. »Palaver« stand in verblassten Buchstaben auf der ausgeschalteten Leuchtreklame hinter ihm.

»Guten Tag«, sagte Will und stellte sich zu ihm.

»Morschen«, antwortete Franky.

»Sind Sie Frank Lautenschläger?«

Franky musterte die Kommissarin von oben bis unten und klappte den »Kicker« zu.

»Der bin ich! Und mit wem habe ich die Ehre?«

»Julia Will, Kriminalpolizei.«

»Is' wieder was passiert?«

»Wieso wieder?«

»Na, weil hier doch ständig was passiert. Einbrüche, Brandstiftung. All so was.«

»Ich bin von der Mordkommission.«

Franky stutzte einen Moment, dann kehrte die Redseligkeit zurück. »Sie sind die Enkelin von der Annegret, stimmt's?!«

»Genau«, sagte Will.

»Vor zwei Jahren haben Sie doch mit den Kofferleichen zu tun gehabt.« Franky blinzelte in die Sonne. »Gute Arbeit übrigens.«

»Danke.«

»Wollen Sie was trinken?«

»Warum nicht?«, entgegnete Will. »Bei der Hitze verliert man jede Menge Flüssigkeit.«

»Wem sagen Sie das?!« Franky holte zwei Plastikflaschen mit Apfelsaftschorle aus dem Kühlschrank und stellte sie auf den Stehtisch. Seine ungelenken und umständlichen Bewegungen verrieten Nervosität. »Ich betreibe das Wasserhäuschen zusammen mit meinem Papa.« Frankys Blick ging zum Fenster des Häuschens, in dem ein älterer Mann stand und freundlich winkte. »Er steht hier schon, seit ich denken kann.«

Will nickte, und Franky steckte Strohhalme in die beiden Schorleflaschen.

»Als Kind war ich der King. Alle meine Klassenkameraden bewunderten mich für unseren Laden, wo es immer so leckere Dinge zu kaufen gab. Später musste ich feststellen, dass man anderswo mehr Geld verdient. Trotzdem bin ich hiergeblieben. Es ist schließlich meine Heimat.«

Will nippte nachdenklich am Strohhalm. Die Schorle schmeckte köstlich. Warum plauderte Franky über sein Leben?

»Wasserhäuschen erleben momentan eine Renaissance«, sagte Will. Erst in der letzten Woche hatte sie einen Bericht darüber in einem Stadtmagazin gelesen.

»Das stimmt. Es ist der Treffpunkt im Viertel. Manch einer kommt, um nur ein Bier zu trinken. Andere, weil sie etwas beim Einkauf vergessen haben oder einfach nur quatschen wollen. Aber deshalb sind Sie sicher nicht hier.«

»Nein, bin ich nicht«, gab Will zu, obwohl sie quatschen wollte. »Es geht um einen Mord.«

»Dachte ich mir«, sagte Franky mit fester Stimme. »Hab' davon in der Zeitung gelesen.« Noch vor ein paar Tagen hätte er das nicht sagen können, doch mittlerweile berichtete die Boulevardzeitung minutiös über den Fall, abstruse Vermutungen inklusive.

Will versuchte, seinen Blick aufzufangen, doch dieser war starr auf das Etikett der Flasche gerichtet.

»Aber wie kann ich Ihnen dabei helfen?«

»Der Tote heißt Paul Wernecke. Er war Spielervermittler. Sie haben Hannah Wollenberg auf seine Spur gebracht.«

»Na, da übertreiben Sie aber ein klein wenig.« Noch immer starrte Franky auf die Flasche.

»Ja?« Will musterte das Profil des Eintracht-Fans. Die hohe Stirn und die kantige Nase bildeten eine markante Linie.

»Ja!«

»Wie war es denn aus Ihrer Sicht?«

Franky sog am Strohhalm. Will war sich unsicher, ob die Falte auf seiner Stirn von der Saugbewegung herrührte oder ob Franky angestrengt nachdachte. Dann ploppte der Strohhalm aus Frankys Mund, tanzte kurz im Flaschenhals und rutschte in selbigen. »Ich habe ihr nur gesagt, dass sie sich den Wernecke mal etwas genauer anschauen sollte. Und das hat sie dann ja offensichtlich gemacht.«

»Vielleicht etwas zu genau?«, entfuhr es Will. Sie biss sich im selben Moment auf die Unterlippe.

»Keine Ahnung, worauf Sie hinauswollen. Ich weiß nur, dass sie sich mit Wernecke treffen wollte. Hat sie mir selbst erzählt.«

Die Kommissarin beschlich ein Gedanke. Lag da so was wie überspielte Eifersucht in Frankys Antwort? Sie beschloss, an diesem Punkt nachzuhaken.

»Wie gut kennen Sie eigentlich Frau Wollenberg?«

»Wie man sich halt so kennt«, stotterte Franky unsicher.

»Geht's auch genauer?«

»Hab' sie auf dem Fußballplatz getroffen. Sie schreibt so Lokalsachen, war aber auch an der Eintracht interessiert. Deshalb tauchte sie hier vor ein paar Wochen auf. Wir haben uns ganz gut unterhalten. Seitdem kommt sie ab und an auf einen Kaffee vorbei.« Ein Lächeln huschte über Frankys Gesicht.

»Sie mögen sie, stimmt's?«

»Ja, sie ist eine attraktive Frau.«

Jetzt sitzt er in der Falle, dachte Will. Franky hatte ein Auge auf Hannah Wollenberg geworfen. Wenn er etwas von ihrer Affäre mit Wernecke mitbekommen hatte, wäre das durchaus ein Mordmotiv. Und Franky wäre auch kräftig genug, einen Mann wie Wernecke in ein Auto zu hieven.

»Haben Sie eigentlich Familie?«

Franky sah irritiert auf. »Ja, Papa und das Wasserhäuschen.«

»Ich meine Frau und Kinder.«

»Nein. Bislang ist mir noch nicht die Richtige über den Weg gelaufen.«

Bis vor wenigen Wochen, dachte Will und entschloss sich dazu, einen Giftpfeil abzuschießen: »Auch nicht Hannah?«

Frankys Gesicht rötete sich leicht. »So weit sind wir noch nicht. Aber ich nehme sie in die engere Auswahl.« Es sollte wie ein Scherz klingen, doch Will spürte, dass er es im Grunde ernst meinte. Sie überlegte, ob sie mit der Sache zwischen Wollenberg und Wernecke rausrücken sollte, entschied sich aber dagegen. Warum die Pferde scheu machen? Vielleicht war es möglich, herauszufinden, ob Franky den beiden hinterhergeschnüffelt hatte. Dann könnte man den Kerl mit Fakten konfrontieren. Vielleicht war alles ganz anders, dann bliebe Franky die Illusion auf ein Happy End mit Hannah.

»Was wollte Hannah Wollenberg eigentlich von Ihnen wissen?«

»Infos über Fußball im Allgemeinen und die Eintracht im Besonderen. Da bin ich natürlich erster Ansprechpartner. Schließlich leite ich einen Fanclub. Und Papa ist auch eine Instanz. Der kennt all die alten Recken. Den Graby und den Holz. Den Doktor Hammer und den treuen Charly.« Franky plapperte drauflos wie ein Waschweib. Offensichtlich war er froh über den Themenwechsel. »Das waren noch Zeiten. Damals stand man zu seinem Verein. Der Körbel hat über sechshundert Bundesligaspiele gemacht. Alle für die Eintracht. So was gibt's heute nicht mehr.« Franky blinzelte in die Sonne, dann schob er hinterher: »Abgesehen von Alex Meier Fußballgott natürlich.«

»Die Welt ändert sich. Alles wird schnelllebiger«, sagte Will.

»Ja, so ist es. Aber ist das besser?«

»Ich habe das nicht wertend gemeint.«

»Seit ich ein kleiner Junge war, liebe ich den Fußball. Wir haben uns nachmittags auf der Straße zum Kicken getroffen. Als Torpfosten dienten Pullis und Jacken. Manchmal hatten wir einen Tennisball, manchmal auch 'ne Coladose. Aber egal. Fußball ist 'ne geile Sache. Er bringt Hunderttausende zusammen, zum Feiern, zum Fiebern. Aber auch zum Leiden, wenn die eigene Mannschaft verloren hat. Das ist ganz großes Kino. Fußball schweißt zusammen, ob man arm ist oder reich, ob Hartzer oder Arzt. Aber diese Investoren machen den Sport kaputt, das ist das Schlimme! Manchmal denke ich, es wäre besser, Fan irgendeines

Kreisligaclubs zu werden. Die Spiele sind auch nicht langweiliger als die Champions League, aber dort gibt es noch echtes Herzblut. Nicht so eine gespielte Show …«

Jemand tippte auf Frankys Schulter. Ein Mann um die siebzig mit weißen, kurz geschnittenen Haaren. Sein Profil glich Frankys beinahe bis ins Detail. Frankys Vater hielt ein Telefon in der Hand. »Ist für dich. Wegen der Getränkebestellung.«

Lautenschläger senior drückte Franky den Hörer in die Hand.

»Entschuldigen Sie«, sagte Franky und verschwand mit dem Telefon im Wasserhäuschen. Will sah ihm nachdenklich hinterher.

»Ich erzähle Ihnen mal eine Geschichte«, sagte Lautenschläger senior und riss Will damit aus ihren Betrachtungen. »Sie spielt Ende der Siebziger und nahm ihren Ausgang in der türkischen Stadt Bursa. Dort gab es ein Spiel der U21-Auswahl der DDR.«

Will beäugte den alten Lautenschläger. Seine weißen Haare waren ziemlich kurz geschnitten, die Haut von Sonne und Wind braun gegerbt. Bartstoppeln umrandeten den Mund, bedeckten Wangen und Hals. Die glimmende Kippe im Mundwinkel wippte bei jedem Wort auf und ab. Lautenschlägers Stimme hatte einen angenehmen Erzählton, weshalb sich die Kommissarin auf eine Geschichtsstunde einließ.

»Drei der jungen Spieler lernten abends in der Hotelbar einen amerikanischen Reiseführer kennen. Er bot ihnen ungefragt Fluchthilfe an. Die drei zögerten. Lehnten ab. Immerhin konnte es auch eine Stasifalle sein. Der Amerikaner akzeptierte, sagte aber, dass sie es sich jederzeit anders überlegen könnten - dann sollten sie am nächsten Tag in Istanbul in sein Hotel kommen. Die drei diskutierten die ganze Nacht, entschlossen sich im Morgengrauen, die Chance beim Schopf zu packen. Wer weiß, wann eine solche Gelegenheit wiederkommen würde … Es lockte der Westen, aber mehr noch lockte die beste Liga der Welt.«

Lautenschläger schnippte Asche vom Glimmstängel in den Aschenbecher. Will kontrollierte im Augenwinkel, wo Franky steckte. Nicht, dass der sich vom Acker machte, während Lautenschläger senior Geschichten erzählte wie Käpt'n Blaubär.

Aber Franky telefonierte immer noch.

»Die Spieler hatten am nächsten Tag zwei Stunden Ausgang auf dem Istanbuler Basar. Einem der drei ging die Muffe. Die anderen versteckten sich in einem Teeladen und nahmen ein Taxi zum Hotel der amerikanischen Reisegruppe. Deren Touristenführer war ganz überrascht, dass sie es doch durchgezogen hatten. Er fuhr mit ihnen sofort in die amerikanische Botschaft und von dort zum deutschen Konsulat. Sie wurden mehrere Tage in Kellergewölben verhört, mussten immer wieder die Quartiere wechseln. Die osteuropäischen Geheimdienste durften auf keinen Fall herausfinden, wo sie untergekommen waren. Dann bot man ihnen die Flucht in die USA an, doch beide lehnten ab. Sie wollten unbedingt nach Westdeutschland. In die Bundesliga. Über Wolfgang Mischnick, Bundesminister für Flüchtlinge und Mitglied im Aufsichtsrat der Eintracht, wurde Kontakt zur Eintracht hergestellt. Die beiden durften über ein Jahr mit der Mannschaft trainieren, erst dann bekamen sie die Freigabe.«

»Und die Stasi machte keine Probleme?«

»Natürlich wurden sie von Stasiagenten beobachtet. Deren Berichte füllen dicke Akten. Aber es ist nichts passiert. Zum Glück! Andere Sportflüchtlinge hatten tödliche Autounfälle.« Lautenschläger brach ab. Die Kippe in seinem Mund war bis zum Filter abgebrannt. Er zerdrückte den Stummel im Aschenbecher.

»Warum erzählen Sie mir das alles?«

»Weil es vieles relativiert. Schauen Sie: Damals ging es auch um Geld, klar. Aber nicht so wie heute. Es ging auch um Freiheit und um den Wunsch, einfach in einer der besten Ligen der Welt zu kicken.«

»Aber Geld verdient wurde damals auch.«

»Klar. Aber es hielt sich irgendwie im Rahmen. Heute geht es nicht mehr darum, vom Fußball leben zu können; heute geht es darum, im Geldspeicher zu baden wie Onkel Dagobert.«

Will registrierte eine Bewegung hinter sich. Dann tauchte ein Telefon neben ihr auf. Lautenschläger senior blickte auf und sah seinen Sohn fragend an.

»Alles klar«, sagte dieser.

Lautenschläger nahm das Telefon und ging zurück ins Wasserhäuschen.

»Hat er Sie gut unterhalten?«, fragte Franky, als sein Vater wieder hinter dem Verkaufstresen stand.

»Klar. Spannende Fluchtgeschichten.«

»Hab' ich mir gedacht.« Franky tippte sich an die Stirn. »Nachtweih und Pahl. Kommt immer gut.«

Franky leerte die Schorleflasche. »Wenn Sie mehr darüber wissen wollen, im Eintracht-Museum gibt's 'ne tolle Ausstellung. Warten Sie mal.«

Franky verschwand mit der leeren Flasche und stellte sie am Kiosktresen ab, um mit einer gekonnten Drehung zum Zeitungsständer ein Heft zu ergreifen.

»Hier«, sagte er knapp und schob Will eine dünne Zeitung zu.

»Was ist das?«

»Das Fanmagazin, das ich herausgebe. Untergrundliteratur.« Seine Stimme klang verschwörerisch. »Von Fans für Fans. Sie müssen das nicht lesen, aber hintendrauf stehen die Öffnungszeiten vom Eintracht-Museum.«

Will blätterte wenig interessiert durch das Heft. Die Öffnungszeiten konnte sie auch im Internet recherchieren. Allerdings fand sie auf Seite zwei ein Porträtfoto von Franky, und dafür hatte sie eine gute Verwendung.

9.

Am Abend parkte Julia Will ihren Fiat 500 direkt vor dem »Blauen Wasser«. Die Kommissarin stieg aus und marschierte schnurstracks auf den Eingang zu. Dort hielt sie dem Türsteher ihren Dienstausweis unter die Nase und stand Sekunden später im dunklen Eingangsfoyer. Nach kurzer Orientierung schritt sie in Richtung einer Tür, durch die Sonnenlicht schimmerte.

»Oben ist leider alles reserviert«, sagte der Kellner. »Aber unten sind noch ein paar Plätze frei.« Der Mann zeigte nach links, und die Kommissarin ging zunächst über Kies und dann eine Holztreppe hinunter zum Wasser. Direkt am Main war ein Tisch frei. Will bestellte eine Cola und zog das Foto von Frank Lautenschläger aus der Tasche.

»Haben Sie den schon einmal hier gesehen?«

Der Kellner, der sich bereits zum Gehen abgewendet hatte, drehte sich nochmals um und warf einen flüchtigen Blick auf das Foto. »Wer will das wissen?«, entgegnete er schnoddrig.

»Ich«, sagte Will und deutete auf ihren Dienstausweis.

Der Kellner, ein hagerer Typ mit schwarzem, kurz geschnittenem Haar, musterte der Reihe nach den Ausweis, Will und schließlich das Foto.

»Schon möglich. Kommt mir irgendwie bekannt vor«, presste er unverbindlich durch die Lippen.

»Jetzt lassen Sie sich nicht jedes Wort einzeln aus der Nase ziehen!«, erwiderte Will unfreundlich.

»Ja, der war schon mal hier.«

»Und wann?«

»Meine Güte. Wissen Sie, was hier manchmal los ist?! Wenn ich da über jeden der Gäste Buch führen würde, hätte ich viel zu tun.«

»Das glaube ich. Aber wenn Sie sich schon an das Gesicht erinnern, dann muss das doch einen Grund haben, oder?«

»Okay, er ist mir neulich aufgefallen, weil er einen unserer Stammgäste ziemlich intensiv beobachtet hat.«

Will wurde hellhörig: »Intensiv beobachtet?«

»Jaja, ich dachte, er sei so etwas wie ein Privatdetektiv oder so. Hielt sich auffallend oft in Pauls Nähe auf, und als der mit dieser jungen Frau ein Taxi orderte, ist er auch gleich hinterher.«

»Paul?«

»Paul Wernecke. Der kommt ziemlich oft her. Hat quasi einen Stammplatz. Da oben.« Der Kellner blickte über die Schulter zur Pergola.

»Lassen Sie mich raten, das war am Donnerstag, oder?«

Der Kellner dachte kurz nach: »Ja, das kommt hin.«

Nach dem Gespräch nippte Will in aller Seelenruhe an der Cola und ließ den Blick den Main entlang in Richtung Wolkenkratzer schweifen. Sie hatte alle Zeit der Welt. Es war jetzt sieben Uhr. Bis die Clubs in der Hanauer öffneten, dauerte es noch. Vorher zurück ins Präsidium zu fahren, machte keinen Sinn. Was sprach also dagegen, ein wenig die Aussicht und den Sommer zu genießen? In diesem Moment vibrierte das Handy, das vor ihr auf dem Tisch lag.

»Alex, was gibt's?«

»Wo steckst du?«, blaffte es aus dem Smartphone – da fiel Julia siedend heiß ein, dass sie mit Alex für den Abend verabredet war. Eigentlich wollten sie sich am Eisernen Steg treffen, um am Mainufer entlang zu flanieren.

»Oh, Alex«, flötete sie zuckersüß, »ich habe einen Platz im ›Blauen Wasser‹ ergattern können. Magst du nicht herkommen?«

»Im ›Blauen Wasser‹? Wie kommst du denn darauf?«

»Felicitas hat mir davon erzählt«, sagte Will geistesgegenwärtig. Ihre beste Freundin war immer für eine Ausrede gut – noch dazu, wo sie gerne durch Clubs und Szenetreffs zog. »Und hier hat man wirklich eine tolle Aussicht. Wir könnten etwas essen und anschließend in einen der Clubs weiterziehen, was meinst du?«

Für einen Moment herrschte Stille am anderen Ende der Leitung. Die Kommissarin glaubte, das Gespräch sei einem Funkloch zum Opfer gefallen. Doch dann ertönte Alex' Stimme:

»Okay, warum nicht. Gib mir eine halbe Stunde.«

»Du bist unberechenbar«, stieß Alex aus und ließ sich auf den freien Platz fallen. Er trug eine kurze Sommerhose. Das eng anliegende Poloshirt brachte seine definierten Oberarmmuskeln gut zur Geltung. Seine Haut war braun gebrannt. Alex sah umwerfend aus. Ich muss aufpassen, dass ich ihn nicht vernachlässige, die Konkurrenz schläft nicht. Am Ende geht es mir wie meinen Kollegen, dachte Will. Bohlan war in den vergangenen Jahren beziehungstechnisch immer wieder im Chaos versackt. Natürlich mochte dies zum Teil an seiner eigenbrötlerischen Art liegen. Andererseits forderte aber auch der Polizeidienst einen hohen Tribut. Steininger hatte sich auf eine am Ende mörderische Affäre mit einer Staatsanwältin eingelassen, die seine Psyche ordentlich ins Trudeln gebracht hatte. Und Steinbrecher? Den hatte sie noch nie mit einer Frau gesehen, was vermutlich mit einer schon vor Jahren gescheiterten Ehe zusammenhing.

»Ich stecke eben voller Überraschungen«, entgegnete Will mit einem Augenaufschlag. »Komm, lass uns etwas bestellen. Ich habe mächtig Hunger.«

***

Das Schrillen der Klingel riss Hannah aus dem Schlaf. Das Zimmer, in dem sie lag, war dunkel. Nur durch das Fenster schimmerte etwas Licht herein und bildete einen Streifen auf den Holzdielen. Sie musste ein paar Stunden geschlafen haben. Und zwar so tief, dass sie sich erst mal sortieren musste. Welcher Tag war heute und was war alles passiert?

Doch dazu blieb keine Zeit. Die Klingel schrillte erneut, unerbittlich. Benommen stand Hannah auf und schleppte sich in den Flur. Jeder Schritt fiel ihr schwer. Sie wankte bedrohlich hin und her. Der Gleichgewichtssinn streikte, genauso wie ihre Denkgeschwindigkeit reduziert war.

»Ja«, murmelte sie in die Gegensprechanlage.

»Hannah! Ist alles in Ordnung?«

»Wer ist denn da?«

»Franky.«

Franky?, dachte Hannah. Was will der schon wieder hier?

»Kann ich hochkommen?«, klang es ungeduldig aus dem Lautsprecher.

Eigentlich wollte Hannah nur zurück auf die Couch oder besser noch ins Bett. Trotzdem drückte sie den Türöffner – mehr aus einer Art Reflex denn aus Überzeugung.

Kurz darauf hallten Frankys Schritte durch das Treppenhaus. Und dann stand er auch schon im Türrahmen und strahlte sie an.

»Ich wollte mal nach dir schauen. Ob alles in Ordnung ist und so.«

»Ich bin ein bisschen müde, aber komm kurz rein.« Hannah öffnete die Tür komplett und trat einen Schritt zur Seite.

»Gott sei Dank«, sagte Franky und betrat den Flur. »Ich habe was zu essen mitgebracht.«

Erst jetzt sah Hannah die Plastiktüte in seiner Hand. Daher also der Essensgeruch.

»Vom Thai. Magst du doch, oder?«

Ohne auf eine Antwort zu warten, war Franky bereits auf dem Weg in die Küche.

Hannah hatte keine Chance, sie kauerte auf einem der beiden Stühle, während Franky Teller und Besteck zusammensuchte. Anschließend öffnete er die Styroporverpackungen und verteilte die Thaispezialitäten. Hannah hatte keinen Hunger und stocherte lustlos in Reis und Beilagen. Franky schaufelte gierig Gabel für Gabel in den Mund und erzählte vom Tag am Wasserhäuschen. Hannah hörte kaum zu. Stattdessen fragte sie sich, was Frankys Auftritt überhaupt zu bedeuten hatte. Es war bereits der zweite Abend, an dem er unangemeldet bei ihr aufkreuzte. Gut, beim letzten Mal war es eine glückliche Fügung gewesen, ansonsten hätte sie eine Nacht bei offener Tür auf dem Dielenboden verbracht. Mindestens. Trotzdem: Er hatte bis zum Morgen bei ihr gewacht – warum hatte er plötzlich dieses Helfersyndrom entwickelt?

»Ist mit dir wirklich alles in Ordnung?«

Frankys Stimme drang wie aus dem Nichts zu ihr.

»Ja, warum?«

»Du isst so wenig.«

»Ich habe keinen Hunger. Du hast mich mitten aus dem

Schlaf geklingelt.« Hannahs Stimme klang müde und matt.

»Das tut mir leid.«

Hannah ließ die Gabel über den Teller kratzen und starrte auf die Reiskörner.

»Kann ich dich denn irgendwie aufheitern? Wir könnten zum Beispiel eine DVD schauen.«

»Franky, das ist wirklich lieb von dir, aber ich möchte eigentlich nur ins Bett. Ich bin irre müde.«

»Okay.« Frankys Stimme klang nach Enttäuschung.

»Die letzten Tage waren einfach zu anstrengend. Sei mir nicht böse.«

»Es ist kein Problem. Ich verstehe das«, sagte Franky.

»Wirklich?«

»Ja, wirklich.«

Franky kratzte die letzten Reste von seinem Teller. Dann sah er Hannah an.

»Es ist noch was …«, begann er zögernd.

»Hm?«

»Vielleicht ist jetzt nicht der richtige Zeitpunkt …«, druckste er weiter herum.

»Franky, bitte keine Knobelaufgaben!« Insgeheim fürchtete Hannah so was wie eine Liebeserklärung.

»Ich habe die Umgebung vom ›Blauen Wasser‹ abgesucht und tatsächlich Wernecke Auto gefunden.«

Hannah war mit einem Schlag hellwach, versuchte aber, sich das nicht anmerken zu lassen. Ungeduldig wartete sie darauf, dass Franky weitersprach. Doch dieser wühlte stattdessen nervös in seinen Hosentaschen. Nach einer gefühlten Ewigkeit beförderte er den gesuchten Gegenstand zu Tage und hielt ihn ins Licht der Küchenlampe.

»Was ist das?«, fragte Hannah, obwohl sie die Antwort längst wusste.

»Eine Speicherkarte.«

»Wo hast du die her?«

»Aus Werneckes Kofferraum. Genauer gesagt aus dem Rechner, der sich darin befindet.«

»Du hast den Wagen aufgebrochen?«

Hannah war einigermaßen fassungslos.

»Nein.«

»War er etwa offen?«

»Nein.«

Hannah sah Franky verständnislos an.

»Ich habe den Wagen nicht aufgebrochen, und er war nicht offen. Schmutzige Geschäfte lasse ich erledigen«, erwiderte Franky mit gespielter Lässigkeit.

»Lass die Scherze.«

»Willst du nicht wissen, was auf dem Stick ist?«

»Doch, schon, aber nicht heute Abend.«

»Dann lass' ich ihn dir hier, und du machst das morgen in Ruhe.«

»Ehrlich gesagt wäre es mir lieber, wenn du ihn wieder mitnimmst.«

»Wieso das?«

»Ist sicherer. Seit dem Einbruch hier bin ich einfach vorsichtig«, sagte Hannah. Den Fund der Mikrokamera verschwieg sie beflissentlich. »Ich schaue morgen bei dir vorbei, und dann kümmern wir uns um den Stick, okay?«

»Okay«, sagte Franky. Die Vorfreude darauf war ihm deutlich anzusehen.

***

»Warum willst du eigentlich unbedingt ins ›Adlib‹? Wir könnten auch in einen der anderen Clubs. Mal so zum Testen«, fragte Alex einige Zeit später. Sie hatten mittlerweile eine Fischplatte vor sich stehen. Die Abendsonne kroch dem Horizont entgegen. Will ließ das zarte Fleisch auf der Zunge zergehen, senkte den Blick und Griff zum Glas. Sie hatte die ganze Zeit darauf spekuliert, den wahren Grund für die Kneipen- und Clubtour unter den Tisch kehren zu können. Doch dieses Unterfangen schien schwieriger als gedacht.

»Alex, ich muss dir etwas beichten«, begann sie ihr Geständnis. »Ich finde es richtig schön, mit dir hier zu sitzen und den Abend zu genießen. Und ich freue mich wahnsinnig auf den

Clubbesuch, aber es gibt da noch etwas ...« Will brach ab und versuchte, Alex zu taxieren, der relativ unbeteiligt die letzten Reste Gemüse auf dem Teller zusammenschob.

»Ich verfolge so nebenbei eine kleine Ermittlungsspur.«

So, jetzt ist es raus, dachte Will und fühlte sich irgendwie erleichtert. Noch wohler wäre ihr allerdings, wenn Alex etwas sagen würde, statt stur die Essensreste auf dem Teller hin und her zu schieben.

»Alex, hast du gehört, was ich gesagt habe?«

»Ja, habe ich.«

»Und was sagst du?«

»Was soll ich dazu sagen? Eigentlich ist es mir egal.«

»Dir ist es egal?!«

»Ja, ist es.« Alex sah auf und fixierte Julia ernst. Doch dann milderten sich seine Gesichtszüge. »Solange du mich als Assistenten dabeihast.«

Julia spürte, wie eine tonnenschwere Last von ihren Schultern fiel.

»Und darauf sollten wir anstoßen«, sagte Alex.

Im selben Moment brachte der Kellner zwei Gläser Aperol Spritz an den Tisch. Julia blickte Alex verwundert an.

»Wir sind beide mit dem Auto hier?«

»Na und! Bist du bei der Polizei oder nicht?«

»Schon ...«

»Na dann wirst du doch keine Angst vor der Verkehrskontrolle haben.«

»Hey Alex«, begann die Kommissarin zu protestieren, »du weißt genau, dass ...«

»Julia, das war ein Spaß. Entspann dich. Wir können ein Taxi nehmen.«

Ein Taxi, schoss es durch Wills Kopf. Natürlich, genau wie Wernecke und Wollenberg. Auch sie waren mit dem Taxi zum »Adlib« gefahren. Aber wie waren die beiden eigentlich hergekommen? Mit Bus und Bahn war es nicht besonders komfortabel. Hannah Wollenberg hätte ihren Roller am nächsten Tag hier abholen können, Paul Wernecke sein Auto hingegen nicht. Vielleicht stand der Wagen noch immer in einer der anliegenden

Straßen? Und was für eine Karre fuhr er überhaupt? Eine durchaus spannende Frage, deren Lösung Will aber auf den nächsten Tag verschob. Heute Abend gab es nur noch zwei Dinge zu erledigen: Zum einen wollte sie sichergehen, dass Franky auch im »Adlib« aufgeschlagen war; die andere Sache hatte mit Alex zu tun.

***

»Hier ist das Ding«, sagte der Mann und stellte mit breitem Grinsen einen Laptop auf den Tisch.

Die Erleichterung war ihm deutlich anzusehen. Seit er die Sache mit den Kameras in der Wohnung der Journalistin vermasselt hatte, quälte ihn das schlechte Gewissen.

»Ist es das, wonach es aussieht?«, fragte Obcharow.

»Wernecks Computer«, erläuterte der zweite Mann.

»Wo habt ihr das Ding her?«

Der erste Mann grinste. »Aus seinem Wagen. Der stand tatsächlich immer noch im Osthafen.«

»Hab' ich es mir doch gedacht – dass wir darauf nicht früher gekommen sind!« Obcharow lächelte zufrieden. »Darauf sollten wir einen trinken.«

Der Oligarch stellte eine Flasche Wodka und drei Gläser auf den Tisch. Die beiden Männer entledigten sich ihrer Sakkos. Alles war gut, wenn der Chef zufrieden war. Und das war er. Sie mussten ihm ja nicht sagen, dass der Wagen nicht mehr verschlossen gewesen war.

***

Als Julia erschöpft zur Seite sank, beruhigte sich ihr Herzschlag nur langsam. Es war mittlerweile drei Uhr nachts. Draußen waren es immer noch zwanzig Grad, und Alex legte seine Hand auf ihren Bauch.

Vom »Blauen Wasser« aus waren sie direkt ins »Adlib« gefahren. Dort war Julia mit Frankys Bild losgetigert und hatte tatsächlich jemanden vom Personal gefunden, der sich an ihn und den Abend erinnern konnte. Aufgefallen war Franky, weil er den Abend sitzend an der Bar verbracht hatte, ohne auch nur einen einzigen Tropfen Alkohol anzurühren. Stattdessen hatte er ein Red Bull nach dem anderen geordert und unentwegt auf die Tanzfläche gestarrt.

»Ich hatte Angst, dass der mir irgendwann mit einem Koffeinschock aus den Latschen kippt«, hatte die Bedienung zu Julia gesagt und belustigt hinzugefügt: »Und das wäre doch eher ungewöhnlich.«

Jedenfalls war der Abend ein voller Erfolg gewesen. Sie hatte sich prächtig mit Alex vergnügt und ganz nebenbei eine heiße Spur verfolgt. Franky hatte wie eine Klette an Hannahs und Werneckes Fersen geklebt. Blieb abschließend noch die Frage, warum er dies getan hatte. War es wirklich aus Eifersucht geschehen, oder hatte Hannah ihn darum gebeten? Vielleicht war ihr anfangs bei dem Treffen mit Wernecke nicht wohl gewesen? Immerhin stand der Spielervermittler in direktem Kontakt mit obskuren Osteuropäern. Oder handelte Franky doch auf eigene Faust? War er wirklich nur dieser Gutmensch, für den er sich ausgab? Kämpfte er nur für den Fußball? Fundamentalisten konnten mitunter beträchtliches Unheil anrichten, wenn sie von einer Sache verblendet waren. Frank Lautenschläger glorifizierte die Vergangenheit. So etwas war meistens auch nicht gut. Es gab also auch am nächsten Tag jede Menge Arbeit. Sie wollte gerade etwas zu Alex sagen – doch die leichten Schnarchgeräusche neben ihr zeugten davon, dass ihr Freund längst eingeschlafen war.

10.

Am nächsten Morgen musste Will gegen den Schlaf kämpfen und kritzelte sinnlose Muster in ihr Notizbuch. Fünf Tassen Kaffee hatte sie schon am Vormittag in sich hineingeschüttet. Richtig gewirkt hatte keine. Die letzte Nacht war lang geworden, und trotzdem hatte sie, als sie endlich im Bett gelegen hatte, nicht einschlafen können. Sie schleppte sich irgendwie durch den Tag. Die einzige sinnvolle Entscheidung war bislang gewesen, die Stones auf die Suche nach Werneckes Auto zu schicken. Steinbrecher hatte mit der Zulassungsbehörde telefoniert und sich Kennzeichen und Automarke nennen lassen. Dann waren sie in Richtung Osthafen aufgebrochen.

Am Nachmittag fuhr Julia Will zum »Palaver«.

Franky war auch an diesem Tag seinem Modestil treu geblieben: Zur kurzen Hose trug er ein weißes T-Shirt mit dem Aufdruck »Frankfurts Stolz, der Grabi und der Holz«. Darunter prangten die Gesichter der beiden Eintracht-Legenden.

»Also gut«, räumte er zerknirscht ein, »ich habe ein wenig Privatdetektiv gespielt. Verboten?«

»Nein, solange Sie niemanden belästigen.«

»Sehen Sie. Und bislang ist es ja auch niemandem aufgefallen außer Ihnen.«

»Ich frag' mich nur die ganze Zeit, warum Sie das getan haben.«

Franky antwortete nicht.

»Haben Sie Hannah auf Wernecke angesetzt, um hinter ihrem Rücken einen Mord zu begehen, den Sie dann Hannah in die Schuhe schieben wollten?« Die Kommissarin wählte die Provokation, und sie verfehlte ihre Wirkung nicht. Franky sprang auf und gestikulierte wild mit den Händen, sodass Julia fürchtete, er könnte jeden Moment auf sie losgehen.

»Nein, so war es nicht. Um Himmels willen, was denken Sie von mir!«

Will blieb ganz ruhig. »Nein? Wie war es denn?«

»Ja«, räumte Franky schließlich kleinlaut ein, »ich habe Hannah auf Werneckes Spur gebracht. Das habe ich Ihnen schon beim letzten Mal erzählt. Ich wollte ihn erledigen, aber doch nur im übertragenen Sinn! Diese blöden Transfergeschichten sollten ein Ende haben. Darum ging es mir. Ich wollte ihn beschädigen. Ich dachte mir, wenn Hannah da ordentlich recherchiert, fliegt die ganze Chose auf und der Typ ist erledigt. Und der Fußball kehrt wieder in seine gewohnten Bahnen zurück.«

»Wernecke war doch nur ein kleines Licht. Die wirklich großen Räder drehen ganz andere«, gab Will zu bedenken. Glaubte Franky im Ernst, wenn ein Spielervermittler aus dem Verkehr gezogen wird, bricht ein System zusammen, das den gesamten Globus umspannt und einer Gelddruckmaschine gleichkommt?

»Das mag sein. Aber an irgendeiner Stelle muss man ansetzen. Global denken, lokal handeln!«

»Warum ausgerechnet Wernecke?«

»Weil ich ehrlich gesagt keinen anderen persönlich kenne. Ich habe ihn mal interviewt. Widerlicher Kerl.«

Will musterte Franky. So eigenbrötlerisch er auch war, insgeheim bewunderte sie ihn für den Kampfgeist und den Enthusiasmus, der in ihm brodelte.

»An jenem Abend bereute ich es, Hannah auf Werneckes Spur gebracht zu haben.«

Franky brauchte nicht weiterzusprechen. Will wusste in diesem Moment, was er gleich ausplaudern würde.

»Sie hat es mit der Recherche übertrieben. Ich hatte nicht gedacht, dass sie so weit gehen würde.«

»Was meinen Sie damit?«

»Sie hat mit ihm geflirtet und ist mit zu ihm nach Hause gefahren. Da kann man sich an fünf Fingern abzählen, was in seiner Wohnung passiert ist.«

»Woher wissen Sie das?«

»Ich bin ihnen gefolgt.«

»Sie sind den beiden bis zu Werneckes Wohnung nachgefahren?!«, stieß Will aus, ein wenig zu theatralisch, wie sie dachte. Doch Franky fiel es nicht auf.

»Sag ich doch.«

Will beäugte Franky. Sie konnte sich gut vorstellen, wie er an jenem Abend innerlich gekocht hatte. Er liebte Hannah und musste mit ansehen, wie sie mit einem Schnösel wie Wernecke flirtete und mit ihm nach Hause fuhr. Natürlich waren sie in der Kiste gelandet. Und Franky saß vor der Wohnung in seinem Auto und starrte vermutlich auf das Schlafzimmerfenster. Lautenschläger hasste Wernecke sowieso. Zu dem Hass gesellte sich in dieser Nacht die Eifersucht. Eine gefährliche Mixtur.

»Weil sie eifersüchtig waren?«

»Das haben Sie gesagt!«, knurrte ihr Gegenüber.

»Waren Sie es?«

Franky starrte erst auf den Tisch, dann ziellos durch die Gegend. »Ja«, räumte er schließlich kleinlaut ein. »Aber deswegen bringe ich doch niemanden um.«

Es gibt genügend Leute, die das machen, dachte Will. Ob Franky zu diesen gehörte, konnte sie nicht sagen.

»Was haben Sie denn danach gemacht?«

Franky sah Will begriffsstutzig an.

»Nachdem die beiden in Wernecke Wohnung verschwunden waren, meine ich«, erklärte Will.

»Na, ich habe vor der Tür gewartet.«

»Sie haben was?«

»Ich bin im Auto sitzen geblieben und habe gewartet, bis Hannah wieder herauskam.«

Will schwankte zwischen Fassungslosigkeit und Freude. Dieser Typ hatte Wernecke und Hannah gestalkt, allerdings ohne dass die beiden etwas davon gemerkt hatten. Aber wenn die Geschichte stimmte, war Franky ein eins a Zeuge. Er könnte Licht ins Dunkel bringen. Womöglich konnte er Hannah entlasten. Und wenn's gut lief, hatte er vielleicht noch mehr gesehen. Beispielsweise, wer den toten Wernecke von der Wohnung ins »Citybeach« transportiert hatte. Wenn er es nicht selbst gewesen war.

»Wann ist sie gegangen?«, platzte es aus Julia heraus. »Hannah, meine ich?«

»So gegen halb fünf. Sie wurde von einem Taxi abgeholt. Ich hab' mir sogar die Nummer notiert.«

Das wurde immer besser. Franky war gar nicht so einfältig, wie sie gedacht hatte. »Dann mal her damit!«

Franky zog sein Handy aus der Hosentasche und scrollte durch die Fotogalerie. »Hier.«

Will kniff die Augen zusammen, um im Sonnenlicht besser sehen zu können. Das Foto zeigte die Rückansicht eines hellgelben Mercedes. Will notierte die Nummer in ihr Notizheft.

»Ist Ihnen sonst noch etwas aufgefallen?«

»Ich war nicht der Einzige.«

»Wie meinen Sie das?«

»Es gab noch ein anderes Auto. So eine schwarze Limousine. Da waren zwei oder drei Männer drin.«

»Bitte was?!« Julia Will schrie die Wörter beinahe heraus. »Warum sagen Sie das erst jetzt?«

»Ich wollte mich nicht verdächtig machen«, räumte Franky zerknirscht ein. »Ich kann Ihnen auch das Kennzeichen geben. Sie müssen nur ein Foto weiterwischen.«

***

»Ich muss dich sehen!«

Hannah starrte auf die Buchstaben, die auf dem Display ihres Handys standen. Obwohl ihr die Nummer des Absenders unbekannt war, wusste sie genau, wer ihr die Nachricht geschickt hatte.

»Bist du wieder in Ffm?«, schrieb sie zurück.

»Ja. Siebzehn Uhr. Weseler Werft.«

Hannah blickte auf die Uhr. Das war zeitlich zu schaffen. Allerdings gab es ein anderes Problem: Franky. Sie wollte am Abend bei ihm wegen der Speicherkarte vorbei. Verflixt, sie konnte unmöglich zur selben Zeit an unterschiedlichen Orten auftauchen. Noch dazu, wenn sie so weit auseinanderlagen. Also musste Franky warten.

»Okay. Wo genau?«, tippte sie ins Handy.

»Ich werde dich finden.«

Sie hatte mit nichts anderem gerechnet. Normale Treffen waren mit Marcel nicht möglich. Es musste immer etwas unkonkret und geheimnisvoll sein. Aber gerade das machte auch den Charme aus. Hannah überlegte, was sie anziehen sollte, konnte sich aber nicht entscheiden. Schwarzer Rock oder kurze Jeans? Sie legte beides bereit und rief Franky an. Sie gab berufliche Termine als Grund an, was ja auch irgendwie stimmte. Wie nicht anders zu erwarten, war er von ihrer Absage alles andere als begeistert. Er äußerte Verständnis, doch die belegte Stimme konnte seine Enttäuschung nicht übertünchen.

Verflucht, dachte Hannah, nachdem sie das Telefonat beendet hatte, Franky hatte sich in sie verknallt! Das war mittlerweile offensichtlich und erklärte auch die permanenten Besuche. Einen Verehrer, der ihr hinterherspioniert, war das Letzte, was sie gebrauchen konnte. Andererseits benötigte sie Frankys Unterstützung und durfte ihn nicht vergraulen. Ein gefährlicher Balanceakt.

***

Dimitri Obcharow stand gedankenverloren am Fenster der Hotelsuite. Es war sein absoluter Lieblingsplatz. Hier hatte er immer das Gefühl, die Welt läge ihm zu Füßen. Und doch fühlte er sich nicht wohl in seiner Haut. Zwar hatten die Jungs Werneckes Laptop sichergestellt, doch irgendetwas stimmte nicht. Der Oligarch spürte ein Gewitter aufziehen. Dunkle, regenschwere Wolken pirschten sich heran. Er konnte sie förmlich riechen. Gestern Abend hatte er von einem Datenleck erfahren. Irgendjemand hatte versucht, seine Server zu hacken, und es war nicht ausgeschlossen, dass es ihm auch gelungen war. Das passte zu den Gerüchten, die seit Monaten zirkulierten. Auch andere Spieleragenturen schienen betroffen zu sein. Allerdings hatte noch niemand konkrete Beweise liefern können. Teilweise beschuldigten sich die Agenturen gegenseitig. Obcharow hatte sich bislang herausgehalten, nun schien dies aber nicht mehr möglich.

Hatte die Journalistin womöglich noch andere Quellen als diesen Franky? Was hatte es mit dem ominösen Typen auf sich, der die Kameras entdeckt hatte? Der Boden in Frankfurt war sowieso schon sehr heiß geworden. Und die Kripo schnüffelte auch noch herum. Vielleicht wäre es besser, einstweilen in die Heimat zurückzukehren. Wenigstens so lange, bis die Lage hier wieder übersichtlicher war. Den einen oder anderen Deal könnte er auch von dort abwickeln. Außerdem blieb immer noch das besonders lukrative Chinageschäft.

***

Will stieg nachdenklich ins Auto. Leise surrte das elektrische Schiebedach des Fiat nach hinten. Sie setzte ihre Sonnenbrille auf und schaltete das Radio ein. »Das Mädchen aus der Hauptstadt lässt mich nicht mehr richtig denken«, sang Campino. Er war beileibe nicht der Einzige, dem die Frauen jeden Verstand raubten, dachte die Kommissarin und startete den Motor. Gerade als sie aus der Parklücke auf den heißen Asphalt der Straße fahren wollte, sah sie im Rückspiegel eine kleine blonde Frau in Richtung »Palaver« schlendern. Lara Guth!, durchzuckte es Will. Schau mal einer an.

Die Kommissarin stellte den Motor wieder aus und spähte gebannt in den Rückspiegel, musste ihn allerdings etwas verstellen, um freie Sicht auf das Wasserhäuschen zu bekommen. Was machte Lara Guth bei Franky? Oder war das purer Zufall? Wenn die beiden sich kannten, konnte dies dem Fall eine weitere Wendung geben.

Guth lehnte jetzt direkt am Ausgabefenster und redete auf Franky ein. Keine Minute später standen sie an einem der Tische und quasselten intensiv. Will blieb noch eine weitere Viertelstunde sitzen. Doch es passierte nichts Aufregendes. Die beiden redeten und redeten, nur von gelegentlichen Kunden unterbrochen, die Zeitung, Bier oder Zigaretten kauften.

Die Kommissarin überlegte, ob es Sinn machte, die beiden gleich zur Rede zu stellen. Doch sie entschied sich dagegen. Schließlich war es immer gut, noch ein Ass im Ärmel zu haben. Nur für den Fall der Fälle.

***

Hannah parkte den Roller vor dem Zaun der Europäischen Zentralbank. Obwohl das vermutlich einer der am besten bewachten Plätze der Stadt war, schob sie eine Kette um den Vorderreifen, versah diese mit einem schweren Schloss und verstaute den Helm unter dem Sitz. Dann marschierte sie los in Richtung Mainufer. Links zog sich der hohe Zaun der Bank Meter um Meter entlang. Auf der gegenüberliegenden Straßenseite erhob sich eine verklinkerte Häuserwand: unten ein paar Geschäfte, darüber Wohnungen. Hannah sah nach vorne. Der Weg führte durch einen kleinen Park. Die Sportgeräte waren verwaist. Selbst den hartnäckigsten Athleten war es zu heiß für eine schweißtreibende Trainingseinheit. Hannah bog nicht zum »Oosten« ab, sondern orientierte sich nach rechts, wo eine Ansammlung aus bunten Buden und bemalten Containern stand. Die »Sommerwerft« lockte seit Tagen ein buntes Völkchen mit Theater und Musik an den Main. Hannah sah sich suchend um, konnte Marcel aber nirgends entdecken. Vermutlich lauerte er hinter einem Mäuerchen, einem Zelt oder sonst wo. Sie war es mittlerweile gewohnt, dass er wie aus dem Nichts auftauchte, und hatte es aufgegeben, ihn zuerst sichten zu wollen. Sie setzte sich scheinbar unbeteiligt auf eine Bank am Spielplatz, reckte das Gesicht in Richtung Sonne und schloss für einen Moment die Augen. Keine zwei Minuten später hörte sie Schritte, die näherkamen und schließlich verstummten. Sie hielt die Augen immer noch geschlossen. Die Bank schwankte sacht hin und her. Nur ganz wenig, und doch wusste Hannah genau, was geschah. Jemand nahm neben ihr Platz. Marcel. Jeder andere hätte zuvor gefragt.

»Hast heute nicht lange die Lage gecheckt!«, sagte Hannah.

»Du kannst nicht wissen, wie lange ich schon hier bin.«

»Nein, natürlich nicht.«

»Lass uns etwas trinken. Ich habe Durst.«

Fünf Minuten später schob Marcel zwei Liegestühle auf einem Containerdach zusammen. Hannah stand mit zwei Gläsern Caipirinha wartend hinter ihm, bis er mit dem Ergebnis seiner Umdekorierung zufrieden war.

Die Cocktails hatte Hannah eine Etage tiefer geholt. Es hatte ziemlich lange gedauert, bis die Bedienung, eine vom Leben gezeichnete Frau mit bunten Blumen im Haar, die Zutaten zusammengemixt hatte. Ein Typ mit roter Hose, weißem Hemd und grünen Hosenträgern hatte mehr im Weg herumgestanden als sie unterstützt.

Hier oben war von dem Budentrubel nicht viel zu spüren. Außer ihnen waren nur fünf weitere Personen auf der Terrasse, die sich über zwei Container erstreckte und die man über eine schmale Treppe erklimmen konnte. Ein Pärchen, das verliebt turtelte, zwei Damen im mittleren Alter, die bei Aperol Spritz klönten, und ein einzelner Mann im Sommeranzug, der einen Cappuccino genoss. Hannah fragte sich, von wo die Marihuanawolke kam, die ihre Nase streifte. Marcel hatte für die Liegestühle einen Standort gewählt, der ziemlich exakt im gleichen Abstand zu allen anderen lag.

Endlich setzte er sich. Hannah nahm neben ihm Platz. Sie stießen an und saßen einen Augenblick schweigend nebeneinander. Auf der anderen Mainseite thronte ein roter Turm mit goldenen Hütchen. Daneben stand ein Rundbau, dessen Scheiben in der Sonne glitzerten wie geschliffene Diamanten. Markanter waren die Buchstaben an einer Ufermauer. Jemand hatte in roter Farbe »Stadt für alle« gesprüht.

Auf der Promenade schlenderten Spaziergänger – manche sportlich, manche lässig, andere im Anzug. Zwischendrin tummelten sich Jogger und Fahrradfahrer.

»Ich habe neue Daten«, sagte Marcel mit verschwörerischer Miene, »und die haben es in sich.«

Hannah rückte näher an Marcel heran, schaute aber unverdrossen Richtung Main. Ein Motorboot düste vorbei, gefolgt von einem Ruderboot. Die Skulls zogen gleichmäßig durchs Wasser.

»Ich könnte den Behörden Steuerbetrügereien im hohen Millionenbereich zuspielen, wenn ich wollte.«

Warum machst du es dann nicht?, dachte Hannah. Was treibt dich an? Ist es das Spiel um Macht? Geht es darum, jemanden in der Hand zu haben, bestimmen zu können, wann man ihn ans Messer liefert?

»Worauf wartest du?«, fragte sie.

Marcel antwortete nicht sofort. Musste er tatsächlich über diese Frage nachdenken? Das wäre mehr als unwahrscheinlich. In der Tat gab es einen anderen Grund. Eine junge Frau näherte sich den beiden. Marcel hatte es wieder einmal viel eher bemerkt. Er besaß dieses unglaubliche Gespür dafür, jede Veränderung in der Umgebung zu registrieren. Im Wilden Westen hätte er einen ausgezeichneten Fährtenleser abgegeben.

»Ist der Stuhl noch frei?« Die Frau deutete auf einen Liegestuhl, keinen halben Meter entfernt.

»Ja«, sagte Hannah.

»Danke.« Schon zog sie ihn weg, hin zur anderen Seite, wo eine Freundin auf sie wartete. Sie setzten sich direkt ans Gitter, das die Terrasse umrandete. Über ihnen baumelten bunte Lampions.

»Es geht mir nicht um Geld. Mir ist auch egal, ob jemand hinter Gitter gebracht wird oder nicht«, sagte Marcel mit gedämpfter Stimme. »Ich will die Leute wachrütteln. Ihnen zeigen, dass der Profifußball eine internationale kriminelle Vereinigung ist.«

Also die ganz große Nummer und nichts darunter, dachte Hannah. Das waren die Momente, in denen sie darüber grübelte, ob Marcel in Wahrheit ein Verschwörungstheoretiker war. Andererseits hatte er aber Beweise für seine Behauptungen. Manchmal war der Grat zwischen Weltverschwörung und Aufdeckung eines Skandals ziemlich schmal. Vom Main her donnerte plötzlich ein dumpfer Beat, der kontinuierlich lauter wurde. Kurz darauf rückte der Verursacher in Hannahs Blickfeld: ein schwarzes Partyboot mit dem passenden Namen »Catwalk«. Der Kahn war voll besetzt. Die Gäste standen auf den Decks und tanzten.

»Voulez-vous … aha …«, trällerte ABBA.

»Lass uns feiern gehen!«, rief Marcel. »Die Musik klingt interessant.«

»Wie willst du denn zu dem Boot kommen?«, fragte Hannah. »Schwimmen?« Sie kicherte.

»Doch nicht das Partyboot«, sagte Marcel und machte eine Kopfbewegung zur anderen Seite.

Tatsächlich drangen aus dem Beduinenzelt mittlerweile ganz andere Töne nach oben, wurden lauter, je weiter das »Catwalk«

flussabwärts trieb. Hannah hätte gerne noch etwas mehr über die neuen Daten erfahren, doch sie wusste, dass es keinen Sinn hatte, nachzubohren. Marcel würde darüber reden. Aber erst später. So etwas brauchte seine Zeit.

***

Julia Will war mit dem Tag mehr als zufrieden. Puzzleteil fügte sich an Puzzleteil. Es entstanden zunehmend Fragmente eines Bildes.

Frankys Aussage passte zu Wills Vermutungen. Hannah Wollenberg konnte Wernecke nicht ins »Citybeach« transportiert haben. Jedenfalls nicht alleine. Sie hätte Hilfe benötigt. Franky hätte ihr aus Liebe oder Eifersucht vielleicht aus der Patsche geholfen, aber sie war mit dem Taxi davongerauscht.

Am Nachmittag hatte Steininger Frankys Foto mit der Taxizentrale abgeglichen und den Fahrer ausfindig gemacht, der Wollenberg im Morgengrauen nach Hause gefahren hatte.

Hannah Wollenberg hatte nach der gemeinsamen Nacht die Wohnung verlassen. Vermutlich hatte Wernecke zu diesem Zeitpunkt noch gelebt. An der Stelle kamen die zwei oder drei Männer ins Spiel, die in einem schwarzen Wagen vor dem Haus gewartet hatten. Nun galt es, diese aufzuspüren.

Zwei, drei Männer in einer schwarzen Limousine, das klang nach Profis. Oder nach organisierter Kriminalität. Sie hatten gewartet, bis sich Hannah vom Acker gemacht hatte. Dann hatten sie Wernecke einen – womöglich tödlichen – Besuch abgestattet.

So musste es gewesen sein. Und je länger die Kommissarin die Geschichte gedanklich durchspielte, desto wahrscheinlicher schien sie ihr.

Im Übrigen passten ominöse Männer in schwarzen Anzügen und dunklen Autos auch viel besser zum Spiel um Millionentransfers und Spielerhandel. Steckte die internationale Spielervermittlermafia hinter dem Mord? War es möglicherweise ein Konkurrentenmord? War ein Auftragskiller unterwegs?

Will lehnte sich zufrieden und nachdenklich zugleich in ihrem Stuhl zurück und schloss für einen Moment die Augen.

***

»Ich habe ein Angebot bekommen«, sagte Marcel. Mittlerweile war es dunkel. Hannah und er saßen auf der Ufermauer. Ihre Beine baumelten direkt über dem Wasser. Jeder hatte eine Flasche Bier neben sich stehen. Über ihnen funkelten die Sterne. Wer vorbeilief, hielt sie für ein turtelndes Liebespaar. Wäre da nicht Pauls Tod gewesen, könnte zwischen ihr und Marcel vielleicht sogar etwas laufen. Sie mochte skurrile Typen.

»Was für ein Angebot?«

»Jemand hat mir eine Million für meine Sammlung geboten.«

»Welche Sammlung?«, fragte Hannah. Sie merkte, dass ihr der Alkohol, den sie im Laufe des Abends konsumiert hatte, allmählich in den Kopf stieg.

»Die Daten natürlich. Was glaubst du?«

»Keine Ahnung. Panini-Bilder, Trikots? Was man halt so als Fußballfan sammelt.«

»Die würde ich niemals für eine Million verkaufen!«, antwortete Marcel mit ernster Stimme.

Hannah drehte den Kopf. Beide blickten sich einen Moment lang an. Dann lachte Marcel laut auf.

»So viel würde auch niemand bieten.«

»Aber für deine Daten schon?« Hannahs Stimme war brüchig. Was sollte das Gespräch? Wollte er das Angebot annehmen? Und was würde das für ihre Story bedeuten? So viel Zeit hatte sie mittlerweile investiert. Ein Mann hatte sterben müssen. Und jetzt?

»Ich habe tatsächlich darüber nachgedacht. Eine Million, das ist eine ganze Stange Geld. Genug für ein sorgenfreies Leben. Als Kind habe ich mir oft vorgestellt, wie das wäre, plötzlich Millionär zu sein. Ein Lottogewinn, das wär's, oder?«

»Ich kenne solche Gedankenspiele«, lallte Hannah. »Was könnte man alles erschaffen, wenn man sich keine Gedanken um den Lebensunterhalt machen müsste.«

»Siehst du«, bestätigte Marcel und setzte die Flasche an den Mund.

Er trank immer noch gierig, obwohl er längst keinen Durst mehr haben konnte.

»Also hast du verkauft?«

»Wo denkst du hin, natürlich nicht! Ich habe sie erst mal hingehalten. Wenn ich was verkaufe, dann nur an Leute, die das auch veröffentlichen. Ich reiß' mir doch nicht den Hintern auf, um dann alles an die zurückzuverkaufen, von deren Rechnern ich es geklaut habe. Das wäre doch kriminell. Und ich wäre nicht besser als all die Söldner und Wanderhuren.«

»Bist du denn sicher, von welcher Seite das Angebot kommt?«

»Nicht hundert Prozent. Aber die Presse wäre anders an mich herangetreten.«

»Glaubst du, dass sich etwas ändert, wenn ein Artikel erscheint?«

»Vielleicht. Vielleicht auch nicht. Man kann das nie im Vorfeld wissen.«

»Manchmal denke ich, dass ich nur ein kleines Licht bin. Wen interessiert es schon, was ich schreibe?«

»Steter Tropfen höhlt den Stein. Alles, was auf diesem Planeten passiert, hängt mit anderen Dingen zusammen. Die Flüchtlingskrise gäbe es auch nicht ohne die Waffenlieferungen in die Krisengebiete.«

Marcel erhob sich.

Hannah sah ihn fragend an.

»Ich hol noch 'ne Runde.«

»Für mich nicht mehr.«

»Ach, komm schon, die Nacht ist noch jung.«

»Also gut. Aber das ist die letzte.«

»Geht doch!«, sagte Marcel zufrieden. »Manchmal kann man den ganzen Mist nur mit Alkohol ertragen.«

Marcel schnappte beide Flaschen und marschierte in Richtung Getränkezelt. Hannah ließ sich rücklings auf den Rasen fallen und schloss die Augen. Die Welt könnte so schön sein ohne all die Skrupellosen, die in ihrer maßlosen Gier alles zerstörten.

***

Als das Telefon klingelte, schreckte Will hoch. Erschöpft vom Tag musste sie eingenickt sein. Benommen griff sie zum Hörer. Am anderen Ende der Leitung war Hannah Wollenberg.

»Guten Abend, Frau Kommissarin«, quasselte die Journalistin los. »Ich habe sehr gute Nachrichten für Sie. Mein Informant ist so weit.«

Will war von jetzt auf gleich hellwach und saß kerzengerade auf ihrem Stuhl. Das Blut pochte in ihren Adern. Wollenbergs flapsige Bemerkung konnte nur eines bedeuten: Ihr Informant war zu einem Gespräch bereit.

»Das gibt's doch nicht!«, stammelte Will.

»Doch, das gibt's. Es hat mich zwar einiges an Überredungskunst gekostet, aber am Ende war ich erfolgreich.«

Wollenberg sprach irgendwie komisch. War sie betrunken? Im Hintergrund war Gelächter zu hören.

»Ist bei Ihnen alles okay?«, erkundigte sich Will.

»Alles paletti!«

»Wann kann ich ihn treffen?«

»Morgen.«

»Heute nicht mehr?« Will wäre ein sofortiges Treffen viel lieber. Am Ende kam noch etwas dazwischen.

»Nein. Und es gibt ein paar Bedingungen.«

Auch das noch!, dachte Will genervt. Für wen hält sich dieser Informant? »Welche?«

»Er will auf keinen Fall ins Präsidium kommen. Das ist ihm zu nah an der Polizei. Das Gespräch soll nicht den Charakter eines Verhörs haben. Mein Informant denkt da eher an ein informelles Gespräch. Außerdem will er seine Anonymität gewahrt wissen.«

»Was soll das heißen?«, fragte Will.

»Er will seine Identität nicht preisgeben.«

»Und wie soll ich ihn dann ansprechen?«, fragte Will gereizt.

»Wir werden ihn Marcel nennen.«

Will dachte einen Moment nach. Wollenberg raschelte mit irgendwas am anderen Ende der Strippe.

»Und wenn ich die Bedingungen nicht akzeptiere?«

»Dann wird es kein Treffen geben.«

Will wog das Für und Wider in Gedanken gegeneinander ab.

»Okay«, sagte sie. Aber wo könnten sie sich treffen? Wenn das Präsidium ausschied, blieb nur ein öffentlicher Ort. Oder … Will hatte eine andere Idee. »Wäre ein Treffen bei mir zu Hause in Ordnung?«

»Ja«, sagte Hannah nach etwas Bedenkzeit. Vermutlich saß dieser Marcel neben ihr. »Und noch was.«

Will stöhnte auf. »Was denn noch?«

»Halten Sie ein paar Red Bull bereit. Das hebt seine Laune deutlich.«

11.

Der Typ, den Hannah Wollenberg am nächsten Morgen anschleppte, machte alles andere als einen seriösen Eindruck. Seine Haare wuschelten in wilden Locken, verdeckten die Stirn und beinahe auch die schwarz umrandete Brille. Ein Ray-Ban-Verschnitt. Er trug ebenso ausgeleierte wie an einigen Stellen eingerissene Jeans, dazu ein graues T-Shirt. Rasiert hatte er sich seit Tagen nicht, und auch bei den Malen zuvor war er nicht allzu akkurat vorgegangen. Die Bartstoppeln übersäten das Gesicht in den unterschiedlichsten Ausprägungen und Längen.

Marcel inspizierte Vorgarten und Hauseingang mit misstrauischen Blicken. Im Haus angelangt, stieß er wortlos die Türen im Erdgeschoss auf und spähte in jeden Raum. Will dirigierte ihn an den Küchentisch, wo er zögerlich Platz nahm. Der Informant schien kein gesteigertes Interesse an einer gepflegten Kommunikation zu haben. Er nuschelte nur kurz »Hallo« und baute ohne weiteren Kommentar den Laptop auf. So sah also der Typ aus, der es geschafft hatte, die Datenbanken der Spielervermittlermafia zu hacken, und seitdem Hannah Wollenberg mit Informationen fütterte.

Die Kommissarin musterte den Mann, während dieser konzentriert auf den Bildschirm starrte und ein paar Befehle in die Tastatur hämmerte. Will grübelte, wie es der Journalistin wohl gelungen war, zu ihm vorzudringen. Er war mit Sicherheit niemand, der anderen Menschen schnell Vertrauen entgegenbrachte. Will sagte nichts, ließ ihn in aller Ruhe sein Ding machen, doch sie tat etwas, was seinen mürrischen Blick aufhellte: Sie holte zwei Red-Bull-Dosen aus dem Kühlschrank und stellte sie auf den Tisch.

»Danke«, schoss es aus Marcels Mund. Dann war sein Blick wieder auf den Bildschirm gerichtet. Zwischen zwei Tastenbefehlen griff er blind nach einer der beiden Dosen und klopfte zwei Mal auf den Verschluss, bevor er an der Metalllasche zog. Ein kurzes Zischen – schon setzte er die Dose an den Mund.

Will betrachtete Marcel nachdenklich, während dieser beinahe die gesamte Dose exte.

»Frau Wollenberg hat mir erzählt, dass Sie einiges über Transfergeschichten herausgefunden haben.« Will sah kurz zu der Journalistin, die neben Marcel saß und sich betont zurückhielt.

»Kann man so sagen.« Das waren immerhin vier Wörter und somit genauso viele, wie Marcel seit seiner Ankunft von sich gegeben hatte. Das konnte ein langatmiger Vormittag werden.

»Gut. Mir geht es in erster Linie um Paul Wernecke. Welche Rolle hat er gespielt?«, lenkte die Kommissarin das Gespräch ohne weitere Umschweife auf ihr Hauptaugenmerk. Will hasste Gespräche, die sich wie Kaugummi in die Länge zogen. Doch sie sollte sich gewaltig irren, denn sobald das Thema konkret wurde, plapperte Marcel wie ein Wasserfall.

»Paul Wernecke. Okay, gut. Er arbeitet seit einiger Zeit als Spielervermittler. Vor allem für ›Nolimits‹. Na ja, arbeiten ist vielleicht etwas übertrieben.«

Will zog die Augenbraue fragend nach oben.

»Er war eher so etwas wie ein Strohmann. Jemand, der Geschäfte vor Ort abwickelt und Geld über seine Konten transferiert. Aber nur als Zwischenstation. Dann landet es in irgendeinem Steuerparadies – auf Malta, den Bahamas, Jersey oder wo auch immer.«

Will fertigte eifrig Notizen. Was Marcel sagte, erinnerte sie ein wenig an einen Fall, den sie vor ein paar Jahren zu lösen hatte. Damals war es um ein mexikanisches Drogenkartell gegangen, das Mittel und Wege gesucht hatte, schmutziges Geld in einen Vergnügungspark im Frankfurter Stadtwald zu investieren.

»Es geht immer darum, den künftigen Spielmacher mit Zauberfüßchen oder einen Stürmer mit eingebauter Tormaschine zu finden. Dann muss man ihn möglichst gewinnbringend zu einem großen Club transferieren. So auch beim Transfer von Niko Glasnic zur Eintracht.«

»Glasnic?«

»Keine Sorge, ist nicht schlimm, wenn Ihnen das nichts sagt. Den muss man nicht kennen. Noch nicht. Er ist so was wie eine Wette auf die Zukunft. Der junge Mann ist gerade mal achtzehn, kommt aus dem serbischen Niemandsland. Aber er kann vor allem eines: irre gut kicken. Ein super Techniker. Könnte mal ein ganz Großer werden.«

»Wo ist dann das Problem?«, fragte Will. Für sie war die Fußballwelt ganz einfach. »Irgendein Scout entdeckt ein Talent. Dann kommt ein großer Verein und winkt mit einem Vertrag.«

Marcel schmunzelte.

»So einfach ist die Welt aber nicht. Glasnic wechselte von einem Verein auf Zypern zur Eintracht. Der zyprische Verein hatte ihn wenige Tage vorher von Glasnics serbischem Stammverein gekauft und mit einem Fünfjahresvertrag ausgestattet. Aber das war nur zum Schein – eigentlich sollte er sofort an die Eintracht transferiert werden.«

»Warum dann dieser Umweg? Das macht doch keinen Sinn?«, fragte Will skeptisch.

»Sein Stammverein hatte sämtliche Transferrechte vor ein paar Jahren an ›Nolimits‹ verkauft. Und die wollen nun Kasse machen. Also muss Glasnic ins Ausland verhökert werden. Firmensitz von ›Nolimits‹ ist Malta. Das Geld sollte über ein Schweizer Konto laufen.«

»Und?« Will begriff immer noch nicht, worauf das Ganze hinauslief.

»Die Eintracht würde so ein Geschäft niemals über ein Schweizer Konto abwickeln. Schon gar nicht mit einer Firma, deren Geschäftssitz auf Malta liegt. So kam der Club auf Zypern ins Spiel. Er kaufte Glasnic für zwei Millionen. Das Geld floss an ›Nolimits‹. Eine Woche später kaufte die Eintracht das Talent und zahlte die zwei Millionen an den zyprischen Club. Eingefädelt hat das offiziell Paul Wernecke. Natürlich kassierte er eine satte Provision.«

»Wenn ich das richtig verstanden habe«, hakte Will nach, »ist das Ganze für den zyprischen Club ein Nullsummenspiel. Was hat er von diesem Deal?«

»Er profitiert später«, sagte Marcel und drehte den Laptop zu Will. »Hier ist der Vertrag. Sehen Sie sich die Klausel Nr. 10 mal genauer an. Die Zyprioten erhalten bei einem Weiterverkauf die Hälfte. Mindestverkaufspreis: drei Millionen. Ergebnis: eine

Menge Kohle versickerte im Nirgendwo. Als Strohmann für ›Nolimits‹ hat Wernecke den Vertrag unterzeichnet.«

»Interessant«, kommentierte Will und sinnierte darüber, wie und warum ihr das alles bei der Lösung des Falls weiterhelfen sollte. Das interessierte doch eher das Finanzamt oder die FIFA – oder wer auch immer über solche Machenschaften richtete.

Marcel schien die Gedanken der Kommissarin erraten zu haben. »Wernecke wurde bislang von ›Nolimits‹ bestens entlohnt. Zumindest konnte er sich nicht beklagen. Und er hatte wirklich einen hohen Lebensstandard. Aber wie so oft wird es gefährlich, wenn man den Hals nicht voll genug bekommen kann. Es gibt Indizien dafür, dass er von ›Nolimits‹ mehr Geld haben wollte. Er drohte damit, andernfalls zur Konkurrenz zu wechseln und Firmeninterna mitzunehmen.«

Marcel griff zum Laptop, drehte ihn zu sich und klimperte auf den Tasten herum. Keine Minute später präsentierte er der Kommissarin einen gehackten E-Mail-Verkehr zwischen Wernecke und Obcharow. Als sie die geforderte Summe las, schlackerte Will mit den Ohren.

»Wer steckt hinter ›Nolimits‹?«, fragte Will, obwohl sie die Antwort wusste. Sie wollte testen, wie weit Marcel den Dschungel durchschaut hatte.

»Ein Typ namens Dimitri Obcharow. Ist so ein russischer Oligarch, der Wege sucht, sein Schwarzgeld zu waschen.«

***

Nachdem Wollenberg und Marcel das Haus in der Hohemarkstraße verlassen hatten, bereitete Will frischen Kaffee zu und schaltete das Radio ein. Sie nahm eine Schale aus dem Schrank, kippte Fertigmüsli hinein und schüttete den letzten Rest Milch darüber. Dann setzte sie sich an den Küchentisch und starrte auf die Stelle, an der noch vor wenigen Minuten Marcels Laptop gestanden hatte. Vertrackte Geschichte, schoss es ihr durch den Kopf. Immer noch konnte sie nicht glauben, was Managern und Spielervermittlern in ihrer Profitgier alles einfiel, um mit verschachtelten Finanztransaktionen Steuern zu sparen und

Schwarzgeld zu waschen. Aber warum sollte es im Fußball anders sein als in der Wirtschaft! Der Sport war längst nur noch ein Geschäft.

Will schob einen Löffel Müsli in den Mund. Die Körner knirschten zwischen ihren Zähnen. Nur mal angenommen, Paul Wernecke hätte tatsächlich Geschäfte auf eigene Rechnung gemacht oder versucht, Obcharow auszunehmen. Dann hätte er sich auf ein gefährliches Spiel eingelassen und möglicherweise zu hoch gepokert. Mit Obcharow war nicht gut Kirschen essen. So jemand war auf der einen Seite ein Mann für die gepflegte Konversation, garniert mit jeder Menge vordergründig gespielter Verbindlichkeit. Auf der anderen Seite konnte er gnadenlos eigene Geschäftsinteressen verfolgen und scheute bestimmt nicht davor zurück, über Leichen zu gehen. Will aß noch drei, vier Löffel Müsli und trank anschließend die Kaffeetasse zur Hälfte leer. Beim Einräumen des Geschirrs in die Spülmaschine kam ihr ein Gedanke: Wenn Obcharow hinter dem Mord steckte, könnte er doch auch einer der Insassen der schwarzen Limousine gewesen sein, die Franky beobachtet hatte. Nicht unbedingt zwingend, aber möglich. Sie schnappte Tasche und Autoschlüssel und fuhr ins Präsidium.

***

»Hey Franky!« Hannah versuchte, möglichst ungezwungen zu klingen. Sie hatte Marcel zum Bahnhof begleitet, wo dieser in den ICE nach Paris eingestiegen war. Danach hatte sie zu Hause den Roller geholt und war in die Nordweststadt gefahren. Sie war völlig übermüdet und brauchte dringend Schlaf. Aber sie hatte Franky schon gestern hängen gelassen.

Franky drehte sich nur für ein kurzes »Hallo« um. Dann wandte er sich wieder den Zigarettenpackungen zu, die er ins Verkaufsregal sortierte. »Wolltest du nicht gestern vorbeikommen?«

»Ja, das stimmt. Aber dann hatte ich einen Termin.«

»Den ganzen Tag?«

»Mein Informant war wieder da. Und er braucht Aufmerksamkeit.«

»So. Braucht er das …!« Es war mehr eine Feststellung denn eine Frage, laut hinausgeschleudert wie die Salve eines Maschinengewehrs. Im gleichen Intervall wie die Wörter flogen die Zigarettenpackungen ins Regal. Franky war angefressen und das wollte er Hannah spüren lassen.

»Es tut mir wirklich leid. Aber nun bin ich ja da.«

Franky riss wortlos den nächsten Karton auf.

»Jetzt hör mal mit den dämlichen Zigaretten auf!«, fauchte Hannah.

Franky drehte sich um. Eine Packung hielt er noch immer in der Hand.

»Ich will dir mal was sagen!«, donnerte er. »Du magst diese Packungen für dämlich halten. Ich bestreite damit meinen Lebensunterhalt. Und das ist schwer verdientes Geld. Auch wenn ich dafür nur hinter dem Tresen eines Wasserhäuschens stehe.«

Franky war wütend. Aber warum? Hannah verstand seine Reaktion nicht. Sie hatte nie ein geringschätziges Wort über seine Arbeit verloren.

»Hast du 'nen Kaffee?« Hannah versuchte es mit einem Lächeln. Und das klappte.

»Klar.« Franky stellte den Karton ab und schob geschäftsmäßig zwei Becher unter den Kaffeeautomaten.

»Und ein wenig Zeit?«

»Für liebe Kunden immer«, blaffte Franky. »Du weißt ja, wo Milch und Zucker stehen.«

»Habe ich jemals etwas Geringschätziges über deine Arbeit gesagt?«, fragte Hannah, als sie unter einem der Sonnenschirme standen.

»Nein …«, druckste Franky herum.

»Wie kommst du dann auf solche Gedanken?«

»Nur so ein Gefühl.«

Zwei Kinder bogen um die Ecke. Sie stürmten zur Eiskarte.

»Moment mal«, sagte Franky und ging zur Eisbox. Hannah wurde das Gefühl nicht los, dass er froh war, ihre Frage nicht beantworten zu müssen.

»Was wollt ihr denn?«

»Zwei Wassereis. Waldmeister, bitte.«

Franky wühlte zwei grüne Stangen hervor und kassierte das Geld. Die beiden zogen vergnügt von dannen.

»Sieh mal, du bist auf der Spur der ganz großen Story. Das ist deine Chance, das habe ich ja verstanden. Aber du spielst mit allen Mitteln. Lässt dich auf Spiele ein, deren Regeln du nicht kennst. Das ärgert mich.«

»Was soll das heißen, ich spiele mit allen Mitteln?«

»Als du Wernecke getroffen hast, da wolltest du mit ihm reden. Und dann hast du die ganze Nacht mit ihm verbracht. Und nun die Sache mit deinem Informanten …«

»Woher weißt du das?«, stieß Hannah entrüstet aus.

Franky umklammerte mit gesenktem Blick den Kaffeebecher.

»Woher weißt du das?«, setzte Hannah resolut nach.

»Sieh mal …«, stotterte Franky verlegen. »Wir hatten darüber gesprochen, dass du dich mit diesem schmierigen Spielervermittler triffst. Mir war das nicht ganz geheuer … Ich dachte eben … na ja, was ist, wenn … es gefährlich wird …«, stammelte Franky.

»Du hast mir hinterherspioniert!« Hannah war fassungslos. »Das glaube ich jetzt nicht!«

»Das ist ein böses Wort. Ich wollte doch nur … dich beschützen.«

Hannah starrte Franky an, der wie ein begossener Pudel vor ihr stand. Einerseits war es rührend, wie er sich um sie sorgte, andererseits auch beängstigend. Es wäre völlig in Ordnung gewesen, wenn sie es vorher miteinander abgesprochen hätten. Aber so ein Alleingang …

»Wie lange?«

»Was meinst du damit?«

»Wie lange hast du uns beobachtet?«

Franky verzog unbeholfen das Gesicht und brachte kein Wort mehr heraus.

»Du brauchst nicht zu antworten!«, sagte Hannah. Sie wusste längst Bescheid: »Die ganze Nacht mit ihm verbracht«, hatte Franky vorhin gesagt. Das ließ nur den Schluss zu, dass er sie bis zum Morgengrauen observiert hatte. Im »Blauen Wasser«, im »Adlib« und dann noch vor Wernecke Wohnung. Franky war ihnen hinterhergefahren. Hannah war unsagbar wütend.

»Wo ist die Speicherkarte?«, fragte sie schroff.

»Die hab' ich momentan leider nicht.«

»Machst du jetzt einen auf beleidigte Leberwurst?«

»Nein. Ich habe Sie verliehen. Morgen kannst du sie haben.«

Das wurde ja immer schöner, dachte Hannah. »Verliehen? An wen?«

»An Lara.«

»Lara?«

»Werneckes Freundin. Sie wollte nachschauen, ob da private Dinge drauf sind. Fotos und so. Meinst du, dass das ein Fehler war?«

»Ach, was weiß ich!«, fauchte Hannah. Sie hatte nun endgültig genug. »Ruf mich einfach an, wenn du sie zurückhast.« Sie wandte sich zum Gehen, allerdings nicht ohne hinzuzusetzen: »Falls du sie zurückbekommst.«

Missmutig setzte Hannah den Motorradhelm auf. Bei der Rückfahrt mit dem Roller gingen ihr tausend Gedanken durch den Kopf. Franky hatte sich in sie verguckt, so viel stand fest. Und er war ganz offensichtlich eifersüchtig. In jedem Fall auf Wernecke, vermutlich auch auf Marcel. Deshalb hing er wie eine Klette an ihr. Deswegen versuchte er, sie zu beschützen. Aber wie weit reichte seine Fürsorglichkeit, seine Eifersucht?

Würde er dafür auch töten?

Das war eigentlich unvorstellbar. Andererseits waren Emotionen oft ein Auslöser ganz schlechter Handlungen. Wie viele Morde wurden aus blinder Eifersucht begangen! Nicht nur in der Literatur.

Hannah war froh, ohne Verkehrsunfall nach Hause gekommen zu sein.

***

Am Nachmittag fand Julia Will endlich Zeit, Tom Bohlan anzurufen. Als sie seine Handynummer wählte, hatte sie wenig Hoffnung, dass er abnehmen würde. Bestimmt lungerte er irgendwo am Wannsee herum oder trank in einer Grunewald-Kneipe eine Berliner Weiße. Doch weit gefehlt. Es tutete allenfalls drei Mal.

»Hey Julia! Schön, dich zu hören!«

»Tom? Du bist tatsächlich dran?«

»Wer sonst? Ich kann mir noch keinen Sekretär leisten.«

»Genießt du deine Tage?«

»Ja. Heute Nachmittag inspiziere ich den Ku'damm. Altes Westberlin. Eigentlich wollte ich einen Kaffee im ›Kranzler‹ trinken, aber das ist auch nicht mehr, was es einmal war. Stell dir vor, von dem schönen Café ist nichts übrig geblieben. Unten gibt's Klamotten und auf dem Dach eine Kaffeebar oder so was. Aber deswegen rufst du ja nicht an ...«

Nein, deswegen rief Will tatsächlich nicht an. Sie berichtete in kurzen Zügen über den aktuellen Stand der Ermittlungen. Bohlan hörte geduldig zu, fragte an der einen oder anderen Stelle nach. Als sie auf Hannah Wollenbergs dubiosen Informanten zu sprechen kam, wurde er hellhörig.

»Was ist das für ein Typ, dieser Marcel?«

»Etwas nebulös. Eine merkwürdige Mischung aus Nerd und Fußballfan.« Will hatte vor dem Telefonat versucht, etwas über Marcel zu recherchieren – ein Unterfangen, das sich als ziemlich aussichtslos herausstellte. Schließlich wusste sie noch nicht einmal seinen richtigen Namen. Und Hannahs Angaben waren auch mehr als dürftig. Immerhin hatte sie ein paar Dinge darüber recherchiert, wie man möglichst anonym leben konnte.

»Wo wohnt er? Von was lebt er?«, hakte Bohlan nach.

»Er hat etwas von einem Phantom. Wo er gemeldet ist? Keine Ahnung. Wenn man Hannah glaubt, hat er eine Geschäftsadresse in New York, aber ich bin noch nicht mal sicher, ob das stimmt. Er will unter allen Umständen anonym bleiben.«

»New York?«

»Ja, aber das hat nichts zu sagen. Die könnte auch in Paris, Rom oder sonst wo sein.«

»Wie geht das?«

»Briefkastenwohnsitz. So was geht heute auch digital. Du mietest eine Adresse mit Mailaccount und sogar mit Telefonnummer. Alles, was dort eingeht, wird eingescannt und auf deine eigentliche Mailadresse umgeleitet. Egal ob Brief, Mail oder Päckchen. Alles ist möglich.«

»Ist das legal?«, fragte Bohlan.

»Solange du es nicht für Geldwäsche oder Steuertricks nutzt, schon. Ist doch praktisch! Du lebst zum Beispiel irgendwo im Off, hast aber eine Adresse in New York City. Viele Freiberufler oder digitale Nomaden machen das so. Das System gewährleistet hohe Anonymität.«

»Also kein Ansatzpunkt?«

»Nicht wirklich.«

»Du, ich muss Schluss machen«, sagte Bohlan, »ich bin gleich mit Tamara verabredet. Wir wollen noch was essen.«

»Wann kommst du eigentlich zurück?«, fragte Will.

»Morgen.«

Will wollte noch etwas erwidern, doch Bohlan hatte das Gespräch beendet. Die Kommissarin blieb nachdenklich an ihrem Schreibtisch sitzen. Hätte sie in Sachen Marcel hartnäckiger sein sollen? Hatte sie ihm vorschnell weitgehende Anonymität zugesichert? Andererseits hatte er sich bislang keineswegs verdächtig gemacht, wenn man von seinem offensichtlichen Verfolgungswahn absah. Und mögliche Tatverdächtige gab es genug. Sie verdrängte den Gedanken an Marcel und rüttelte an der Computermaus. Mal sehen, was der Mailaccount so hergibt, dachte die Kommissarin. Im selben Moment, in dem der Bildschirm ansprang, polterte Steinbrecher ins Zimmer.

»Interessiert an der Halterabfrage?!«

Will sah Steinbrecher fragend an.

»Der Wagen. Dunkler Mercedes. Tatort. Drei Männer. Du erinnerst dich?«

Mit einem Schlag fiel Will wieder Frankys Foto ein.

»Ja, natürlich! Ich war in Gedanken woanders.«

Steinbrecher ließ sich wie ein nasser Sack auf seinen Stuhl fallen.

»Und?«, fragte Will nun ganz ungeduldig.

»Tja, das Kennzeichen gehört zu einem geklauten Golf. Baujahr 95. Wurde vor einem Monat als gestohlen gemeldet.«

Shit!, dachte Will. Wieder eine Spur, die in einer Sackgasse endete. Es war zum Verzweifeln.

»Was ist eigentlich mit Werneckes Wagen?«

»Ein brauner Porsche Cayenne. Der stand tatsächlich immer noch am Osthafen, kaum zwanzig Meter vom ›Blauen Wasser‹ entfernt. Ich habe ihn sicherstellen lassen. Er wird gerade von unseren Technikern gecheckt. Allerdings habe ich wenig Hoffnung, dass die irgendetwas Verwertbares finden. Der Wagen war leer und sehr aufgeräumt.«

»Dann warten wir mal ab«, sagte Will lakonisch. Die Sache mit dem geklauten Golf interessierte sie deutlich mehr.

»Wenn das Nummernschild zu einem geklauten Golf gehört, nun aber an einem dunklen Mercedes klebt, kann das nur eines bedeuten: Jemand hat den Golf geklaut, um sein eigenes Fahrzeug zu frisieren.«

»So sieht's wohl aus«, sagte Steinbrecher.

Will schaute zum Whiteboard und ließ ihren Blick von Foto zu Foto wandern. »Ehrlich gesagt fällt mir nur eine Person ein, der ich so etwas zutrauen würde.«

Steinbrecher folgte Wills Blick. »Obcharow«, sagte er und sprach damit aus, was Will dachte.

Die Kommissarin nickte.

»Allerdings ist die Frage, ob er so etwas wirklich selbst macht oder jemanden damit beauftragt.«

»Da hast du natürlich recht. Es gibt aber eine Möglichkeit, das herauszufinden«, sagte Will und nahm Obcharows Foto vom Whiteboard.

12.

Am nächsten Tag tauchte Will bei Frankys Wasserhäuschen auf und präsentierte ihm mehrere Fotos. Sie hatte Obcharows Foto mit Ausdrucken aus der Verbrecherdatei gemischt. Franky blätterte die Bilder durch wie die Karten eines Quartetts und musterte die Gesichter. Nachdem er alle angeschaut hatte, zog er eines der Fotos heraus.

»Das ist einer der Männer, die in der Nacht vor Werneckes Wohnung gewartet hatten.«

»Sicher?«, fragte Will.«

»Kein Zweifel!«, bestätigte Franky.

Will sammelte die Fotos zusammen. Das von Obcharow legte sie oben auf den Stapel.

»Wer ist das?«, fragte Franky mit zusammengekniffenen Augen.

»Ein Spielervermittler«, erwiderte Will und lenkte das Gespräch in eine andere Richtung: »Woher kennen Sie eigentlich Lara Guth?«

»Lara wer?«, entgegnete Franky.

»Jetzt tun Sie nicht so«, schnaubte Will. »Sie wissen genau, wen ich meine. Klein, blond, ziemlich hübsch und die Freundin von Wernecke.«

Franky wirkte einen Moment lang konsterniert. Damit hatte er wohl nicht gerechnet, dachte Will. Jetzt muss er sich schnell etwas einfallen lassen. Oder am besten die Wahrheit sagen.

»Sie ist die Enkelin von Papas bestem Kumpel. Ich kenn' die schon ewig. Schon als sie ganz klein war«, räumte Franky ein. Um seine Angabe zu untermauern, hielt er die rechte Hand beinahe in Kniehöhe.

»Und warum haben Sie mir das nicht gesagt?«

»Sie haben nicht danach gefragt. Ich wusste nicht, dass das wichtig ist.«

»Es ist immerhin eine weitere Verbindung zwischen Ihnen und Wernecke.«

»Okay, vielleicht habe ich eben ein wenig geflunkert. Ich war schon froh, dass Sie nicht nach ihr gefragt hatten. Warum hätte ich das freiwillig erzählen sollen? Woher wissen Sie überhaupt, dass ich sie kenne?«

Natürlich hätte Will irgendwas von Ermittlungsgeheimnis faseln oder auf ihren Spürsinn verweisen können, doch warum sollte sie lügen? »Erinnern Sie sich an meinen letzten Besuch?«

Franky dachte einen Moment nach.

»Klaro.«

»Ich saß gerade im Auto, da bog Lara um die Ecke. Dann haben Sie lange mit ihr hier gestanden und debattiert.«

»Stimmt!«, entfuhr es Franky.

»Um was ging es denn?«, setzte Will nach.

»Nichts Besonderes«, wiegelte Franky ab. »Sie ist momentan nicht allzu gut drauf. Das muss man doch verstehen, nach allem, was passiert ist. Ein wenig Zuspruch tut ihr gut.«

Will nickte. Alles, was Franky sagte, klang plausibel. Zumindest nicht völlig aus der Luft gegriffen.

»Von ihr wussten Sie auch über Wernecke Bescheid, stimmt's?«

»Ja, das stimmt. Sie hat davon erzählt, dass ihr neuer Freund als Spielervermittler arbeitet. Sie war stolz darauf. Und sie dachte auch, dass mir das gefällt.«

»Hat es aber nicht?«

»Nein, ganz und gar nicht.«

»Haben Sie ihr das gesagt?«

»Natürlich nicht.«

»Warum nicht?«

»Das hätte sie nicht verstanden. Sie war so in ihn verliebt.«

»Und die Sache mit Wernecke und Hannah Wollenberg?«

Ein leichtes Zucken zog durch Frankys Gesicht. »Nein, auch nicht. Um Gottes willen.«

Will klemmte den Kugelschreiber an ihr Notizbuch und steckte beides zusammen mit den Fotos in die Tasche.

»Und nun?«, fragte Franky neugierig.

»Jetzt lösen wir den Fall.«

Auf der Fahrt zurück ins Präsidium telefonierte Will mit Dr. Spichal. Zuvor hatte sie über Obcharow, die russische Mafia und

Foltermethoden nachgedacht. Wenn Wernecke den Oligarchen tatsächlich austricksen wollte und Obcharow davon Wind bekommen hatte, war er mit Sicherheit wütend und unberechenbar geworden.

»Werneckes Körper weist Würgemale am Hals auf«, begann die Kommissarin. »Könnte das zusammen mit dem verschluckten Badewasser auf Folter hindeuten?«

Am anderen Ende der Leitung herrschte Stille. Vermutlich nippte Dr. Spichal gerade an seinem Tee.

»Waterboarding zum Beispiel«, setzte Will nach.

Das Klimpern eines Löffels verriet, dass der Rechtsmediziner tatsächlich Tee trank. »Von Folter hast du wenig Ahnung, stimmt's?«

»Wie meinst du das?«

»Waterboarding hinterlässt keinerlei körperliche Spuren. Es löst psychischen Stress aus, aktiviert allerlei Urängste.«

Will war irritiert. Unter Waterboarding hatte sie sich bislang immer vorgestellt, dass jemand mit Gewalt unter Wasser gedrückt wurde.

»Das Einzige, was man zum Waterboarding benötigt, ist ein Handtuch oder einen Lappen und eine schräg gestellte Bank«, führte Dr. Spichal aus. »Das Opfer wird mit dem Kopf nach unten auf der Bank fixiert, den Lappen legt man ihm über das Gesicht. Und dann wird Wasser auf den Lappen geträufelt. Das Wasser darf weder eingeatmet noch geschluckt werden. Das Opfer versucht instinktiv, Luft zu holen. Es fühlt sich wie unter Wasser, aber doch irgendwie anders. In einer ersten Reaktion versucht es, die Luft anzuhalten. Doch das klappt nicht.«

»Wie lange dauert so was denn?«, wollte Will wissen.

»Die meisten halten nur ein paar Minuten durch, bevor sie alles gestehen.«

»Mmh …«, sagte Will nachdenklich.

»Habe ich jetzt deine Theorie zerstört?«

»Gewissermaßen.«

»Man kann jemanden aber auch immer wieder unter Wasser drücken, bis er erstickt«, setzte Dr. Spichal nach, als wollte er Wills Theorie retten.

»Wie beim Tunken im Schwimmbad«, bemerkte Will.

»Genau, nur mit tödlichem Ausgang.«

Also doch kein Unfall, dachte Will. Und auch nicht das Ergebnis irgendwelcher Sexspielchen. In Gedanken sah die Kommissarin Obcharow, wie er – schäumend vor Wut – Werneckes Kopf abwechselnd unter Wasser drückte und anschrie. Der Spielervermittler starrte seinen Peiniger mit aufgerissenen Augen angsterfüllt an.

»Bist du noch dran?«

»Ja, klar«, sagte Will. »Bislang haben wir vermutet, dass Wernecke bei irgendwelchen Sexspielen ertrunken sein könnte. Jetzt glaube ich eher, dass er ertränkt wurde.«

»Gut möglich. Aus rechtsmedizinischer Sicht spricht nichts dagegen. Die Würgemale könnten durchaus auch dadurch entstanden sein.«

»Was hältst du denn für wahrscheinlicher?«

»Schwer zu sagen«, sagte Dr. Spichal nachdenklich. »Beide Tathergänge sind möglich. Die Hautfetzen unter Werneckes Fingernägeln sprechen eindeutig für einen Kampf. Oder zumindest Gegenwehr. Aber es ist durchaus möglich, dass das eine nichts mit dem anderen zu tun hat.«

»Stimmt«, pflichtete Will bei. »Erst hatten Wernecke und Hannah Sex in der Wanne. Später kam es zur Tötung durch Obcharow oder seine Kumpane. Kann man denn aus den Würgemalen irgendwelche Rückschlüsse ziehen?«

»Du meinst, ob man sie einer bestimmten Person zuordnen kann?«

»Genau.«

»Das ist schwer. Sie weisen eine gewisse Intensität auf, was für Männerhände sprechen könnte. Aber mit Sicherheit kann ich das nicht sagen.«

Julia Will drückte das Telefonat weg. Sofort schaltete die Anlage des Autos auf Hessen Radio um. Sommerhit reihte sich an Sommerhit. Zwischendurch wurde irgendein Jingle gesendet. Will war das egal. Sie hatte das Faltdach ganz offen. Die Sonne flutete das Wageninnere, und der Fahrtwind wirbelte ihr Haar durcheinander. Sie nutzte die Wartepause vor einer roten Ampel auf der Eschersheimer, um ihre Mähne mit einem Haargummi zu bändigen.

Im Präsidium traf sie auf die Stones. Gerade als sie sich um den Besprechungstisch versammelten, klingelte Wills Telefon. Am anderen Ende der Leitung war Bohlan.

»Hey Tom, wie geht's?«

»Schlecht. Ich wollte längst im Flieger sitzen. Stattdessen hänge ich seit einer halben Stunde im Boardingbereich rum. Der Flug hat Verspätung.«

»Mit wem fliegst du denn?«

»So ein Billiganbieter.«

»Kein Wunder«, lachte Will.

»Ich find's überhaupt nicht lustig!«, bellte Bohlan zurück und wechselte sogleich das Thema: »Wie läuft's bei euch?«

»Ich denke, wir sind auf der Zielgeraden. Warte mal, ich schalte auf laut, dann können alle mithören.«

Will tippte auf das Display und legte ihr Handy in die Tischmitte.

»Ich war heute Morgen noch mal bei Franky«, begann Will und sprach dabei lauter als gewöhnlich. Sie wollte sichergehen, dass Bohlan auch über die Telefonverbindung alles mitbekam. »Er hat Obcharow erkannt. Nach Frankys Angaben war er es, der in der Nacht mit zwei seiner Männer vor Werneckes Haus gestanden hat. Sie haben gewartet, bis Hannah Wollenberg ins Taxi gestiegen war und dann bei Wernecke geklingelt.«

»Na wunderbar«, entfuhr es Steininger, »dann ist doch alles klar, oder?«

»Schon«, sagte Will und klang dabei wenig überzeugt.

»Aber du zweifelst noch?«, krächzte Bohlans Stimme aus dem Handylautsprecher.

»Nicht direkt. Es gibt einen Umstand, der mir zu denken gibt.«

»Und der wäre?«

»Franky ist seit Langem mit Lara Guth bekannt.«

»Das ist in der Tat ein interessanter Aspekt«, entfuhr es Steinbrecher. »Woher weißt du das?«

»Ich habe sie neulich zusammen gesehen und ihn heute damit konfrontiert.«

»Und?«

»Franky hat es sofort eingeräumt. Sie ist die Enkelin des besten Freundes seines Vaters. Wenn nicht die Sache mit Obcharow wäre, müssten wir diese Spur als Erstes verfolgen, oder?!«

»Warum?«, wollte Bohlan wissen.

»Franky hat sich in Hannah Wollenberg verliebt. Er hat sie und Wernecke den ganzen Abend beobachtet. Hat sogar vor Werneckes Haus gewartet, bis Wollenberg gegangen ist. Eifersucht ist ein erstklassiges Mordmotiv. Und Lara Guth als gehörnte Freundin hätte auch eines. Gut möglich also, dass sich die beiden zusammentun, noch dazu, wo Lara selbstredend einen Schlüssel zum ›Citybeach‹ hat. Somit wäre es für beide ein Leichtes, Werneckes Leiche in den Pool zu schaffen.«

Die Schlüssigkeit ihrer Argumentation überraschte selbst die Kommissarin.

Nach einiger Zeit meldete sich Bohlans Stimme aus dem Handy.

»Seid ihr noch da, oder was ist los?«

»Ja, wir sitzen alle noch am Tisch, in dessen Mitte du liegst«, sagte Will.

»Haha! Sehr witzig. Aber im Ernst, warum hast du Franky nicht verhaftet?«

»Weil ich vermute, dass er die Wahrheit sagt«, erwiderte Will. »Ich traue ihm keinen Mord zu. Warum auch immer. Trotz dieser Verquickungen halte ich die Spur, die zu Obcharow führt, für wahrscheinlicher.«

»Und dennoch zweifelst du!«

»Ja. Es scheint zu perfekt: Ein skrupelloser russischer Oligarch läuft mit seinen Häschern auf. Foltert seinen Gegenspieler, bis er tot ist. Und zum Abschluss legt er dessen Leiche in einem Pool ab. Wahrscheinlich als Warnung für alle anderen.«

»Das perfekte Schwarz-Weiß-Schema«, bestätigte Steininger. »Der böse Russe, der das ganze System korrumpiert. Ist wie beim

Doping. Alle anderen sind sauber.«

»So betrachtet sind alle Klischees erfüllt. Aber manchmal ist die Welt, wie sie ist«, bemerkte Steinbrecher lapidar. »Warum auch hätten Franky und Lara die Leiche ins ›Citybeach‹ schaffen sollen?«

»Warum sollte Obcharow es tun?«, krächzte Bohlan.

»Was würdest du denn an unserer Stelle machen?«, wollte Will wissen. Das Rumphilosophieren nervte sie mittlerweile.

»Fahr los und verhafte Obcharow!«, erwiderte Bohlan mit fester Stimme. »Er wird seine Gründe gehabt haben, die Leiche in den Pool zu bringen. Ah, es scheint hier weiterzugehen. Möglicherweise können wir demnächst ins Flugzeug.«

Will schaute von Steinbrecher zu Steininger und zurück.

»Also, los!«, entfuhr es Steininger. »Ihr habt gehört, was der Chef gesagt hat.«

Chef? So sah die Sache also aus, dachte Will. Sie rannte sich hier in Frankfurt die Füße wund und die Kollegen warteten nur auf eine Anweisung von Bohlan! Natürlich hatte sie Tom immer auf dem Laufenden gehalten und die Ermittlungen mit ihm abgestimmt. Aber wer machte denn die Arbeit vor Ort? Und Jan schien ihr nicht viel zuzutrauen. Das waren ja schöne Aussichten für die Zukunft. Und überhaupt: Wenn Tom Bohlan tatsächlich Gerdings Stelle übernehmen und Leiter der Mordkommission werde sollte, wer hätte im Team dann das Sagen? Diese Frage hatte bislang niemand thematisiert. Und doch war Will wie selbstverständlich davon ausgegangen, dass sie es sein würde. Doch ohne Rückhalt von den Stones hätte sie einen schwierigen Stand. Sie hatte immer gedacht, dass die anderen Respekt vor ihr hätten. Jetzt sah es so aus, als müsste sie ihn sich erst noch verdienen. Diese Schlussfolgerung verleitete sie zu einer folgenschweren Entscheidung.

»Ich hätte gerne zwei Dinge vorher geklärt«, sagte sie.

»Und die wären?«, fragte Steininger zurück.

»Walter klärt ab, wem das ›Citybeach‹ gehört. Und du, Jan, fährst zu Franky und observierst ihn.

»Warum denn das?!«, brauste Steininger auf. »Was soll das bringen?«

»Weil ich es so will. Ich fahre voraus und fühle Obcharow auf den Zahn. Walter kommt nach, sobald das mit dem ›Citybeach‹ klar ist.«

»Ist das wirklich eine gute Idee?«, fragte Steininger.

»Ja, ist es. Was soll schon passieren, wenn ich mich mit einem russischen Oligarchen unterhalte?«

»Er könnte zudringlich werden«, blaffte Steinbrecher.

»Das letzte Mal war er durchaus zivilisiert. Und gegen ein paar Anzüglichkeiten werde ich mich schon erwehren können.« Wills Stimme blieb trotz ihres Ärgers fest. Sie wollte sich keine Blöße geben und unmissverständlich klarstellen, wer die Richtung der Ermittlungen vorgab. Genau aus diesem Grund fügte sie süffisant hinzu: »Und außerdem habe ich euch als Backup.«

»Aber warum soll ich zu Lautenschläger?« Steininger schien die ihm zugewiesene Rolle überhaupt nicht zu gefallen. »Du hast doch selbst vorhin gesagt, dass du ihm einen Mord nicht zutraust.«

»Tue ich auch nicht. Aber ich möchte einfach sichergehen. Noch Fragen?«

Keiner sagte etwas. Steininger schob pikiert die Blätter zusammen, die vor ihm lagen. Steinbrecher machte sich am Computer zu schaffen, und Will schnappte ihre Handtasche.

***

»Sie haben recht«, sagte Dimitri Obcharow mit einem schiefen Lächeln. Die Kommissarin hatte den Oligarchen unverblümt mit ihrer Vermutung konfrontiert und eigentlich mit einer ordentlichen Gegenwehr gerechnet.

»Ich habe Wernecke töten lassen. Und er hatte es mehr als verdient.«

Der Russe drehte Will den Rücken zu und sah aus dem Fenster. Die Frankfurter Skyline grenzte sich heute nur in verschwommenen Konturen vom Himmel ab. Die Dunstglocke lag schwer auf der Mainmetropole, drückte Hitze und Abgase nach unten. Zwischen den Hochhäusern musste die Luft unerträglich sein. Ganz anders hier oben an den Hängen des Taunus. Vor dem Fenster erstreckte sich der weitläufige Park des Schlosshotels. Es folgten die Dächer der Vordertaunusgemeinden.

Obcharow drehte sich wieder zur Kommissarin um.

»Ich habe ihn gut bezahlt, diesen undankbaren Bastard. Was wäre er ohne mich gewesen? Einer von tausend Fitnesstrainern. Mit etwas Glück hätte er ein paar finanzstarke Klienten an Land gezogen. Aber alles Kleingeld im Vergleich zu dem, was er bei mir verdient hat. Doch er konnte den Hals nicht voll genug bekommen. Hat mich hintergangen. Diese armselige Kreatur hat ein paar Million Euro an mir vorbei in seinen Taschen verschwinden lassen.« Obcharow schüttelte den Kopf, als könnte er es immer noch nicht fassen. »Hat geglaubt, ich sei ein Idiot und würde das nicht merken.«

***

»Sind Sie sich ganz sicher?« Steinbrechers Stimme überschlug sich beinahe. Der Kommissar saß noch immer an seinem Schreibtisch und telefonierte mit dem Handelsregister.

»Wenn ich's doch sage. Das ›Citybeach‹ wird von einer international tätigen Investorengruppe betrieben, die zu einhundert Prozent der Familie Obcharow gehört. Formal gibt es natürlich eine eigenständige GmbH, aber alleiniger Gesellschafter ist Obcharows Familienimperium«, erläuterte die Dame vom Handelsregister am anderen Ende der Leitung.

»Können Sie auf die Schnelle herausfinden, ob Obcharow noch mehr Firmenbeteiligungen in Frankfurt besitzt?«

»Das lässt sich machen. Dauert ein paar Minuten.«

Steinbrecher vernahm deutlich das Klackern von Computertasten. Irgendwo im Hintergrund lief ein Radio. Dann meldete sich die Damenstimme zurück.

»Ja, es gibt noch eine Immobiliengesellschaft.«

»Können Sie sehen, welche Immobilien sie besitzt?«

»Das könnte die Grundbuchabteilung.«

»Hm ...«, stieß Steinbrecher aus.

»Aber eine Freundin von mir arbeitet dort. Ich frag' kurz mal an.«

Steinbrecher landete für einen Moment in der Wartschleife. Während die Zeit verstrich, starrte er sinnierend auf das Whiteboard. Das waren in der Tat interessante Informationen. Aber was bedeutete das für den Fall? Obcharow hatte jedenfalls alle Möglichkeiten, im »Citybeach« ein- und auszugehen. Vermutlich konnte er sich auch jederzeit Zugang zu den Videoaufzeichnungen verschaffen. Es wäre für ihn ein Leichtes, dort gespeicherte Daten zu löschen.

Sein Blick fiel auf Lara Guth. Spielte sie möglicherweise eine ganz andere Rolle als bislang vermutet? Hatte Wernecke sie zufällig im »Citybeach« kennengelernt? Oder war sie von Obcharow auf ihn angesetzt worden, um ihn besser unter Kontrolle halten zu können?

Ach was, ich schaue zu viele Agententhriller, dachte Steinbrecher und riss sich von Laras Gesicht los.

»Sind Sie noch dran?«

»Ja.«

»Gott sei Dank! Ich schaffe es nämlich regelmäßig, die Telefonanlage außer Gefecht zu setzen. Ich maile Ihnen die Liste zu.«

»Vielen Dank für die Informationen, Sie haben mir sehr weitergeholfen.«

***

Will starrte Obcharow schweigend in die Augen und versuchte, hart und eiskalt zugleich zu wirken. Ihr Gegenüber hatte längst die geschliffene Wortwahl abgelegt. Seine Ausdrucksweise entsprach nun dem Metier, in dem er sich bewegte: Mafia, Schmuggel, Drogen. Was auch immer.

Die armselige Kreatur bist du selbst, dachte Will. Dir geht es nur um Geld, Profit und das eigene Fortkommen. In deiner Welt stellt alles eine Ware dar, auch die Menschen, mit denen du dich umgibst. Prostitution, Organhandel und Spielervermittlung, alles ist nur eine moderne Form von Sklaverei. Aber damit ist jetzt

Schluss. Zumindest im Fall Dimitri Obcharow und »Nolimits«. Der Russe würde sich für den Mord vor einem deutschen Gericht verantworten müssen, das war klar. Und er würde lange hinter Schloss und Riegel verschwinden. Da würde ihn weder Putin noch ein einflussreicher Oligarch retten können.

»Ja, Sie haben mich überführt. Das war eine reife Leistung«, lobte Obcharow. »Sie sind eine kluge, attraktive Frau. Schade, dass Sie Ihre Fähigkeiten bei der Polizei verschwenden. Zu diesen miesen Arbeitsbedingungen, bei schlechtem Gehalt«, sagte Obcharow mit verächtlicher Stimme. »Wernecke hat sich an jenem Abend mit dieser Journalistin vergnügt. Zu dem Zeitpunkt habe ich zwar nicht gewusst, dass sie Journalistin ist, war aber auch egal. Sie war hübsch und attraktiv. Ich habe sie ihm gegönnt. Ich bin schließlich kein Unmensch. Wir haben vor seinem Haus gewartet, bis sie ihn verlassen hat. Dann sind wir rein und haben es auf unsere Art und Weise erledigt. Sie hätten Werneckes Überraschung sehen sollen. Der Typ empfing uns tatsächlich im Bademantel. Dachte wohl, die hübsche Journalistin käme noch einmal zurück.«

Wills Gedanken glitten ab. Sie tauchte in ein Gedankenkino ein, in dem die Szenen jener Nacht gezeigt wurden: Paul Wernecke im Bademantel, Obcharows Killer, wie sie ihn überwältigen und ins Badezimmer zerren. Die Wanne ist voll Wasser. Es riecht nach Badezusätzen, die Luft ist getränkt von Feuchtigkeit. Sie packen seinen Kopf. Wernecke schreit vor Angst, jammert und winselt. Sie bombardieren ihn mit Vorwürfen. Er streitet alles ab. Sie tauchen seinen Kopf ins Badewasser. Immer wieder raus und rein, bis er gesteht, Obcharow hintergangen zu haben. Sie durchkämmen die Wohnung, doch sie finden nicht, was sie suchen.

»Aber warum haben Sie ihn ins ›Citybeach‹ geschleppt? Sie hätten ihn doch einfach in der Wohnung liegen lassen können.«

Obcharow lächelte.

»Sie stellen gute Fragen. Ich könnte Ihnen jetzt sagen, dass ich es gemacht habe, um die Spuren zu verwischen oder eine falsche Fährte zu legen. Aber dann würde ich lügen, und das mache ich nur ungern. Nein, es sollte eine Warnung sein.«

»Eine Warnung? Für wen?«

»Es gibt in der Szene viele Neider. Und wer sich mit mir beschäftigt, weiß natürlich auch, dass mir das ›Citybeach‹ gehört. Sicherlich haben auch Sie das längst herausbekommen.«

Mist, dachte Will. Hätte sie doch Steinbrechers Ermittlungen abgewartet. Immerhin hatte sie den richtigen Riecher gehabt. Dennoch verlor sie für einen Moment die Kontrolle und versuchte, dies mit gespielter Lässigkeit zu übergehen.

»Ja, das macht durchaus Sinn.«

»Alles, was ich mache, macht Sinn!«

Dafür, dass der Russe demnächst ins Gefängnis wanderte, klang seine Stimme eine Spur zu überheblich, fuhr es Will plötzlich durch den Kopf. Hatte sie irgendetwas übersehen? War ihr etwas entgangen? Und vor allem: Wo blieb eigentlich Steinbrecher? Er sollte längst mit der Verstärkung vor Ort sein.

So langsam wusste sie nicht, wie sie Obcharow noch länger beschäftigen sollte. Sie überlegte, ob sie den Russen auf eigene Faust verhaften und zum Präsidium fahren sollte, verwarf diesen Gedanken aber. Er erschien ihr zu gewagt. Obcharow war stärker als sie. Er würde niemals freiwillig mitkommen. Fieberhaft versuchte die Kommissarin, ihre Gedanken zu ordnen. Doch dazu sollte es nicht mehr kommen.

***

Steinbrecher überflog die Liste der Immobilien, die er ausgedruckt hatte. Die meisten Adressen sagten ihm nichts – bei einer allerdings stutzte er: Die Günthersburgallee kam ihm nicht nur als Frankfurter Urgestein bekannt vor. Er hatte sie auch im Rahmen der laufenden Ermittlungen gehört, nur fiel ihm der Zusammenhang nicht sofort ein. Hektisch durchblätterte er die Akte von vorne nach hinten und wieder zurück. Die Zeit verstrich unaufhaltsam. Er konnte nicht ewig im Kommissariat zubringen, wenn er Julia Will mit Obcharow nicht alleine lassen wollte. Wenn er sich nur daran erinnern könnte, wo und wann war ihm die Adresse schon einmal unter die Augen gekommen?! Er blätterte ein letztes Mal durch den Aktenordner und blieb dann an der Notiz über die Befragung von Lara Guth hängen. Tatsächlich! Da stand es schwarz auf weiß: Sie wohnte in der Günthersburgallee. War das Zufall oder führte es bei der Lösung des Falls weiter? Werneckes Freundin arbeitete in einem Restaurant, das Obcharow gehörte, genauso wie die Wohnung, in der sie wohnte. Zufall war das nicht. Und vielleicht war es auch nicht ungewöhnlich, dass Obcharow seine Angestellten in eigenen Immobilien unterbrachte. Merkwürdig aber schon.

Steinbrecher ließ die aufgeschlagene Akte auf dem Tisch liegen und machte sich auf den Weg in die Tiefgarage des Polizeipräsidiums.

***

Jan Steininger verharrte eine gefühlte Ewigkeit hinter dem Lenkrad eines zivilen Polizeiautos. Er hatte die Fensterscheiben auf Fahrer- und Beifahrerseite heruntergekurbelt, um wenigstens etwas Durchzug zu haben. Aber bei fast dreißig Grad war das eher ein lachhafter Versuch. Zum Glück hatte er eine Flasche Wasser mitgenommen, sonst wäre er längst ausgetrocknet. Er griff nach der Flasche, die er im Fußraum des Beifahrersitzes abgestellt hatte, und trank den letzten Rest aus. Die lauwarme Brühe schmeckte abgestanden und fad. Vielleicht hätte er einen Teebeutel hineinhalten sollen. Steiningers Stimmung näherte sich dem Nullpunkt, und diese Beschreibung war noch reichlich untertrieben. Was sollte überhaupt diese ganze Aktion? Franky beschatten – das war absolut hirnrissig! Der Typ stand die ganze Zeit hinter dem Verkaufsfenster seiner Wasserbude. Ab und zu kam jemand vorbei, kaufte eine Zeitung, ein kühles Bier oder ein Eis. Will wollte ihn nicht bei den spannenden Aktionen dabeihaben, so viel stand fest. Seit Maurers Tod war er überall in Ungnade gefallen, und dabei war er ein wirklich talentierter Ermittler. Vielleicht sollte er sich auf eine Stelle in einer anderen Stadt bewerben. Manchmal war ein kompletter Neustart gar nicht das Schlechteste. Steininger schürzte die Lippen und blies sich selbst etwas Luft ins Gesicht. Dann schraubte er die leere Wasserflasche zu und warf sie zurück in den Fußraum.

Als er wieder in Richtung »Palaver« schaute, eher beiläufig als konzentriert, kehrte mit einem Schlag seine Aufmerksamkeit zurück.

Vor dem Wasserhäuschen stand eine kleine blonde Frau. In ihrem kurzen schwarzen Rock sah sie ausgesprochen sexy aus, aber deshalb erregte sie keineswegs Steiningers Aufmerksamkeit. Das war eindeutig Lara Guth, und kurz darauf scharwenzelte Franky durch die Tür. Sie begrüßten sich mit Küsschen und stellten sich an einen der Stehtische, um ziemlich intensiv miteinander zu quasseln. Steininger kniff die Augen zusammen und versuchte von den Lippen der beiden zu lesen, was sie sich zu erzählen hatten. Viel hätte er dafür gegeben, so etwas wie ein Richtmikrofon zu haben, doch er war Polizist und kein Privatdetektiv.

Steininger überlegte, ob er es wagen sollte, selbst zum »Palaver« zu gehen. Er könnte sich unter dem Vorwand, ein kühles Getränk kaufen zu wollen, an einen der Nachbartische stellen. Fieberhaft dachte er darüber nach, ob Lara oder Franky ihn schon einmal im Zusammenhang mit den Mordermittlungen gesehen hatten. Bei den bisherigen Verhören war er nicht dabei gewesen.

Gerade als er dabei war, die Autotür zu öffnen, stockte er. Verdammt! Am Tag, als sie Werneckes Leiche aus dem Pool gezogen hatten, war Lara im »Citybeach« aufgetaucht. Hatte sie ihn damals wahrgenommen? Könnte sie sich an ihn erinnern?

Während Steininger in Gedanken immer noch Pro und Kontra abwog, umarmte Lara Franky und küsste ihn auf beide Wangen. Er hielt sie fest im Arm. Das sah nach Abschied aus. Steininger zog die Hand vom Türgriff zurück. Laras Hand blieb für einen Moment an Frankys Hosentasche hängen, dann lösten sie sich voneinander. Während Lara Franky den Rücken zudrehte und zu einem der am Straßenrand geparkten Autos ging, sah Franky ihr ein wenig verträumt hinterher. Kurz darauf stieg Lara in einen VW Golf ein und fuhr aus der Parklücke. Instinktiv startete auch Steininger den Motor und nahm die Verfolgung auf.

Der VW Golf fuhr den Praunheimer Weg entlang, vorbei an der Ernst-Reuter-Schule in Richtung Praunheim. Am Kreisel vor dem Nordwest-Krankenhaus bog er rechts ab. Lara Guth fuhr ohne Eile, hielt sich strikt an die Geschwindigkeitsbegrenzung. Steininger war froh, die Verfolgung aufgenommen zu haben. Dank des laufenden Motors blies nun die Klimaanlage Kühle in sein Gesicht. Außerdem war sein Geist jetzt hellwach. Jede weitere Minute vor dem »Palaver« hätte ihn dem Schlaf näher gebracht. Jetzt rotierten seine Gedanken auf Hochtouren. Was hatte Lara vor? Wenn sie den Weg weiterfuhr, könnte sie auf die Autobahn fahren oder in Richtung Kronberg. Es konnte also spannend werden.

Völlig überraschend blinkte der Golf plötzlich rechts und fuhr ins Industriegebiet. An der nächsten Kreuzung bog er links ab und rollte auf den Parkplatz eines großen Supermarktes. Mist!, dachte Steininger. Keine Reise, nur ein Einkauf. Er parkte eine Reihe weiter, verharrte aber hinter dem Lenkrad.

***

Als die Hotelzimmertür gegen die Wand knallte, dachte Will zunächst, es sei Steinbrecher mit der erwarteten Verstärkung. Die Kommissarin wog sich für ein paar Sekunden in Sicherheit. Doch genau damit verpasste sie die Chance, die Realität richtig einzuschätzen. Es waren nicht die angeforderten Beamten, sondern Obcharows Leute, zwei an der Zahl. Wahrscheinlich genau die beiden, die auch Wernecke auf dem Gewissen hatten. Ihre Körper waren groß und massiv. Zwar wirkten sie in ihren dunklen Anzügen irgendwie seriös, aber das war natürlich nur eine Illusion. In Wahrheit waren sie gewalttätig und skrupellos. Bevor Will reagieren konnte, wurde sie bereits überwältigt. Die beiden Killer schleiften ihren Körper ins Badezimmer der Hotelsuite. Dort verpassten sie ihr zum Abschied Tritte in die Magengegend und ein paar Schläge auf den Kopf. Dann wurde es dunkel um die Kommissarin. Vielleicht weil das Licht ausging und die Tür geschlossen wurde. Vermutlich aber vor allem, weil sie das Bewusstsein verlor.

***

Lara Guth kehrte schon nach fünf Minuten zurück. Sie hatte Proviant gekauft: In der Hand hielt sie einen Kaffeebecher und eine Papiertüte. Also konnte die Fahrt weitergehen.

Wieder heftete sich Steininger an die Rücklichter des Golfs. Es ging tatsächlich Richtung Autobahn und ab nach Süden, zum Frankfurter Kreuz. Lara Guth nahm wenig später die Ausfahrt zum Flughafen. Schau an, schau an, dachte Steininger, habe ich also richtig gelegen. Die Dame will verreisen.

***

Tom Bohlans Maschine setzte zur Landung an. Kurz darauf berührten die Räder das Rollfeld. Das Innere des Airbus vibrierte wie irre. Die Räder ratterten über den Asphalt und ließen sämtliche Türen und Kofferfächer laut klappern.

In solchen Momenten ärgerte sich Bohlan regelmäßig, nicht mit der Bahn gefahren zu sein. Die Zeit, in der ein Flugzeug in der Luft schwebte, empfand er als halbwegs erträglich – abgesehen von Luftlöchern, die die Maschine abrupt absinken ließen, und in ihm Stress und Angst auslösten. In diesen Momenten schlich sich in seine Gedanken das Wissen, wie kurz der Weg vom Himmel auf die harte Erde tatsächlich ist und an welchem seidenen Faden ein Leben manchmal hängt.

Aber wenn das Flugzeug die Landebahn berührte und die Leichtigkeit des Durch-die-Luft-Gleitens in ein unerträgliches Rattern überging, versank der Kommissar im Flugzeugsitz. Seine Hände verkrampften, gruben sich in den Stoff der Armlehnen. Was war, wenn die Bremsen versagten? Oder wenn das Flugzeug beim Aufsetzen explodierte?

Nichts davon geschah.

Stattdessen zog der Pilot die Bremsen an, und das Flugzeug verlangsamte schlagartig die Geschwindigkeit, bis es beinahe ganz zum Stehen kam und gemütlich zum Standplatz ausrollte.

Bohlan nahm das Handy aus der Hosentasche und schaltete

es ein. Er hoffte auf eine Nachricht von Julia, die ihm die Verhaftung Dimitri Obcharows meldete. Doch da war nichts. Keine Mail. Keine SMS. Und auch keine Nachricht auf der Mailbox. Sollte ihm das zu denken geben? War etwas schiefgelaufen? Nein, das konnte nicht sein. Schließlich war alles genau ausgetüftelt und Will bekannt für ihre Pedanterie. Sie bezog immer alle Unwägbarkeiten in die Planungen ein, hatte zumindest einen Plan B, wenn nicht gar einen Plan C ausgeheckt. Und die Zeiten, in denen die Kommissarin auf eigene Faust oder überhastet handelte, gehörten längst der Vergangenheit an.

Trotzdem dachte Bohlan kurz daran, Julia noch aus dem Flugzeug heraus anzurufen, verwarf diesen Gedanken aber. Das hatte Zeit. Zumindest bis er die Ankunftshalle erreichte. Vielleicht würde er ja dort erwartet. Will und die Stones mit einem Willkommensschild über den Köpfen. Die Vorstellung amüsierte Bohlan.

Es dauerte zehn Minuten, bis das Flugzeug die endgültige Parkposition erreichte. Die Passagiere mussten über die Treppe hinabsteigen und wurden mit einem Bus zum Terminal transportiert. Noch ein Nachteil, wenn man mit einem Billigflieger auf einem der größten Flughäfen Europas landet.

Als der Kommissar endlich durch die Tür der Ankunftshalle trat, sah er sich suchend um. Doch er konnte beim besten Willen niemanden erkennen, der auf ihn wartete. Dann also nicht, dachte Bohlan. Während er überlegte, ob er die S-Bahn nehmen oder ein Taxi ordern sollte, vibrierte etwas in seiner Hosentasche. Bohlan zog das Handy heraus und las die eingegangene Nachricht. Sie war von Tamara, die sich erkundigte, ob er gut in Frankfurt gelandet sei. Eigentlich sollte er froh darüber sein, dass Tamara besorgt um ihn war.

Warum sollte er nicht sicher gelandet sein? Flugzeuge sind ganz alltägliche Verkehrsmittel. Doch dann musste er an die Flugangst denken, die ihn regelmäßig befiel. Wissen um die Wahrscheinlichkeit und die Angst vor Unglücken waren eben zwei verschiedene Paar Schuhe. Er tippte eine kurze SMS an Tamara und stand danach unschlüssig herum.

Immer noch keine Neuigkeiten von Will oder den Stones.

Sollte er ins Präsidium fahren oder nach Hause? Immerhin hatte er noch ein paar Tage frei. In Berlin hatte er kaum einen Gedanken an den Job verschwendet, abgesehen von den Telefonaten mit Julia. Doch sobald er Heimatboden unter den Füßen spürte, war er ein anderer Mensch.

Bohlan entschied sich dazu, in einer der Flughafenbars, ein Bier zu trinken und erst danach zum Hausboot zu fahren. Während er auf das Bier wartete, schrieb er eine weitere Nachricht an Tamara und tippte anschließend Julias Nummer in die Tatstatur. Doch niemand nahm das Gespräch an. Mit Steininger und Steinbrechers Nummern erging es ihm nicht anders. Ein sonderbares Gefühl beschlich ihn.

Irgendwas stimmte nicht. Irgendwas lief hier gerade dramatisch schief. Das Problem war nur, dass er keinen blassen Schimmer davon hatte, was. Und dann hatte er eine Idee.

***

Der Kies knirschte gewaltig unter den Reifen, als Steinbrecher den Polizei-Van auf den Parkplatz lenkte. Schon beim Einparken sah er Wills Fiat am Ende der Reihe stehen. Sie war also noch da. Auf der Fahrt nach Kronberg hatte er darüber nachgedacht, sie anzurufen, es aber unterlassen. Möglicherweise hätte ein Anruf sie nur aus dem Konzept gebracht.

Steinbrecher stieg aus und schlug die Tür des Opels zu. Er überquerte eiligen Schritts den Parkplatz. Gerade als er den Weg zum Eingangsportal betreten wollte, blieb sein Blick an einer dunklen Mercedes-Limousine hängen. Eigentlich war es ein durch und durch unauffälliges Modell. Groß und schwarz eben, mit getönten Scheiben. Es passte wie die Faust aufs Auge zum Klischee. Wer sich im Schlosshotel ein Zimmer leisten konnte, fuhr solche Karren. Vielleicht hätte Steinbrecher den Wagen links liegen gelassen, wenn er nicht vorhin im Präsidium die Fallakte mehrfach durchgeblättert hätte. Der Wagen entsprach exakt der Beschreibung, die Franky gegeben hatte. Es konnte die Limousine sein, die in Werneckes Todesnacht vor dessen Wohnung parkte. War es Zufall?

Steinbrecher postierte sich hinter dem Wagen und zückte sein Handy, um das Nummernschild abzufotografieren. Er bewegte den Finger auf den roten Punkt des Displays. Als er den Auslöser betätigte, vernahm er verwundert ein Klacken, wie er es von einem alten Fotoapparat kannte. Das Geräusch irritierte ihn. Doch er konnte seiner Verwunderung nicht mehr nachgehen. Es folgte ein dumpfer Schlag auf seinen Schädel. Dann wurde es dunkel.

***

Julian Steinbrecher drückte ohne Erwartungen die Türklinke nach unten. Vor nicht mal einer halben Stunde hatte ihn ein Anruf vom Flughafen erreicht. Tom Bohlan war auf der Suche nach seinem Ermittlerteam. Julian hatte auch keine Informationen, hatte aber versprochen, im Präsidium Erkundigungen einzuholen. Eigentlich passte es ihm überhaupt nicht in den Kram. Er war mit Melli und Oliver Kling zum Essen verabredet. Der Musikmanager hatte sich endlich gemeldet und dringend um ein Gespräch gebeten. Es sei sehr wichtig, hatte er gesagt. Doch Julian konnte Bohlan unmöglich hängen lassen - noch dazu, wo sein Vater verschwunden war.

Wie befürchtet, war das Kommissariat der Mordkommission verschlossen. Kein Wunder: Bohlan steckte am Flughafen fest, und die anderen drei waren verschollen. Julian Steinbrecher hatte bereits alle Telefonnummern durchprobiert. Ohne Erfolg. Was sollte er tun? Er überlegte nicht lange und marschierte zu Klaus Gerding.

Zum Glück war der Chef der Mordkommission in seinem Büro. Er zeigte sich zwar ein wenig verwundert über Julian Steinbrechers Anliegen, willigte schließlich aber ein. Zusammen kehrten sie zum Kommissariat zurück. Gerding schloss die Tür auf. An und für sich deutete nichts auf irgendwelche besonderen Vorkommnisse hin. Das Büro sah aus wie immer. Das Whiteboard hing voller Bilder und Zettel. Auf dem Besprechungstisch standen ein paar leere Kaffeetassen nebst angebrochener Milchtüte. Die Schreibtische von Will und Steininger waren aufgeräumt. Steinbrechers Tastatur war zur Seite geschoben. Dafür lag dort eine aufgeschlagene Akte.

»Wenn ich mich hier so umschaue, sieht alles nach einer kleinen Pause aus. Die drei kommen sicher jeden Moment zurück«, sagte Gerding und sah dabei gelangweilt über das Whiteboard.

»Ist aber nicht so«, blaffte Julian Steinbrecher und las in der aufgeschlagenen Akte.

»Und woher nehmen Sie Ihre Erkenntnis?«

»Weil keiner erreichbar ist. Und das ist total ungewöhnlich.«

»Es sei denn, sie sind mitten in der Ermittlung und wollen nicht gestört werden.«

»Klar wäre das eine Möglichkeit. Aber wenn ich Bohlan richtig verstanden habe, sind sie alle getrennt unterwegs. Irgendeiner sollte doch erreichbar sein, oder?«

»Hm ...«, grummelte Gerding, der mittlerweile am Fenster stand und ordentlich schwitzte.

»Hier ...«, rief Julian Steinbrecher und hielt triumphierend einen Zettel in die Höhe.

»Was ist das?«

»Eine Notiz von meinem Vater. Er hat herausgefunden, dass das ›Citybeach‹ Obcharow gehört. Und hier steht noch eine Adresse. Irgendwas im Nordend. Dahinter steht Lara.«

Gerding blickte verständnislos.

»Interessant. Aber hilft uns das konkret weiter?«

»Nicht wirklich«, räumte Julian Steinbrecher ein.

»Gibt es denn irgendwelche Anhaltspunkte, was die drei vorhatten?«

»Wenn ich Bohlan richtig verstanden hatte, wollte Julia Will Obcharow in Kronberg aufsuchen. Steininger sollte Frank Lautenschläger observieren. Mehr weiß ich nicht.«

Gerding dachte einen Moment nach, bevor er antwortete: »Dann schlage ich vor, dass Sie mal in Kronberg nach dem Rechten sehen.«

***

Jan Steininger wartete, bis Lara Guth durch die Tür zum Parkhaustreppenhaus verschwunden war. Beim Aussteigen nahm er das Handy vom Beifahrersitz und schaute flüchtig auf das Display – zum Glück, sonst hätte er nicht gemerkt, dass das Smartphone keinen Saft mehr hatte. Der Akku musste schon längere Zeit leer sein. Steininger fluchte innerlich. Die Akkulaufzeit nahm rapide ab. Für solche Fälle hatte er eine Powerbank im Wagen liegen, die er nun an das Handy stöpselte. Dann hetzte er zur Parkhaustür. Von Lara Guth war nichts mehr zu sehen. Steininger behielt trotzdem die Ruhe. Wo sollte sie auch hin? Den Aufzug runter und dann zu den Terminals. Der Kommissar nahm die Treppe, um nicht auf den Aufzug warten zu müssen. Als er das Hauptgebäude erreichte, hatte er längst Laras blonde Mähne gesichtet. Ungefähr zeitgleich meldete sich das Handy. Er hatte tatsächlich einige Anrufe verpasst.

***

Julia Will wollte die Augen öffnen, doch es fiel ihr furchtbar schwer. Es war ein Gefühl, als hätte jemand die Augenlider von außen verrammelt oder zugeklebt. Schmerzen durchströmten ihren gesamten Körper und überlagerten jedes Denkvermögen. Sie versuchte, sich daran zu erinnern, was passiert war. Es dauerte einen Moment, bis ihr Gehirn ansprang und passende Bilder lieferte. Ihre Hand tastete langsam über den Boden. Er war hart, glatt und in regelmäßigen Abständen von Fugen durchzogen. Wahrscheinlich Fliesen. Sie gab vorsichtig die gekrümmte Haltung auf und robbte in irgendeine Richtung. Endlich erreichte sie eine Wand. Tastend ließ sie die Hand nach oben gleiten. Die Fläche fühlte sich ähnlich an wie der Boden.

Ein Bad, durchschoss es Julias Gedanken. Sie tastete sich weiter voran, immer die Wand entlang, erspürte einen kleinen Vorsprung, gefolgt von einer ebenen Fläche.

Das musste die Tür sein.

Julia Will versuchte, sich aufzurichten. Eine Schmerzattacke durchfuhr ihre Glieder. Mit Mühe gelang es ihr, die Klinke zu erreichen und nach unten zu ziehen. Die Tür sprang einen Spalt weit auf. Gott sei Dank war sie nicht abgeschlossen. Helligkeit strömte in das Bad, erfasste Julias geschwollene Augen und brannte beim Auftreffen auf die Netzhaut. Sie kauerte eine gefühlte Ewigkeit auf dem Boden, bemüht, die Schmerzen wegzudenken und gleichzeitig ihre Gedanken zu sortieren. Es war ein schwieriges Unterfangen. Nur langsam kehrte die Erinnerung zurück. Sie war zum Kronberger Schlosshotel gefahren, um Dimitri Obcharow zu verhaften. Dabei hatte sie die eiserne Regel verletzt, niemals eine gefährliche Aktion alleine durchzuführen. Zu zweit war immer besser.

Warum hatte sie darauf bestanden, vorauszufahren? Steinbrecher hätte ihr folgen sollen, nachdem er den Eigentümer des »Citybeach« ausfindig gemacht hatte. Und Steininger hatte sie zu Franky geschickt. Noch so eine schwachsinnige Anweisung. Nur weil sie zeigen wollte, wem die Leitung der Ermittlungen übertragen worden war. Sie hatte sich total unprofessionell verhalten und dafür nun die verdiente Quittung erhalten.

Aber wo zur Hölle steckte Steinbrecher?! Irgendwas musste schiefgelaufen sein.

***

Lara Guth legte die Buchungsunterlagen auf den Tresen des Check-in-Schalters. Nur mit Mühe konnte sie das Zittern ihrer Hände unterdrücken, das von ihrer Nervosität hervorgerufen wurde. Scheinbar lief alles wie am Schnürchen, und in wenigen Minuten würde sie im Wartebereich Platz nehmen. Doch man konnte nie wissen. Die Dame hinter dem Schalter lächelte freundlich, nahm die Papiere entgegen und gab etwas in den Computer ein. Lara träumte von Strand und Meer. Fürs Erste würde aber auch der Fensterplatz im Flugzeug reichen.

»Sie können den Koffer schon aufs Band stellen«, sagte die Dame, ohne den Blick vom Bildschirm abzuwenden.

Lara beugte sich leicht nach vorn und hievte das Gepäckstück auf die Waage. Kurz darauf sprang das Band an, und der Koffer setzte sich in Bewegung.

»Alles okay«, sagte die Dame lächelnd. »Oder gehören Sie zusammen?«

Lara verstand die Frage nicht.

Gerade als sie Nein sagen wollte, legte der Mann, der hinter ihr stand, seine Hand auf ihre Schulter.

»Nein«, sagte eine Stimme, »ich reise nicht mit.«

Lara verharrte wie angewurzelt. Die Dame schob die Papiere – immer noch lächelnd – zusammen und streckte sie ihr entgegen. Bevor Lara sie greifen konnte, schnellte die Hand des Mannes nach vorne und kam ihr zuvor.

»Vielen Dank«, sagte die männliche Stimme. Sie klang freundlich und verbindlich. Irgendwie strahlte sie eine gewisse Ruhe aus. Lara war viel zu perplex, um reagieren zu können. Wie eine Marionette ließ sie sich von dem Arm, der mittlerweile ihre Hüfte umschlang, zur Seite dirigieren.

»Ich kann leider nicht mitfliegen. Muss arbeiten«, sagte die Stimme bedauernd.

***

Bohlan war beim dritten Bier angekommen. Immer noch saß er in der Flughafenbar. Draußen setzte die Dämmerung ein, und auf dem Bildschirm an der Wand lief ein Musikvideo. Er hätte längst nach Hause fahren können, doch irgendwie zog ihn nichts zum Hausboot an der Wörthspitze, wo gähnende Leere auf ihn wartete. Ab und an sah er aufs Handy, das vor ihm auf dem Tisch neben einem Teller lag. Den Hamburger und die Pommes hatte er längst aufgegessen. Geordert hatte er sie, nachdem er Julian Steinbrecher erreicht hatte. Dieser hatte ihm versprochen, sich auf die Suche nach seinem Vater zu machen. Seitdem war nichts passiert.

Endlich vibrierte das Smartphone.

»Das wurde auch Zeit«, knurrte Bohlan, ohne Julian zu begrüßen.

»Sorry. Hexen kann ich auch nicht.«

»Und?«

»Papa ist auf dem Weg ins Kronberger Schlosshotel. Sie wollen einen gewissen Obcharow verhaften.«

»Alleine?«

»Ja … nein, Julia ist wohl vorausgefahren.«

»Was?!«, entfuhr es Bohlan. Er kam nicht dazu, weiterzusprechen. In der Leitung tutete es wie wild. »Warte mal, ich glaube, es kommt noch ein Anruf. Ich melde mich gleich noch mal.«

Bohlan drückte das Gespräch weg und nahm das andere an. Es war Julia Will, deren Stimme arg desolat und verlangsamt klang.

»Was ist passiert?«, wollte Bohlan wissen. »Du klingst so komisch.«

»Mein Kiefer schmerzt. Und der Rest meines Körpers auch. Sie haben mich zusammengeschlagen.«

»Sie?«

»Obcharows Leute.«

»Wo bist du jetzt?«

»Immer noch im Schlosshotel. In Obcharows Suite.«

»Wo ist Steinbrecher?«

»Keine Ahnung, er ist hier noch nicht aufgetaucht.«

»Was um Himmels willen hat euch eigentlich geritten, so eine Aktion einzeln zu fahren?!«

»Das war meine Schuld«, sagte Will zerknirscht. »Es war ein blöder Fehler.«

»Immerhin siehst du es ein.« Bohlan pikste mit der Gabel auf dem Teller herum und versuchte, die letzten Krümel der Pommes zu erwischen. »Ist außer dir noch jemand in der Suite?«

»Nein«, entgegnete Will, »momentan nicht.«

»Dann versuch, zur Rezeption zu gelangen.«

»Wo bist du?«, fragte Will zurück.

»Immer noch am Flughafen. Ich habe ein Bier getrunken und etwas gegessen.«

»Vielleicht ist das gar nicht so schlecht.«

»Was, dass ich was gegessen habe?«

»Nein, dass du noch am Flughafen bist. Gut möglich, dass sich Obcharow absetzen will.«

Bohlan hatte endlich eine Ecke Pommes erwischt und führte die Gabel in Richtung Mund. »Ich kümmere mich darum.«

Bevor Bohlan nach Obcharow Ausschau halten konnte, rief er allerdings Steininger an.

***

»Was fällt Ihnen eigentlich ein?« Lara Guth hatte mittlerweile die Fassung wiedergefunden. Sie stand am Tisch eines Stehimbisses. Der Mann, der sie am Check-in abgefangen und hierher gelotst hatte, beendete sein Telefonat und steckte sein Handy in die Hosentasche. Im gleichen Moment hielt er ihr einen Ausweis vor die Nase.

»Kommissar Steininger.«

Lara las mit, während die Lippen des Mannes sich bewegten, schenkte dem Ausweis aber kaum Beachtung.

»Sie wollen verreisen?«, fragte Steininger.

»Sieht wohl so aus«, erwiderte Lara und setzte trotzig hinzu: »Verboten?«

»Sie hätten uns darüber informieren sollen.«

»Warum denn?«

»Es müsste doch auch in Ihrem Interesse liegen, dass wir den Mord an Paul möglichst schnell aufklären, oder?«

»Schon, aber was soll ich dazu noch beitragen?«

Steininger zuckte mit den Schultern.

»Sehen Sie, das ist schließlich Ihr Job.« Lara Guth schien Oberwasser zu bekommen. Zeit, sie wieder etwas zurechtzustutzen, dachte Steininger.

»Ihre Abreise wirkt etwas überstürzt«, sagte Steininger mit ernster Miene. »Man könnte fast von einer Flucht sprechen.«

»Das ist doch Quatsch. Die letzten Tage waren die schrecklichsten in meinem Leben. Ich brauch' einfach etwas Abstand von dem Ganzen hier.« Lara verlieh ihrer Stimme einen Hauch Weinerlichkeit.

»Wo soll es denn hingehen?«

»Mallorca.«

»Ballermann?«, fragte Steininger spitz. Besaufen und mit Typen flirten konnte durchaus eine Abwechslung sein.

»Nein. Eine Finca im Norden.«

»War die Reise schon länger gebucht?«, wollte der Kommissar wissen.

»Nein, wie kommen Sie darauf?«

»Es dürfte nicht so ganz einfach sein, in der Hochsaison eine Finca zu mieten.«

»Sie gehört mir«, erwiderte Lara Guth. Es schien, als bisse sie sich auf die Lippen.

Jetzt hat sie sich verplappert, schoss es Steininger durch den Kopf.

»Seit wann?«

»Schon immer.«

»Sie wissen genauso gut wie ich, dass das nicht stimmt«, zischte Steininger. »Bleiben Sie bei der Wahrheit, sonst nehme ich Sie auf der Stelle mit ins Präsidium.«

»Also gut«, stotterte Guth zerknirscht. »Paul hat sie gekauft und mir vermacht. Ich habe die Urkunden und die Schlüssel in einem Schließfach gefunden.« Sie griff nach ihrem Rucksack und hielt kurz darauf eine Mappe in der Hand, die sie Steininger entgegenstreckte.

Der Kommissar blätterte durch die Papiere.

Lara Guth sagte die Wahrheit.

»Ich habe davon nichts gewusst. Er hat nie einen Ton darüber verloren.«

»War noch etwas in dem Fach?«

»Ja«, nickte Guth. »Dieser Brief.«

Jetzt hielt sie einen Umschlag in der Hand und gab ihn ebenfalls Steininger.

»Es war eine Schenkung. Für den Fall, dass ihm etwas zustößt, schreibt er. Und dann war da noch eine Speicherkarte. Paul schreibt in dem Brief, dass da brisante Informationen drauf seien. Die Karte hat aber Franky gefunden. In Pauls Wagen.«

»Wo ist sie?«

»Die habe ich Franky zurückgegeben. Der kann damit mehr anfangen als ich. Ich will mit dem ganzen Mist nichts zu tun haben.«

»Franky?!« Verdammt!, dachte Steininger. In diesem Moment fiel ihm die Abschiedsszene vor dem »Palaver« ein. Der Moment, in dem Lara an Frankys Hosentasche hängengeblieben war.

»Hier bist du also«, sagte Bohlan.

Steininger blickte erleichtert auf und sagte zu Lara: »Das ist

Hauptkommissar Bohlan. Mein Chef.« Danach fasste er Laras Aussage in knappen Worten zusammen.

»Was machen wir?«, fragte Steininger und sah Bohlan an. Hauptkommissar Bohlan wandte sich an Lara Guth. »Haben Sie die Nummer von diesem Franky?«

»Na klar.«

»Rufen Sie ihn an. Sagen Sie ihm, dass die Polizei mit ihm sprechen will, und geben Sie mir dann das Handy.« Bohlan hielt Lara sein Handy entgegen.

»Okay«, entgegnete Lara gedehnt, »wenn Sie meinen.«

Sie tippte Frankys Nummer auswendig ein und folgte Bohlans Anweisungen.

»Franky hat Laras Aussagen bestätigt. Er hat auch die Speicherkarte«, stellte Bohlan fest, nachdem er das Gespräch beendet hatte. Lässig steckte er das Handy in seine Hosentasche und beäugte Lara eindringlich. Trotz Fremdgehens musste Wernecke sie geliebt haben. Nun war sie die Besitzerin einer Finca auf Mallorca. Doch vermutlich würde sie diese gerne gegen Werneckes Leben eintauschen.

»Von mir aus können Sie den Flieger nach Mallorca nehmen. Wir wissen ja, wo wir Sie finden können, falls es noch Nachfragen geben sollte.«

***

Steinbrecher hatte nicht den leisesten Schimmer, wo er sich befand. Um ihn herum herrschte absolute Dunkelheit und Stille. Er lag in gekrümmter Haltung und konnte sich kaum bewegen. Das lag zum einen sicher daran, dass seine Glieder höllisch schmerzten; zum anderen verhinderte auch die Enge, die ihn umgab, ein Ausstrecken. Da er sowieso nichts sehen konnte, schloss er die Augen und versuchte, sich zu erinnern. Nachdem er im Kommissariat ein paar Telefonrecherchen erledigt hatte, war er zum Schlosshotel gefahren. Aber was war dann passiert? Er drehte den Kopf ein wenig zur Seite und stieß dabei gegen etwas Hartes. Sofort dröhnte die Schädeldecke. Da oben befand sich eine

Monsterbeule, so viel war sicher. Er hatte demnach einen Schlag auf den Kopf bekommen. Vermutlich war er dadurch ohnmächtig geworden. Irgendjemand musste ihn anschließend in diese Kiste befördert haben. War es ein Sarg? Hatte man ihn lebendig begraben? Steinbrecher wurde von einer Panikattacke erfasst. Andererseits gab es genügend Sauerstoff. Das sprach eindeutig dagegen, dass er unter der Erde lag. Seine Hand strich über den Boden. Es fühlte sich kratzig an. Teppichboden, durchfuhr es Steinbrecher. Und dann fiel ihm die dunkle Mercedes-Limousine ein, vor der er gestanden hatte. Jetzt wusste er, was passiert war. Man hatte ihn mit einem Schlag auf den Hinterkopf ausgeknockt und geradewegs in den Kofferraum befördert. Wie originell!

***

Bohlan starrte den Leiter der Flughafenpolizei resigniert an.

»Da kann man wirklich nichts machen?«

Der Polizeibeamte hatte ihm gerade offenbart, dass Dimitri Obcharow mit zwei Begleitern vor einer halben Stunde in eine Maschine der Aeroflot gestiegen war, die sich vor zehn Minuten in die Lüfte erhoben hatte. Mittlerweile hatte sie längst Kurs auf Moskau genommen.

»Was denn? Soll ich einen Kampfjet ordern, der den Vogel vom Himmel holt? Mein Hoheitsgebiet endet spätestens beim Verlassen der Startbahn.«

Natürlich hatte der Mann vollkommen recht, das war Bohlan auch klar. Blöd war es trotzdem. Man wird Obcharow mit internationalem Haftbefehl suchen müssen. Aber wer würde einen der führenden Oligarchen in seinem Heimatland verhaften wollen?

Bohlan sah zur Seite. Auf dem Stuhl neben ihm saß Julia Will, scheinbar in sich zusammengesunken. Man konnte ihr das schlechte Gewissen förmlich ansehen. Unmittelbar nachdem sie Bohlan erreicht hatte, war Julian Steinbrecher in die Hotelsuite gestürmt. An der Rezeption hatten sie erfahren, dass Obcharow abgereist war. Die beiden hatten nicht lange gefackelt und waren zum Flughafen gefahren. Noch aus dem Auto heraus hatte sie

Bohlan über die neue Sachlage verständigt. Bohlan hatte sofort alle Hebel in Bewegung gesetzt, um Obcharows Ausreise zu verhindern, war damit aber gescheitert.

Der Kommissar wollte zu aufmunternden Worten ansetzen, wurde daran aber durch das Klingeln eines Telefons gehindert. Der Flughafenpolizist gegenüber nahm das Gespräch an und zog bereits nach wenigen Minuten die Stirn in Falten.

Bohlan beobachtete den Kollegen, doch er wurde aus dessen Mienenspiel nicht schlau. Irgendwas kritzelte er auf das Blatt Papier, das vor ihm lag. Außer kaum verständlichem Gebrabbel konnte Bohlan nichts verstehen. Gespannt wartete er, bis der Mann das Telefonat beendet hatte. Doch es passierte erst mal nichts. Fein säuberlich drückte er die Mine des Kugelschreibers zurück und legte den Stift auf das Blatt Papier.

»Und?«, fragte Bohlan, dem das wichtigtuerische Geplänkel auf die Nerven ging. »Neuigkeiten?«

»Wie man's nimmt. Im Parkhaus kommen aus einer schwarzen Limousine verdächtige Geräusche.«

»Verdächtige Geräusche?«, echote Bohlan. »Was soll das heißen?«

»Geklopfe aus dem Kofferraum. Scheint ganz so, als hätte man da jemanden eingesperrt.« Der Polizeibeamte griff erneut zum Telefon. »Also nichts für die Mordkommission.«

Bohlans innere Anspannung schwand, ein mulmiges Gefühl blieb allerdings bestehen. Hätte er doch bloß nicht in aller Seelenruhe drei Bier getrunken und einen Hamburger gegessen … Möglicherweise hätte er Obcharow noch erwischt.

Trotzdem hatte sein Team diesmal unsauber gearbeitet und damit den Ermittlungserfolg vermasselt. Will hätte niemals allein versuchen dürfen, Obcharow zu verhaften. Sie hätte zumindest einen der Stones mitnehmen müssen. Steininger oder …

Steinbrecher! Er hatte völlig vergessen, dass Walter immer noch nicht aufgetaucht war. Vielleicht gab es doch so etwas wie ein kleines Happy End.

»Warten Sie«, sagte Bohlan. Sein Gegenüber hielt den Hörer bereits am Ohr und zog fragend die rechte Augenbraue nach oben.

Nur wenige Minuten später standen Bohlan, Will, Steininger und Julian Steinbrecher im weitläufigen Flughafenparkhaus und beobachteten gespannt, wie ein Kollege von der Flughafenpolizei sich an einer dunklen Mercedes-Limousine zu schaffen machte.

»Es ist Obcharows Wagen«, sagte Will.

»Woher weißt du das?««, wollte Bohlan wissen.

»Hab' ich am Nummernschild erkannt. Das gehört eigentlich zu einem geklauten Golf.«

Es dauerte nicht lange, bis der Flughafenpolizist den Wagen samt Kofferraum geöffnet hatte. Wenig später wurde Steinbrecher aus dem Inneren gehievt. Dafür dass Walter einige Zeit zusammengefaltet im Kofferraum gelegen hatte, sah er halbwegs sortiert aus, wenn man vom verkrusteten Blut an seinem Hinterkopf absah. Die Beule würde ihn sicher noch ein paar Tage begleiten. Steinbrecher fiel Julian um den Hals. Anschließend herzte er nacheinander Bohlan, Will und Steininger.

»Mensch, das war knapp. Ich dachte schon, die Russen hätten mich lebendig begraben.« Steinbrecher tastete seine Sommerjacke ab und kramte ein Stück abgebrochene Zigarette hervor. Missmutig betrachtete er den Klimmstängel. »Na ja, besser als nichts«, murmelte er und steckte sie in den Mundwinkel.

»Sie wollen hier doch nicht ernsthaft rauchen?!«, fauchte einer der Männer von der Flughafenpolizei.

»Lassen Sie ihn«, sagte Bohlan. »Es wird nicht gleich das Gebäude explodieren.« Um eine weitere Diskussion im Keim zu ersticken, fügte er hinzu:

»Wir lassen den Wagen zum Präsidium bringen. Unsere Spezialisten werden ihn bis aufs letzte Detail untersuchen.«

***

Die Zeiger der Uhr rückten bereits auf vierzehn Uhr vor, als Julian Steinbrecher die Eintracht-Gaststätte im Oeder Weg betrat. Das Siebziger-Jahre-Ambiente war von einem Duftgemisch aus indischen Gewürzen und frittiertem Schnitzel durchdrungen.

Kling und Melli saßen an einem Tisch im hintersten Eck. Das zusammengeschobene Besteck auf ihren Tellern ließ erkennen, dass sie bereits zu Ende gespeist hatten. Zeitgleich mit Julians Eintreffen servierte die Bedienung den Nachtisch. Julian bestellte einen Espresso.

»Sorry, tut mir leid. Aber ich war in dringende Ermittlungen involviert«, entschuldigte sich Julian, während er sich setzte.

»Schon gut«, sagte Kling. »Ihre Freundin hat das auch ganz gut ohne ihren Manager hinbekommen.«

Julian blickte zu Melli, die bestätigend nickte, dann fiel sein Blick auf diverse Plattencover aus den Siebziger- und Achtzigerjahren, die auf dem Tisch lagen. Alle hatten irgendwas mit der Eintracht zu tun. Mal prangte der Adler auf dem Cover, mal Jürgen Grabowsky.

»Was ist das?«, fragte Julian.

»Das ist so was von genial«, trällerte Melli.

Julian musterte immer noch die Cover.

»›Im Wald, da spielt die Eintracht‹?«, fragte er verwirrt.

»Okay«, antwortete Kling, »das ist jetzt nicht der musikalische Hochgenuss. Es geht nach der Melodie von ›Im Wald, da sind die Räuber‹.«

Julian fiel die Kinnlade herunter. Mit offenem Mund starrte er Kling und Melli an.

Der Musikmanager pfiff die Melodie. Die Bedienung stellte den Espresso auf den Tisch und zog auffallend schnell wieder von dannen.

»Okay, nicht dein Geschmack.« Kling beendete sein Geträller. »Es geht aber auch anspruchsvoller. Hier: Steppi und die Straßenjungs.«

Der Musikmanager hielt ein weiteres Cover nach oben.

»›Wer feiert Feste und wer lacht am besten? Der, der zuletzt lacht …‹«, summte Kling. Und Melli ergänzte »›… Eintracht!‹« Dabei hob sie die Faust in die Höhe, als wollte sie Che Guevara zujubeln.

»Steht hier irgendwo eine versteckte Kamera?«, fragte Julian irritiert. »Wo ist Guido Cantz?«

»Im Gegenteil«, sagte Melli und sah erwartungsvoll zu Kling.

»Nach dem grandiosen Pokalsieg vor ein paar Monaten hat mich die Eintracht beauftragt, neue Songs aufzunehmen. Mit Frankfurter Musikern. Da habe ich gleich an Melli gedacht, das ist doch eine Riesenchance!«, führte der Musikmanager aus.

»Ging es nicht ursprünglich um einen Protestsong?! Was Politisches?!«, stieß Julian aus.

»Fußball ist politisch!«, sagte Melli, ohne mit der Wimper zu zucken. »Der Fußballsport führt zusammen. Arm und Reich. Alt und Jung. Alle feiern gemeinsam.«

»Fan einer Mannschaft zu sein, ist auch ein Statement. Stehst du zu den Finanzhaien aus Bayern oder zu St. Pauli? Das ist schon ein Unterschied.« Kling starrte begeistert auf die Plattencover.

Julian sah immer noch fassungslos zwischen Melli und Kling hin und her. Die beiden verzogen weiterhin keine Miene. Julian nippte verwirrt am Espresso. Dann prusteten die beiden los. Erleichtert stellte Julian die Tasse ab.

»Natürlich wird das kein politischer Song«, sagte Melli. »Aber eine Chance ist es auf jeden Fall. Überleg mal: Badesalz, Tankard, vielleicht sogar Moses P. – und dazwischen ich! Und die Fans singen mein Lied.«

Julian dachte einen Moment nach. Dann sagte er: »Ihr meint das wirklich ernst?«

»Ja. Wir müssen nur einen guten Song finden und umtexten. Kein ›Pippi Langstrumpf‹ und kein ›Yellow Submarine‹. Versprochen.«

13.

Eine Woche später saßen Bohlan, Will und die Stones im Eintracht-Fanblock im Waldstadion. Will und die Stones hatten die letzten Tage damit zugebracht, die Abschlussberichte zu schreiben und das Kommissariat aufzuräumen. Sie hatten den Fall aufgeklärt. Ihnen lag ein Geständnis vor, und doch war der Täter mit seinen Helfern nicht greifbar. Dass Obcharow auf der internationalen Fußballbühne keine Rolle mehr spielen würde, war ein schwacher Trost. Bohlan war ab und an aufgetaucht, immer mit dem Versuch, die gedrückte Stimmung aufzuheitern. Zwischendurch war er in Gerdings Büro verschwunden, um eine geordnete Übergabe der Geschäfte vorzubereiten.

Jetzt lachte die Sonne vom Frankfurter Himmel und ließ das Grün des Rasens noch intensiver erscheinen. Aus den überdimensionalen Boxen dröhnten Klänge, die vor jedem Eintracht-Spiel gespielt wurden: Zuerst sang der Frankfurter Polizeichor ›Im Herzen von Europa‹, dann schepperten Tankard in ihrem typischen Trash-Metal-Style ›Schwarz-weiß wie Schnee‹. Zehntausende Kehlen unterstützten die Band. Dazu liefen die beiden Mannschaften ein – die Eintracht wie gewohnt in Schwarz und Weiß, der FSV in Blau und Schwarz.

Der Stadionsprecher stellte die Spieler vor. Er beließ es bei der Nennung von Nummern und Vornamen. Die Fans ergänzten lauthals die Nachnamen. Selbst die FSV-Spieler wurden mit Beifall bedacht, nicht nur von der Handvoll Fans aus dem Nachbarblock.

»Ist das nicht schön!«, plärrte Franky. Neben ihm stand sein Vater. Beide hatten die Hände voll mit einem Tablett Bratwürsten und Bierbechern.

»Trainer und Spieler kommen und gehen, die Fans bleiben bestehen«, kommentierte Frankys Vater.

»So eine Saisoneröffnung. Heute ist ein Jubeltag. Heute geht es um Fußball und Freundschaft. Heute sind wir alle Frankfurter Jungs!«, sagte Franky und ließ die Tabletts durch die Reihe wandern. »Bedient euch. Geht auf mich!«

»Besten Dank«, sagte Steinbrecher.

»Ja«, bestätigte Bohlan, »Frankfurter Jungs! Alles Frankfurter Jungs!«

»Und Frankfurter Mädscher!«, ergänzte Julia Will.

Dann verstummte Tankard. Ein Pfiff ertönte, und das Spiel konnte beginnen.

Epilog

»Ich möchte dir jemanden vorstellen«, sagte Markus-Maria Kimpel, Hannah Wollenbergs Chef. Sie erschrak ein klein wenig, als sie im Hintergrund eine Regung wahrnahm. Sie hatte die Gestalt, die auf dem schwarzen Ledersofa hockte, bislang nicht bemerkt. Jetzt erhob sich der Mann und kam auf sie zu. Er war nicht besonders groß und eher schmächtig. Sein schleichender Gang glich dem einer Katze, und seine grauen Augen schienen jede Bewegung im Raum zu registrieren.

Hannah hatte in den letzten Tagen intensiv an ihrer Reportage gearbeitet. Marcel hatte ihr weitere gehackte Dateien zur Verfügung gestellt, was sie manche durchgemachte Nacht gekostet hatte. Immer noch war unklar, was er wirklich als Gegenleistung verlangte. Immer wenn sie ihn darauf ansprach, winkte er ab. Und doch glaubte sie manchmal zwischen den Zeilen zu lesen, dass er Geldzahlungen gegenüber nicht abgeneigt wäre. Das Angebot der Fußballmafia schien aber kein Thema mehr zu sein. Hannah hatte sich fest vorgenommen, mit Kimpel darüber zu reden. Und sie hatte unabhängig davon noch ein zweites Ass im Ärmel: Franky hatte ihr den Stick mit Werneckes Dateien doch noch gegeben. Neben persönlichen Dingen enthielt er auch ausgehandelte Verträge und E-Mails, die sich gut als Quelle für die Reportage nutzen ließen.

»John Baumann«, stellte sich die Katze vor. Die Stimme war tief, fest und angenehm.

»John ist freier Journalist. Investigative Recherche ist sein Spezialgebiet«, erläuterte Kimpel.

»Interessant.« Hannah ergriff zaghaft Baumanns ausgestreckte Hand. Was hatte Kimpel vor? Wollte er ihr die Story wegnehmen, ihr jemanden vor die Nase setzen? Sie wollte protestierend lospoltern. Doch irgendetwas hielt sie davon ab.

»Ich habe John erzählt, was du aufgetan hast«, fing Kimpel an, als sich die drei gesetzt hatten.

Hannah schnappte nach Luft.

»Bevor du gleich an die Decke gehst, solltest du erst mal kurz zuhören«, sagte Kimpel und machte damit deutlich, dass er keinen Widerspruch duldete. »Ich kenne John seit Langem. Er ist integer und fair, ein absoluter Profi.«

Hannahs Blicke wanderten missmutig zwischen den beiden hin und her.

»Lass mich mal«, fuhr Baumann Kimpel in die Parade.

»Frau Wollenberg, ich kann Sie gut verstehen. Sie haben wochenlang recherchiert und eine heiße Story aufgestöbert. Jetzt haben Sie Angst, dass man sie Ihnen wegnehmen will. Ich war etliche Male in der gleichen Situation. Man hält sich für den Größten, will den ganzen Kuchen.« Baumann hielt inne und sah Will tief in die Augen. Dann fuhr er fort: »Ohne Ihre Fähigkeiten herabsetzen zu wollen – und das meine ich wirklich aufrichtig – ist die Story ein wenig zu groß für Sie.«

Hannah presste die Lippen aufeinander. Eine Erwiderung wollte aus ihrem Herzen. Doch die Vernunft flüsterte: Lass ihn erst mal ausreden.

»Sagt Ihnen der Name EIC etwas?«

Hannah schüttelte zaghaft mit dem Kopf.

»Das ist ein europäisches Recherchenetzwerk. Die Abkürzung steht für ›European Investigative Collaborations‹. Kollegen aus ganz Europa, die für die größten und wichtigsten Zeitungen arbeiten, haben sich darin zusammengeschlossen. ›Der Spiegel‹ ist genauso dabei wie ›El Mundo‹, ›L'Espresso‹ oder ›Le Soir‹. Wenn einer der Jungs auf einer großen Spur ist, weiht er die anderen ein. Viele große Storys konnten so vernünftig zu Ende recherchiert werden. Geballte Journalismus-Power gegen die internationale Mafia! Verstehen Sie?«

Hannah starrte John Baumann an. Konnte man diesem Mann vertrauen? Wie sah so eine gemeinsame Arbeit aus? Sie hätte die Story nicht für sich alleine, aber sie könnte internationale Kontakte knüpfen. Gar nicht mal ein so schlechter Deal.

»Wie genau sieht so eine Zusammenarbeit aus?«, hörte sie sich aus der Ferne fragen.

»Das Material wird gemeinsam gesichtet und auf Stichhaltigkeit und Seriosität geprüft. Dann wird festgelegt, wer was wann veröffentlicht. Sollten Gelder fließen müssen, übernimmt dies die EIC oder die dahinterstehenden Zeitungen. Normalerweise erfolgt die Koordination so, dass alle gemeinsam losschlagen, oder nach einem penibel ausgearbeiteten Zeitplan.«

Hannahs Zurückhaltung wich immer mehr. Tatsächlich war sie nur zufällig über die Story gestolpert. Sie war eine blutige Anfängerin mit etwas Schreibtalent. Was Baumann ihr anbot, war eine riesen Chance. Und für Marcel konnte sie mit Sicherheit auch etwas herausholen, zumal die Wirkung einer europäischen Berichterstattung etwas ganz anderes war als ein Bericht in der Frankfurter Zeitung.

»Ist das für Sie okay?«, fragte Hannah in Richtung Kimpel.

»Selbstverständlich«, lachte der Chefredakteur. »Hätte ich es sonst etwa vorgeschlagen?!«

»Also Deal?«, fragte John Baumann.

»Deal!«, antwortete Hannah.

Politiker schreibt Polit-Krimi!

Der Kandidat

In Frankfurt ist Oktober und der Teufel los! Hauptkommissar Tom Bohlan kehrt nach vielen Jahren widerwillig in den Dienst zurück und wird mit einer jungen, gut aussehenden Kommissarin konfrontiert. Ein ehrgeiziger Musikproduzent, der unbedingt Frankfurter Oberbürgermeister werden will, kämpft mit der neuen Linken gegen die Machtelite seiner Partei, die am Abgrund steht. Eine Bestsellerautorin, die keiner kennt, schnüffelt in den Katakomben der Macht. Dann liegt eine junge Referentin tot in ihrem Bett. Die Ereignisse überschlagen sich. Tom Bohlan ermittelt in Frankfurts linkem Milieu und bekommt es mit Macht, Politik, Sex und schließlich mit der Moral zu tun.

Ein ziemlich heißer Tod…

Tod in der Sauna

Als der Startrainer Klaus Momsen tot in der Sauna seines Fitness-Studios gefunden wird, herrscht allgemeine Fassungslosigkeit. Hauptkommissar Tom Bohlan und seine Kollegin Julia Will stoßen schon bald auf einige Ungereimtheiten. Warum war Momsen mit Dopingmitteln vollgepumpt?

Macht, Gier, Mobbing ...

Tödliche Verstrickung

Die Anwältin Miriam Faust will ganz nach oben und spielt dabei ein übles Spiel, in dem Moral keine Rolle zu spielen scheint. Zunächst scheint alles nach Plan zu laufen, doch dann hängt ein Privatdetektiv halbnackt und tot an der Decke seines Schlafzimmers. Als Hauptkommissar Tom Bohlan und seine Kollegin Julia Will an den Tatort gerufen werden, ahnen sie noch nicht, in welche Verstrickungen sie dieses Verbrechen führen wird. Macht, Gier, Mobbing und üble Machenschaften ziehen sich durch die Ermittlungen und rütteln an den Grundwerten der Kommissare.

Wirtschaft, Mord und Drogen

Stadt ohne Seele

In einem Frankfurter Luxus-Hotel wird die Leiche einer jungen Mexikanerin gefunden. Schnell gerät der Internet-Aktivist Linus Möller unter Mordverdacht, der in der Schattenwelt zwischen Wirtschaftskriminalität und Drogenhandel recherchiert. Doch was hat das alles mit der Finanzierung einer neuen Multifunktionshalle im Frankfurter Stadtwald zu tun? Und warum gibt es Parallelen zu einer Mordserie im mexikanischen Drogenmilieu? Es beginnt eine mörderische Hetzjagd, die das Ermittlungsteam Bohlan/Will an die Grenzen ihrer Möglichkeiten bringt.

Tödliche Nidda

Mord am Niddaufer

Am Ufer der Nidda wird in Nähe des Eschersheimer Schwimmbades eine kopflose Leiche gefunden. Der Frankfurter Stadtteil ist in heller Aufregung, die auch das örtliche Gymnasium erfasst: Bei dem Opfer handelt es sich um eine Schülerin. Tom Bohlan und Kollegen ermitteln. Eine ungeliebte Schulleiterin, ein Theaterstück, in dem es um Enthauptungen geht, und Intrigen im Kollegium machen es nicht leichter. Damit nicht genug: Die neue Staatsanwältin macht dem Kommissar das Leben schwer.

Tödliches Erbe

Das Erbe des Apfelweinkönigs

In einer Villa am Frankfurter Lerchesberg wird die bildschöne Erbin des legendären Apfelweinkönigs Heinz Wagenknecht ermordet. Auf dem Nachbargrundstück findet Kommissar Tom Bohlan die Tatwaffe und ein Foto, das eine alte Kelter in einem Kellergewölbe zeigt. Sehr schnell kommen die Kommissare zu dem Schluss, dass es sich dabei um den Hinweis auf ein weiteres Verbrechen handelt. Ein spannender Wettlauf mit der Zeit beginnt ....Die Frankfurter Kripo ermittelt im Dunstkreis einer Apfelweindynastie, die ums Erbe streitet und dabei vor nichts zurückschreckt. Tom Bohlan jagt den Täter diesmal unter anderem in Eckenheim.

Ein Stöffche in Ehren

Kristallstöffche

Eine Joggerin entdeckt im Martin-Luther-King Park zwei blutverschmierte Koffer, die zerstückelte Leichenteile enthalten. Der Polizei gelingt es, Fingerabdrücke und DNA zu rekonstruieren und die Toten zu identifizieren: ein Ehepaar aus dem Obdachlosenmilieu. Außerdem werden Spuren von Crystal Meth nachgewiesen. Hauptkommissar Tom Bohlan und seine Kollegin Julia Will müssen all ihren Spürsinn unter Beweis stellen, um im Dickicht von Drogenschmuggel, Fitnesswahn und Beziehungsdrama den Überblick zu behalten ….

Tödliche Fastnacht

Klaa Pariser Blut

Tom Bohlan findet seinen Kollegen Steininger neben Felicitas Maurers Leiche. Die schöne Staatsanwältin wurde auf brutalste Weise in ihrem Schlafzimmer erstochen. Im Schrank finden sich Aufnahmen ihrer Liebesnächte, doch einige Filme fehlen. Steininger kann sich an nichts mehr erinnern. Während die Mordkommission verzweifelt versucht, Licht ins Dunkle zu bringen, braut sich im Stadtteil Heddernheim weiteres Unheil zusammen. Die Prinzessin der Klaa Pariser Fastnacht wird ermordet. Der Tathergang gleicht dem Verbrechen an Felicitas Maurer frappierend. Doch wie hängen die beiden Morde zusammen? Und wie tief ist Steininger in all das verstrickt? Und wie hängt das alles mit einem Streit um die Zukunft der Fastnacht zusammen?

Alle Bände können unter www.lutzullrich.de signiert und portofrei bestellt werden.

Alle Bücher sind auch als eBook erhältlich.

Wie aus Herbert Willy wurde.

Ein Roman über die Jugendjahre Willy Brandts

Mit einem Vorwort von Peter Feldmann

ISBN: 9783946247050

EURO: 12,95

Auch als eBook.

Wie aus Herbert Willy wurde

Lübeck Ende der zwanziger Jahre. Auf den Straßen wütet der Mob. Die Nazis greifen nach der Macht. Der junge Herbert Frahm gerät zwischen alle Fronten. Er überwirft sich mit den Sozialdemokraten, wird Mitglied einer kleinen Splittergruppe. Dann kommt ihm die Aufgabe zu, einem Publizisten bei der Flucht nach Dänemark zu helfen. Der Fluchtversuch scheitert. Frahm ist in Deutschland nicht mehr sicher. Frisch verliebt in Trudel muss er das Land verlassen. Eine Pflicht zum Bleiben gibt es nicht. Er will vom Ausland aus für eine bessere Zukunft kämpfen. Zu diesem Zeitpunkt ahnt er noch nicht, dass es ein langer Weg werden wird, der ihn immer wieder zwischen die Fronten bringen und manche menschliche Kapriole schlagen wird.

Mit einem Vorwort von Peter Feldmann

ISBN: 9783946247050
EURO: 12,95
Auch als eBook.

Textprobe
Wie aus Herbert Willy wurde

1922

Lübeck. Herberts Magen knurrte, als er am Morgen auf das Kopf-steinpflaster der Vorortstraße trat. Der Stadtteil Lübecks, in dem er aufwuchs, war eine qualmende Arbeitersiedlung mit Hoch-ofenwerk und wimmelndem Hafen. Und jeder Menge Proletarier, die allerlei Waren herstellten, ohne einen gerechten Lohn dafür zu erhalten. Der Schweißgeruch, der hier tag ein tag aus in der Luft lag, ließ keinen Gedanken an die Patrizierhäuser der Alt-stadt zu, in denen die reichen Kaufleute wohnten. In deren Villen gab es Gänseleber, Champagner und Kaviar im Überfluss. Von alldem hatte Herbert in seinem Leben noch nichts gesehen. Häu-fig aß er Erbsensuppe ohne Fleischeinlage, dazu allenfalls einen Salzhering oder Kartoffeln in allen Variationen. Hunger war für ihn kein unbekanntes Gefühl, das tägliche Brot alles andere als eine Selbstverständlichkeit. Doch seit ein paar Tagen war das Essen auf ein Minimum beschränkt. Es herrschte Arbeitskampf. Die Arbeiter forderten mehr Lohn. Ein Anliegen, das Herbert, obwohl er erst acht Jahre alt war, nur allzu richtig fand. Er hatte in den vergangenen Tagen die Diskussionen am Esstisch mit regem Interesse verfolgt. Alle sagten, dass der Lohn in der Fabrik viel zu niedrig sei. Zumindest alle, die er kannte. Schuld seien die bösen Kapitalisten, denen die Firma gehörte. Sie rauchten - an riesigen Schreibtischen sitzend - dicke Zigarren und ließen die Arbeiter die Drecksarbeit machen. Das jedenfalls erzählten die Erwachsenen. In der Fabrik vor seiner Haustür wurden Apparate, medizinische Geräte und Instrumente für U-Boote hergestellt. Herberts Großvater Ludwig arbeitete dort als Lastkraftwagenfahrer. Das war auch der Grund, warum sie über der Garage unmittelbar vor dem Werksgelände wohnten. Herbert nannte seinen Großvater Papa, weil dieser ihn wie ein Vater aufzog. Sein leiblicher Vater hatte sich, nachdem er Herberts Mutter Martha geschwängert hatte, aus dem Staub gemacht. Seit seinem fünften Lebensjahr lebte Herbert bei seinem Großvater und dessen Frau, die er »Tante Dora« nannte und nicht besonders mochte, was durchaus auf Gegenseitigkeit beruhte. Herbert war ein hübscher Junge mit blondem Haar, hervorstehenden Backenknochen und einem Grübchen auf der linken Wange, das bei jedem Lachen sichtbar wurde.

Der Streik jedenfalls sollte zu höheren Löhnen führen. Dass er erfolgreich sein würde, stand für die Arbeiter in Stein gemeißelt. Es war nur eine Frage der Zeit, bis die Kapitalisten einknickten. Herberts Großvater sprach oft von der klassenlosen Gesellschaft, in der alle Bürger gleichwertig lebten und es keine Ungleichheiten mehr gäbe. Die Menschen könnten sich in großen Hallen mit allem versorgen, ohne dafür bezahlen zu müssen. Doch auch wenn dieses Ergebnis unausweichlich war, ab und an musste dem Lauf der Zeit auf die Sprünge geholfen werden.

Als Herbert also an jenem Morgen auf die Straße trat, musste das Knurren seines Magens so laut gewesen sein, dass der zufällig vorbeilaufende Fabrikdirektor ihn ansprach.

»Habt ihr denn genug zu essen?«, fragte er den Jungen besorgt.

Herbert zögerte mit der Antwort. Sollte er zugeben, dass er seit Tagen kein frisches Brot gesehen hatte, von einem vollen Teller Erbsensuppe ganz zu schweigen? Sollte er dem Direktor sein Leid darüber klagen, dass Großvater das Essen streng rationierte, dass auch das Wenige, das seine Mutter aus dem Laden mitbrachte, in dem sie arbeitete, kaum ausreichte, um alle Familienmitglieder satt zu machen?

Während Herbert noch über die Antwort grübelte, nahm ihn der Direktor bei der Hand und ging mit ihm zum Bäckerladen, der sich an der nächsten Ecke befand. Noch bevor sich die Ladentür öffnete, roch Herbert den wohltuenden Duft von frisch gebackenem Brot.

In den vergangenen Tagen hatte er stets einen großen Bogen um die Bäckerei gemacht, weil dieser verführerische Duft sein Hungergefühl nur noch verstärkte. So war es auch, als der Direktor die Tür aufstieß und Herbert mit in den Laden zog. Herbert hätte sich am liebsten eines der Brote gegriffen und sofort hineingebissen. Hinter der Theke stand Johanna Hoffmann, die geschwätzige Frau des Bäckermeisters, und grüßte den Direktor artig, bevor sie einen missmutigen Blick auf Herbert warf.

»Ich hätte gerne zwei von Ihren Broten«, sagte der Direktor höflich und zückte seine Geldbörse. Johanna Hoffmann nahm zwei bemehlte Laibe aus dem Regal und wickelte sie in Papier.

»Vielen Dank. Und Ihnen noch einen schönen Tag«, sagte der Direktor, bevor er sich umdrehte und den Laden wieder verließ. Draußen drückte er die beiden Brote dem verdutzten Herbert in die Hand. »Hier. Die sind für dich. Du musst zu Hause aber niemandem sagen, von wem du sie hast.«

Dann drehte er sich um und marschierte in Richtung Fabriktor. Herbert sah ihm nur kurz verwundert hinterher. Dann rannte er, die noch warmen Brote fest an den Körper gedrückt, nach Hause. Jetzt war er bester Laune. Herbert war einfach nur froh, diese beiden Brote ergattert zu haben. Wenn man sie gut einteilte, musste die Familie die nächsten Tage nicht hungern. Und viel-leicht war dann ja auch der Streik vorbei. Erst als er das Haus in der Moislinger Allee 49 erreichte, blieb er einen Moment stehen. Sein Atem ging schnell, das Herz pulsierte. Und dann schoss ihm eine Frage in den Kopf. Was sollte er dem Großvater sagen? Er brauchte eine Erklärung dafür, warum er zwei frische Brote nach Hause brachte. Natürlich musste er nicht erzählen, dass er sie vom Direktor geschenkt bekommen hatte. Aber dann müsste er lügen, was er gar nicht gerne tat. Nach kurzem Überlegen, entschloss er sich dazu, die Wahrheit zu sagen. Johanna Hoff-mann würde die Geschichte ohnehin anderen Kunden erzählen. Sie war für ihre Tratscherei berüchtigt.

Als er die Treppe zur Wohnung nach oben stieg, freute er sich darauf, das Krüstchen des einen Brotes essen zu können. Voller Vorfreude drückte er die Wohnungstür auf und stürmte in die Küche.

»Schaut mal, was ich mitgebracht habe!«

Die Brote landeten auf dem Küchentisch. Herbert sah sich suchend nach dem Brotmesser um. Als er sich umdrehte, stand sein Großvater direkt vor ihm und starrte ungläubig auf den Küchentisch.

Ludwig Frahm war ein untersetzter Mann mit einem Kahlschädel. Eine kleine Nickelbrille zierte seine Nase, der Oberlippenbart war akkurat gestutzt. Er war in einem kleinen Dorf in Mecklenburg aufgewachsen, wo ihn sein Vater mehr als einmal auf den Bock gelegt und gezüchtigt hatte. Dass er es bis nach Lübeck geschafft hatte und für eine moderne Fabrik arbeiten konnte, erfüllte ihn mit Stolz.

»Wo hast du die Brote her?«, fragte er und sprach wie immer Plattdeutsch.

»Stell dir vor, die hat mir der Direktor geschenkt.«

Ludwig Frahms Mine verfinsterte sich.

»Rühr sie nicht an!«, sagte er im befehlenden Ton.

»Warum denn nicht?«

»Du wirst sie sofort zurückbringen.«

»Wir könnten ein paar Tage von ihnen satt werden«, stieß Herbert fassungslos aus.

»Weil wir Arbeiter sind und keine Bettler. Wir nehmen keine Almosen an, und bestechen lassen wir uns auch nicht. Erst recht nicht im Arbeitskampf.«

»Aber Papa ...«, setzte Herbert zu einer Widerrede an, doch er verstummte sofort. Ludwig Frahm griff nach den Broten. »Ende der Diskussion.«

Herbert war zum Heulen zumute. Noch vor wenigen Minuten hatte er sich darauf gefreut, den frischgebackenen Teig zu schmecken. Nun trottete er hinter seinem Großvater her, der nichts Eiligeres zu tun hatte, als die Brote zurück in die Bäckerei zu bringen.

Warum gab es Menschen, die alles hatten und immer satt waren, und warum mussten viele andere dafür Hunger leiden?

»Hätten wir nicht wenigstens eins der Brote behalten können?«, fragte Herbert, nachdem sie die Bäckerei wieder verlassen hatten.

»Nein. Ich habe es dir doch vorhin erklärt.«

»Aber das ist so ungerecht!«

»Mag sein. Wir müssen noch ein wenig durchhalten. Bis der große Kladderadatsch kommt«, entgegnet Ludwig Frahm milde und fügte hinzu:

»Dann gibt es keine Vorrechte mehr, es herrscht Gerechtigkeit, und auch das verdammte Geld ist überflüssig.«

»Und wann genau wird das sein?«, wollte Herbert wissen. Doch sein Großvater zuckte nur mit den Schultern. »Es dauert nicht mehr lange. Immerhin wurde das Wahlrecht schon geändert. Einer von uns sitzt jetzt im Reichstag.«

Der eine hieß Theodor Schwartz und saß schon lange im Reichstag. Schon vor dem Großen Krieg hatte er ein Mandat errungen. Herbert hatte ihn einmal gesehen, als ihn sein Großvater mit auf eine Parteiversammlung genommen hatte.

Am Abend kam Martha, Herberts Mutter, nach Hause. Sie war eine attraktive, lebenslustige Frau, deren Gesichtszüge die gleichen hohen Wangenknochen aufwiesen wie die ihres Sohnes. Im Gegensatz zu Ludwig, der zeitlebens nur Plattdeutsch sprach, bevorzugte sie Hochdeutsch. Martha war kulturell interessiert, lieh sich Bücher aus, besaß ein Abonnement der Volksbühne und spielte in einem Sprechchor mit. Zur Begrüßung umarmte sie Herbert kurz, aber herzlich und setzte sich an den Esstisch.

»Stell dir vor«, sagte Herbert: »Ich musste heute zwei Brote zum Bäcker zurückbringen.« Das morgendliche Erlebnis beschäftigte den Jungen noch immer.

»Warum denn das?« Martha blickte fragend zu Ludwig.

»Der Direktor hat sie ihm geschenkt. Aber soweit kommt's noch, dass wir uns bestechen lassen«, sagte Ludwig Frahm.

»Recht so!«, bestätigte Martha, obwohl sie Herberts Kummer verstehen konnte. Sie strich Herbert mit der Hand über den Kopf. »Ich durfte ein paar Dinge aus dem Konsum mitbringen.«

Zur Bestätigung deutete sie auf den Korb, den sie am Eingang abgestellt hatte. Herbert warf einige sehnsuchtsvolle Blicke zum Einkaufskorb, traute sich aber nicht aufzuspringen.

»Als ich noch auf Gut Klütz wohnte …«, setzte Ludwig Frahm zu einer Anekdote an. Martha verdrehte die Augen, doch Herbert sah seinen Großvater begeistert an. Obwohl auch er die Geschichte schon mehrfach gehört hatte, freute er sich auf eine Wiederholung. Er konnte ihm stundenlang zuhören.

»Es war Reichstagswahl«, fuhr Ludwig fort. »Und die Wahl

war allgemein, direkt und geheim. Das bedeutet, dass niemand wissen braucht, wen man wählt. Doch dem Gutsherrn hat das nicht gepasst. Deshalb mussten alle Landarbeiter der Reihe nach antanzen und die Stimmzettel auf einen Haufen legen. Der Verwalter saß daneben und notierte, wer gewählt hat. So konnte der Gutsherr am Ende anhand der Reihenfolge der Stimmabgabe und der Zettel genau sehen, wer wie gewählt hat.« Ludwig schenkte sich ein Glas Schnaps ein.

»Aber da hatte der Gutsherr seine Rechnung ohne Großvater gemacht«, sagte Martha in einem betont gelangweilten Tonfall.

»Ganz recht. Als ich dran war, bin ich wie zufällig gegen den Stapel gestoßen. Alle Zettel fielen runter und nichts war mehr nachzuvollziehen!« Ludwig Frahm lachte laut. Seine Augen leuchteten vor Vergnügen und er setzte das Schnapsglas an.

»Hast du schon im 'Volksboten' gelesen?«, fragte Martha, um das Thema zu wechseln. »Am Samstag ist wieder ein Ball bei Evers in Klein-Mülden. Herren zahlen 60 Pfennige Eintritt, für Damen ist es frei.« Martha kicherte amüsiert. Sie war immer noch auf der Suche nach dem passenden Mann. In den ersten Jahren nach Herberts Geburt hatte sie keinerlei Beziehungen gehabt. Das Leben einer alleinerziehenden Mutter war stressig genug. Die Schicht im Laden, das Kochen und Nähen und die Zeit mit dem Kleinen ließen keine Zeit für Vergnüglichkeiten. Im ersten Jahr hatte sie noch Ludwigs Unterstützung gehabt, doch dann war er in den Krieg gezogen. Ihre Mutter war kurz vor Herberts Geburt verstorben. Trotzdem hatte sie es mithilfe der Nachbarn irgendwie geschafft, sich und den Kleinen durchzubringen. Herbert sollte keinen ärmlichen, sondern einen gepflegten Ein-druck in der Öffentlichkeit hinterlassen. Sie nähte in den Abend-stunden weiße und blaue Matrosenanzüge, in denen der Junge am Wochenende herumlief. Herbert musste sich in den Kriegs-jahren sogar mit Pickelhaube und Gewehr vor einem Kriegsschiff fotografieren lassen. Zum Glück kehrte Ludwig halbwegs unbeschadet aus dem Krieg zurück und kümmerte sich tagsüber um den Kleinen. Seitdem ging Martha wieder aus. Es musste doch möglich sein, einen feinen Kerl abzubekommen, mit dem sie ihre Familie vergrößern konnte, dachte sie sich immer wieder. Leider waren ihre Bemühungen bislang noch nicht von Erfolg gekrönt.

»Meinst du, ich soll da hingehen?«, fragte Ludwig.

»Untersteh' dich! Das ist was für junge Leute. Außerdem hast du Dora.«

Ludwig lächelte vergnüglich in sich hinein, während Herbert es gar nicht so unrecht gewesen wäre, wenn sein Großvater auch eine andere Frau kennenlernen würde. Doch so etwas durfte er natürlich weder denken noch aussprechen.

»Herbert geht jetzt auch in die Mandolinengruppe«, sagte Ludwig. Ein wenig Stolz klang in seinen Worten mit.

»Seit wann?«, fragte Martha.

»Vorgestern waren wir da. Wir konnten eine Mandoline ausleihen, damit er auch zu Hause üben kann.«

»Und? Macht es dir Spaß?« Martha sah zu Herbert, der eifrig nickte.

»Ja, Mama. Sehr sogar.«

Herbert war für jede Abwechslung am Nachmittag dankbar. Zum Glück gab es die Nestfalken und den Arbeiter-Turnverein. Er hatte auch gehört, dass es Lager in den Ferien gab, und hoffte sehr darauf, mitfahren zu dürfen, wenn er alt genug dafür war. Angeblich wohnte man in großen Rundzelten direkt am Meer.

»Und, kannst du mir schon etwas vorspielen?«

Herbert sprang auf, um die Mandoline zu holen.

»Ich bin wirklich froh, dass du dich um ihn kümmerst«, sagte Martha zu Ludwig, als Herbert die Küche verlassen hatte.

»Das ist doch selbstverständlich.«

»Nein, ist es nicht. Niemand könnte dich dazu zwingen, für ihn zu sorgen.«

»Doch«, entgegnete Ludwig trotzig. »Ich habe deine Mutter sehr geliebt. Und auch ihr zwei seid mir ans Herz gewachsen. Herbert braucht ein Zuhause. Er ist wirklich ein feiner Kerl.«

»Nicht nur er«, sagte Martha, der die Tränen in den Augen standen. »Auch du bist große Klasse.«

Julius Leber lehnte sich zurück und legte die Füße auf seinen Schreibtisch. Sein Tagwerk war getan und er konnte sich anderen Fragen des Lebens zuwenden. Der stämmige, breitschultrige

Mann hatte volle Lippen und eine hohe Stirn. Endlich hatte er den Ort gefunden, an dem er sich glücklich fühlte. Lübeck war ein schönes Städtchen, er hatte einen Arbeitsplatz, der ihm sehr zusagte, und er hatte in der Stadt mit den sieben Türmen noch einiges vor. Bislang war sein Lebensweg alles andere als geradlinig verlaufen. Als er vor einunddreißig Jahren im Elsass geboren wurde, hätte vermutlich niemand einen Pfennig drauf gewettet, dass er es einmal so weit bringen würde. Seine Mutter war nicht verheiratet. Erst einige Jahre nach der Geburt lernte sie Jean Leber kennen, der ihn adoptierte. Die familiären Verhältnisse waren ärmlich. Leber machte die mittlere Reife und begann eine kaufmännische Ausbildung in einer Tapetenfabrik. Aber das war nicht der Beruf, den er ausüben wollte. Schon früh hatte er entdeckt, eine Neigung zum Schreiben zu haben. Texte verfassen, sie interessant zu gestalten, das war seine Berufung. Da er zu-dem politisch sehr interessiert war, erschien ihm früh der Beruf des Journalisten erstrebenswert. Aus diesem Grund machte er nach dem Ende der Ausbildung das Abitur. Seinen Lebensunterhalt verdiente er sich in dieser Zeit durch das Verfassen von Zeitungsberichten. Zusätzlich gab er Nachhilfestunden. Als der Große Krieg ausbrach, meldete er sich wie die meisten seiner Freunde freiwillig zum Kriegsdienst. Er wurde zweimal verwundet und zum Leutnant befördert. Nach dem Krieg blieb er zunächst beim Militär. Erst als es 1920 zum Kapp-Putsch kam, stellte er sich mit seinem Regiment auf die Seite der Republik und schied noch im gleichen Jahr aus Protest aus der Reichswehr aus. Er promovierte an der Universität Freiburg und bekam im Anschluss daran die Stelle als Chefredakteur des »Lübecker Volksboten« angeboten. Das Blatt gehörte der SPD, der er selbst schon seit 1912 angehörte. In Lübeck wurde er schnell heimisch. Die Kollegen und auch die Genossen nahmen ihn mit offenen Armen auf. Er wurde sofort in die Bürgerschaft gewählt. Das Einzige, was ihm zu seinem Glück noch fehlte, war eine Frau, mit der er eine Familie gründen könnte. Er hatte auch schon ein Mädchen kennengelernt, das ganz seiner Vorstellung entsprach. Sie hieß Annedore und war zu seinem Leidwesen erst achtzehn Jahre alt. Leber war ihr bei verschiedenen öffentlichen

Veransttungen begegnet und hatte sich sofort in sie verliebt. Sie war et-was kleiner als er, hatte dichte dunkle Locken und ein Lächeln, das das Herz eines jeden Mannes zum Schmelzen bringen konnte. Allerdings war sie gleichermaßen schüchtern und scheu, was Leber auf den Umstand zurückführte, dass sie ganz und gar unter der Fuchtel ihres Vaters stand. Oberstudienrat Georg Rosenthal leitete das Katharineum, ein angesehenes Gymnasium, und war eher konservativ ausgerichtet. Annedore war niemals auf einer Schule gewesen, sondern wurde von ihrem Vater persönlich zu Hause unterrichtet. Direktor Rosenthal wäre alles andere erfreut, wenn seine Tochter mit einem linken Schreiberling anbändeln würde. Dazu kam, dass Annedore, was man so hörte, in einigen Tagen nach München ziehen würde, um dort Jura zu studieren. Die Aussichten für eine Beziehung mit der schönen Annedore standen also alles andere als gut. Vielleicht sollte Leber nach einem anderen Mädchen Ausschau halten?

In diesem Moment klopfte es an der Tür. Leber nahm die Füße vom Tisch und rief: »Herein!«

Er hatte das Wort kaum zu Ende gesprochen, da flog die Tür auf und Theodor Schwartz – von fast allen Tetje genannt – betrat den Raum. Tetje war in Lübeck eine Institution. Jeder hatte Respekt vor dem mittlerweile achtzigjährigen Mann mit dem zotteligen Rauschebart, der ein wenig an Karl Marx erinnerte. Tetje war in seinem Leben alles Mögliche gewesen: Schiffsjunge und Matrose in seiner Jugend, später Speisewirt und schließlich Reichstagsabgeordneter und Funktionär. Nebenbei gehörte er der Lübecker Bürgerschaft an und war lange Jahre Geschäftsführer des 'Volksboten'. Auch wenn er längst in Rente war, übte er im-mer noch großen Einfluss aus. Mit ihm sollte man es sich auf keinen Fall verscherzen. Leber erhob sich und begrüßte Tetje artig. Wenn er ihm gegenüberstand, fühlte er sich immer wie ein Schuljunge. Doch heute gefiel ihm Tetje nicht besonders. Er wirk-te zerbrechlich und setzte sich unter lautem Ächzen auf einen der Stühle.

»Was macht das Zeitungsgeschäft?«, erkundigte er sich.

»Läuft prima. Die Auflage ist unverändert hoch.«

»Gut, gut«, sagte Tetje. »Der ›Volksbote‹ ist deutlich besser geworden, seitdem du das Zepter schwingst, und auch deine Artikel gefallen mir ausgezeichnet.«

Leber war erleichtert. Zwar hatte er bislang kaum Kritik über seine Arbeit gehört, aber bei Schwartz konnte man nie wissen.

»Das ehrt mich sehr«, bemerkte er knapp.

»Überhaupt gefällst du mir sehr gut. Für einen Zugezogenen hast du dich sehr schnell eingelebt, bist beliebt bei den Arbeitern, kannst gut reden.«

Tetje selbst stammte aus Lübeck und hatte die Stadt nie verlassen, wenn man von seinen Schiffsreisen und den beruflichen Fahrten quer durchs Reich absah. Er war sozusagen ein Lübecker Urgestein, und kannte jeden Kieselstein in der Stadt.

Leber hob beschwichtigend die Hand. »Ich versuche nur, mein Bestes zu geben.«

»Jetzt stell mal dein Licht nicht so unter den Scheffel. Du bist doch sonst nicht so zurückhaltend, mein Lieber.«

»Ich trage nur mit Vehemenz meine Standpunkte vor.«

»Und das solltest du auch weiterhin tun. Bedenke aber immer, dass Lübeck kein Ort für eine Revolution ist. Im Gegensatz zu Kiel und anderen Städten haben wir hier stets versucht, mit den alten Kräften einen Ausgleich hinzubekommen. Auch nach dem Wahlsieg 1918 wurde keine Räteregierung installiert, sondern wir haben die Senatoren im Amt gelassen. Erst nach Ende ihrer jeweiligen Amtszeit haben wir sie durch Sozialdemokraten und Demokraten ersetzt.«

»Ja, ich weiß. Der bruchlose Übergang!«

Leber verzog ungewollt das Gesicht. Die Standpunkte der alten Lübecker Sozialdemokraten erschienen ihn manchmal ein wenig zu verzagt.

»Spotte nur. Trotzdem werden wir bald die Mehrheit haben. Aber deswegen bin ich nicht gekommen ...« Tetje brach ab und wurde von einem Hustenanfall kräftig durchgeschüttelt. Nach einer Weile fuhr er fort: »Meine Kraft schwindet, und ich möchte wissen, dass auch in Zukunft alles seinen Gang nimmt.« Tetje musste nochmals laut husten. Leber war gespannt, was der Patriarch ihm heute offenbaren wollte. Nach ein paar Minuten schien sich Tetje wieder gefangen zu haben. »Ich möchte nicht, dass es zu Streitereien in der Partei kommt. Du sollst mich nicht falsch verstehen. Du hast großes politisches Talent und wirst es weit bringen, aber ich denke nicht, dass du geeignet wärst, Bürgermeister zu werden. Dazu hast du leider die falsche Herkunft.«

Leber wurde stutzig. Er hatte bislang nicht im Traum daran gedacht, Bürgermeister werden zu wollen. Überhaupt hatte er sich keine allzu großen Gedanken um irgendwelche politischen Ämter gemacht. Er war froh, den »Volksboten« im Griff zu haben. Für die Bürgerschaft hatte er kandidiert, weil die Partei ihn dazu mehr oder weniger gedrängt hatte. Allerdings war er schnell zu der Erkenntnis gelangt, dass die Teilnahme an wichtigen Sitzungen für die Zeitungsarbeit erhebliche Vorteile brachte. Außerdem war er dadurch in der ganzen Stadt bekannt geworden, auch bei der bürgerlichen Klientel, die niemals die Arbeiterpresse lesen würde. Erst vor Kurzem hatte er mit Thomas Mann ein paar Sätze wechseln können, als dieser seiner alten Heimatstadt einen Besuch abstattete. Und vermutlich wäre er auch Annedore niemals begegnet. Aber Bürgermeister …

»Ich denke, dass Paul einen guten Bürgermeister abgeben würde«, führte Tetje weiter aus.

»Paul Löwigt?«, fragte Leber und fuhr, ohne auf eine Reaktion von Tetje zu warten, fort : »Ja natürlich, das sehe ich genauso. Ich werde ihn voll und ganz unterstützen. Hauptsache wir schaffen es, Neumann aus dem Amt zu drängen. Sein deutschnationales Geplapper ist unerträglich. Ich glaube, er steckt mit den Republikfeinden unter einer Decke.«

Der parteilose Johann Neumann war seit einem Jahr Lübecker Bürgermeister und stand im Ruf, enge Kontakte zum deutschnationalen Lager zu hegen. Leber mochte ihn nicht besonders, was sich vor allem darin äußerte, dass er seit Monaten in seinen Artikeln deutliche Worte gegen ihn wählte.

»Wunderbar. Dann sind wir einer Meinung, was das betrifft. Du hingegen solltest dich nach Berlin orientieren. Dort wird dein Talent gut zur Geltung kommen. Die Reichstagsfraktion kann mutige und wortgewaltige Männer gebrauchen.« Mit diesen Worten mühte sich Tetje aus dem Stuhl. Er verabschiedete sich von Leber und verließ schwerfällig und langsam, auf einen Gehstock gestützt, das Büro.

Julius Leber blieb eine Zeit lang nachdenklich sitzen. Obwohl er wenig für Sentimentalitäten übrig hatte, gingen ihm die Worte des Patriarchen sehr nahe. Man brauchte keine hellseherischen Fähigkeiten zu besitzen, um die Tragweite dieses Gesprächs zu erfassen. Tetje war dabei, sein Vermächtnis zu machen. Auch wenn Theodor Schwartz ein hohes Alter erreicht hatte, bislang hatte nichts darauf hingedeutet, dass es ihm schlecht ging. Jetzt war sich Leber sicher, dass die Lübecker Partei bald ohne ihren langjährigen Fahrensmann auskommen müsste. Nachdenklich und auch ein wenig wehmütig zündete er sich eine Zigarette an.